제로스

알피아 ≫

≪크리스틴

캐럴스티

우르나

미스카

에로무라

쟈네

이리스

아도

디오

사가스

루세리스

츠베이트

코토부키 야스키요 지음

JohnDee 일러스트

김장준 옮김

Contents

프롤로그 아저씨, 굉장히 곤란해지다

고기를 구워 먹던 제로스, 아도, 크레스톤의 앞에 갑자기 등장한 벌거벗은 소녀.

바닥까지 닿으려는 흑단 같은 머리, 도자기처럼 뽀얀 피부.

등에는 금색 빛을 내뿜는 열두 개의 날개, 머리에는 은색 뿔이 두 개.

신성과 사악을 겸유한 미의 화신.

"그대들, 힘들게 부활했는데 인사 한마디 없나? 심지어 처음 꺼내는 말이 『옷 입어』라니, 아무리 나라도 쓸쓸하구만. 게다가 무시하고……."

""지금 그런 사소한 문제 따질 때가 아니야!""

마침내 부활한 사신 소녀, 알피아 메이거스는 현재 그 금색 눈동자로 제로스와 아도를 못마땅하게 바라봤다. 하지만 시선을 받는 당사자 두 명은 그러거나 말거나 어깨를 맞대고 식은땀을 뻘뻘 흘리면서 긴급회의를 열고 있었다. 그 내용은…….

"어쩌죠……? 우리가 여자 속옷을 사러 가기는 좀 그렇잖아요."

"그렇지……. 겉옷은 얼마든지 이유를 댈 수 있지만, 문제는 속옷이야. 사신이라고 해도 일단은 여신. 그냥 싸구려 속옷이나 사 입히면 천벌이 떨어질지도 몰라……."

"하지만 남자인 우리한테는 난이도가 너무 높아요. 어린이 속옷이라면 제로스 씨라도 살 수 있겠지만, 레이스 달린 검은 속옷 같은 건……."

"잠깐, 아도 군…… 왜 굳이 검은색이야? 딱히 빨간색이라도 상관없잖아? 그것보다 문제는 속옷을 계산할 때지."

"그렇죠…… 남자가 여자애 속옷을 들고 점원 앞으로 들고 가는 그 상황 자체가 창피해요."

……어떻게 여자의 속옷을 사느냐, 였다.

이 세계에는 현금 인출기가 없지만, 당연히 계산대는 있으며 여성 직원이 계산 업무를 담당 경우가 많다.

나이를 먹을 만큼 먹은 청년과 아저씨가 여성용 속옷을 들고 계산대로 가는 것은 보통 힘든 일이 아니다. 차라리 죽여 달라고 할 만큼 용기가 필요하다.

"이보게, 그대들…… 언제까지 나를 여기 세워둘 셈인가? 딱히 춥지는 않지만, 가만히 기다리기도 지루한데……."

"여성 속옷을 사기가 그리도 어려운가? 내 저택에는 친한 상인이 자주 팔러 오네만."

""부자랑 서민이 같아요?! 평범한 가정까지 찾아오는 상인은 없다고요!""

크레스톤의 발언에 귀족과 일반인의 격차를 느끼고 그만 성질을 부렸다. 어용상인이 있는 귀족은 상인이 저택을 방문할 때 물건을 사지만, 대다수의 일반인은 필요한 물건을 가게에서 직접 찾는다.

"적어도 유이 씨가 임신하지 않았으면……."

"루세리스 씨한테 부탁하면 안 돼요? 돈을 주면 속옷 정도는 사주겠죠."

"뭘 어떻게 설명하라고? 아도 군은 『여신님이 속옷을 찾으시니까 이 돈으로 사주세요』라고 말할 생각인가?"

"역시 신이란 건 밝히면 안 되나⋯⋯. 설명만 들으면 미쳤다고 의심할 거고, 믿어도 우리 사정에 끌어들이는 건 미안해요. 살 날이 얼마 남지 않은 노인이라면 무덤까지 비밀을 지켜주겠지만⋯⋯."

"아도 공⋯⋯ 은근히 나를 모욕하지 않았나? 그야 함부로 떠들고 다닐 이야기가 아니긴 하지만⋯⋯."

사내놈들이 세상 진지한 표정으로 대화하는 옆에서 알피아는 무료하게 기지개를 켰다.

어린아이의 모습에서 성장하여 여성스럽게 굴곡진 몸이 만천하에 드러내는데도 그녀는 신경 쓰는 시늉조차 하지 않았다.

이건 인간과 초차원 생명체의 감성 차이일 것이다.

애초에 알피아에게 육신의 모습 따위 아무런 의미가 없었다.

원래 그녀는 고차원 초에너지 생명체였다. 마음만 먹으면 겉모습을 자유자재로 바꿀 수 있으며, 인간과 같은 형태를 고집할 이유도 없었다.

하지만 인간형은 범용성이 좋고 호문쿨루스일 때도 인간형이었기 때문에 같은 형태를 유지했을 뿐이었다.

'한낱 천 조각을 사는데 왜 이다지도 고민하는지⋯⋯.'

남자의 복잡미묘한 마음을 이해하기에는 그녀는 너무나도 인간과 다른 존재였다.

인간 사회의 지식을 가져서 추측은 되지만, 이해는 하지 못하고 인간의 감성과 상식이 비효율적이라는 생각만 들었다. 남자 둘이 입에 침을 튀기며 논쟁하는 꼴은 우스꽝스러울 지경이었다.

"앗…… 제로스 씨가 딸한테 줄 거라고 하면 되잖아요? 저만한 딸이 있어도 이상하지 않을 나이니까. 아니면 제로스 씨가 직접 만들거나."

"이 도시에서 사면 아는 사람이 볼지도 모르잖아. 게다가 원래 있는 물건을 강화한다면 모를까, 여성용 의류를 처음부터 만들 자신은 없어. 그리고 치수를 재는 모습을 누가 보기라도 해봐. 바로 사회적으로 매장당할걸?"

"그것도 그러네요. 중년 아저씨가 소녀를 알몸으로 세워 놓고 치수를 잰다? 누가 봐도 범죄 현장이죠. 상식이 있는 사람이면 바로 신고할 거예요. 【소드 앤 소서리스】에서도 여성용 장비는 여성 파티 【그림자 6인】의 전문 분야였고요."

"이럴 때 안즈 양만 있었으면……. 지금도 츠베이트 군을 호위하고 있겠지?"

"안즈……? 안즈요?! 그 애도 여기 있어요? 적대하지 않아서 정말 다행이다……. 제로스 씨만 있어도 못 이기는데 그 애까지 가세하면 싸우기도 전에 죽었을 거야."

이야기가 다소 탈선했다.

"……심심하군. 이보게…… 나는 이해가 안 되는데, 여성복을 사는 게 그리도 부끄러운 일인가?"

"나도 왜 그리 고민하는지 모르겠네. 애초에 여자 옷을 만드는 사람도 대부분 남자야. 딱히 부끄러울 것도 없을 텐데."

"더더욱 모르겠군. 남자가 만드는 옷이라면 산다고 부끄러울 이유가 없지 않나. 고작해야 옷인데?"

"주문은 가게에서 해도 거래는 직접 저택까지 와서 하니까 나도 전혀 이해하지 못하겠구먼."

사신과 부자의 가치관은 일반인과 크나큰 차이가 있었다.

설령 생산자의 대부분이 남자이더라도 가게에서 파는 의류는 남녀별로 장소가 나뉜다. 여성밖에 없는 곳에 남자가 들어가는 행위는 일종의 모험이라고 말해도 과언이 아니다.

하물며 속옷이라면 점원의 기이한 눈길을 피할 수 없으리라.

세간에는 불륜 상대에게 속옷을 선물하는 남자도 있다지만, 그들은 방직공이나 상인과 연줄이 있거나 본인이 방직공이나 상인인 경우뿐이었다.

"안즈가 있으면 나중에 유이의 속옷도 부탁해볼까. 이 세계의 속옷은 피부에 안 맞는다고 하던데."

"앗, 그리고 보니…… 츠베이트 군은 지금 이더 란테에 있나요?"

"그래. 이스톨 마법 학교가 무능해서 성적우수자를 현지 연수라는 명목으로 쫓아냈다네. 안즈라고 했던가? 호위하는 여자애도 물론 함께 떠났네."

"그럼 지금 가서 사 올까. 아도 군, 잠깐 집 좀 봐줘."

뜻하지 않은 곳에서 정보를 얻은 아저씨는 바로 행동에 나서려고 했다.

하지만 여기 남게 될 아도는 마음이 편할 리 없었다.

"어딜 가요! 나한테 벌거벗은 어지애링 같이 있으라고요? 사회적으로 매장당하라고요?!"

"뭐, 어때. 손댈 생각도 아니잖아? 게다가 들켜도 유이 씨한테

11

찔릴 뿐이야.”

“그게 제일 위험해요! 벌거벗은 애랑 같이 있다고 알려지면 내일 토막 나서 숲 속에 버려질 거라고요!”

“독신 중년 남성과 나체 소녀가 같이 있는 것도 문제 아니야? 지금 당장 헌병이 와도 할 말 없어. 지금도 상당히 위험한 상황이야.”

“나는 괜찮고요?!”

“옷이 없다고 나를 변태로 모는 건가? 불쾌하군······.”

일단 자기만이라도 살고 보려는 두 남자.

그리고 나체족 취급에 불쾌해진 알피아.

“애초에 신이면 직접 물질을 구성해서 옷을 창조할 수는······ 앗?”

“그거야! 왜 지금까지 그 생각을 못 했지?! 무의미한 논쟁이었구만······.”

아도와 제로스의 시선이 알피아에게 집중됐다.

(여담이지만, 두 성인 남자가 알몸 소녀를 주목하는 광경은 썩 보기 좋은 모습은 아니었다.)

당연히 알피아에게는 원자를 다루어 옷을 창조하는 것은 일도 아니었다.

다만—.

“물질 창조······. 가능은 해. 허나 무에서 유를 창조하는 일이야. 주변 원자를 모아서 물체를 구성하면 순간적으로 수억 도의 열이 발생해. 그걸 하라고? 성공해도 이 도시가 증발하는데? 마력을 써도 결과는 비슷해.”

““생각보다 위험하잖아?!””

애초에 그녀의 힘은 고위 차원 세계의 고밀도 에너지에서 나온다.

고위 차원에서 이 물질세계로 에너지가 유입하면서 물질끼리 과잉 반응을 일으켜 핵폭발급 열량과 충격파가 발생한다.

옷을 구성하는 데 몇 줄(joule)의 에너지가 발생할지는 알 수 없으나, 막대한 피해뿐 아니라 어마어마한 방사선에 오염되어 주변 일대는 생물이 살 수 없는 환경이 되고 만다.

신의 힘은 의외로 불편— 아니, 그 이상으로 위험했다.

"……속옷 하나를 만들려다가 직경 수백 킬로미터를 죽음의 땅으로 만들게 생겼구만."

"그 계산은 기준이 뭐예요, 제로스 씨……?"

"산토르가 증발한다고 했잖아? 이것도 적게 추산한 거야. 수억 도의 열이라면 크레이터가 생기는 수준이지. 거기서 생기는 충격파라면 원자폭탄 위력의 수백 배에 달할 텐데……."

"음, 나도 계산해보니 조절을 잘못하면 대륙 하나를 홀랑 날려버리겠군. 거기서 발생할 방사능 농도까지 고려하면 인류는 멸망이야. 어떠냐? 나 좀 대단하지♪"

""옷 때문에 대륙이 사라져?! 그리고 왜 자랑질이야!""

"실패하면 그렇다는 거지. 성공하면 그만이야."

""성공해도 도시가 날아가잖아!""

두 사람의 상상보다 위험했다.

신이라고 불리는 존재가 물질세계에 현계하면 위험하기 짝이 없었다.

과거 용사가 용케 봉인했구나 싶지만, 그건 아마 신기의 효과였을 것이다. 그러지 않고서야 인간이 감히 어쩔 수 있는 상대가 아니었다.

상식을 초월한 비상식의 화신, 그것이 【신】의 일면이기도 했다.

"역시 사러 가는 편이 무난한가……. 이런 모습을 루세리스 씨한테 보이기라도 하면……."

"그 루세리스라는 자는 지금 그대들 뒤에 굳어있는 여자인가? 좀 전부터 보고 있었는데 눈치채지 못했나?"

"뭐, 뭐라고?!"

두 사람이 동시에 뒤를 돌아보자, 그곳에는 석상처럼 미동하지 않는 루세리스가 죽은 생선 같은 눈알로 그들을 보고 있었다.

"나도 알고는 있었네만, 워낙 심각하게 이야기하느라 차마 말을 꺼내지 못했네. 알려줄 걸 그랬나?"

"빨리도 말하신다! 최악의 사태라고요!"

"루세리스 씨, 오해예요! 우리는 절대 수상한 짓을…… 루세리스 씨?"

제로스는 당황하면서도 어떻게든 사정을 설명하려고 했다. 하지만 루세리스는 경직된 채 무표정으로 무슨 말을 중얼대고 있었다.

귀를 기울여 들어 보니―

"제, 제로스 씨와 아도 씨가…… 크레스톤 님까지 끌어들여서 순진한 여자애를 가지고 놀아……. 이런 만행을 용서해도 될까요? 아도 씨는 아내도 있으면서……. 크레스톤 님은 사회적 지위도 있는 분이……. 그리고 설마 세 사람이 소아성애자였다니…… 신사협정은 어디로 사라졌죠? 『예스 로리타, 노 터치』가 세계의 상식 아니었나요?

백 보 양보해서 아도 씨와 크레스톤 님은 소아성애자라도 설마 제로스 씨까지……. 이럴 줄 알았으면 내가 먼저 덮쳐서…… 아니, 아직 안 늦었나? 그래도 이런 대낮부터…… 안 돼. 도망치면 안 돼, 루세리스! 이 한 몸 바쳐서 제로스 씨를 올바른 길로 인도해야 해……. 아아…… 이런 범죄에 손대기 전에 내가 용기를 냈더라면……."

""뭔가 단단히 착각했는데요?!""

"은근슬쩍 나도 공범이 되었구먼……. 오해를 풀지 않으면 우리 셋 다 쇠고랑 차겠어."

함부로 얼버무릴 수도 없는 오해였다.

세 남자는 오해를 풀려고 필사적으로 노력했지만, 루세리스는 그 말도 들리지 않는지 이게 범죄 현장이라고 철석같이 믿는 눈치였다.

사실 남자 셋(한 명은 노인)이 알몸 소녀를 야외에 세워둔 광경은 변명이 통할 상황이 아니었다.

이후, 세 남자는 장장 한 시간에 걸쳐 루세리스를 설득했다. 당연히 그동안에도 알피아는 알몸으로 서 있었다고 한다.

 ## 제1화 아저씨가 열심히 변명하던 무렵, 그 땅에서는……

"호문, 쿨루스……라고요?"

"네……. 예전부터 비밀리에 실험하던 연구의 성과입니다."

피말리는 설명 끝에 알피아는 제로스가 만든 호문쿨루스라고 이야기가 정리되어 갔다. 제로스도 마도사니까 일단은 납득할 수 있는 대답이었다.

하지만 호문쿨루스 창조는 위법 행위라서 이 또한 공공연하게 떠들어도 될 내용은 아니었다.

결과만 보자면 제로스는 폭탄을 끌어안은 셈이었다.

"저도 마도사니까…… 인조 생명을 시험하고 싶었어요. 결과는 보다시피 대성공이지만, 너무 잘 풀려서 인간과 다를 바 없는 수준이 됐지 뭡니까~. 이건 계산 밖이네요."

"하지만 이것도 범죄잖아요? 생명에 대한 모독이 아닌지……."

"내가 어떻게 태어났든 그대들에게 무슨 의미가 있나? 태생이 어떠하든 자아가 있다면 자유롭게 살 권리가 있어. 그대는 과정을 문제 삼아 나라는 존재를 없앨 셈인가? 그거야말로 생명에 대한 모독일 텐데! 신관으로서 그 부분은 어떻게 생각하나?"

"으…… 맞는 말이에요. 태생과 무관하게 생명을 갖고 태어났다면 축복받아야 하죠. ……그런데 알피아 씨는 너무 똑똑하지 않나요? 정말로 이제 막 태어난 거 맞나요? 사실 제로스 씨가 숨겨둔 자식이라거나……."

"아무렴, 나는 막 태어났지. 내 지능이 높은 이유는 마도의 비술과 관련이 있어서 자세히 말해줄 수 없네. 이게 또 금기라서 말이야. 그런 의미로는 이 녀석의 딸이라고 봐도 무방하겠군. 누가 뭐래도 나를 창조한 사람이니까. 안 그런가, 마스터?"

"이럴 때만 주인 취급이에요? 뭐라고 부르건 딱히 상관은 없지만……."

알피아의 오만불손한 태도는 괜한 의심을 부를지도 모른다.

하지만 사회인 시절에 키운 화술, 신과 지어낸 설정으로 이 위기를 해쳐나가기로 했다.

"재료로 꽤나 대단한 걸 썼으니까요. 예상과 다르지만 재미있는 결과가 나와서 만족했습니다. 하하핫."

"이 아이의 모습은 마치……. 대체 무슨 재료를 쓰신 거예요!"

"마치 『악마 같다』? 살짝 위험한 물건을 썼다고만 말해두죠……. 아마 다시는 구하지 못할 **희귀 재료**예요."

"……말할 수 없는 재료를 썼다는 말씀이군요. 그럼 왜 하필 알몸인가요? 여자애라는 건 처음부터 알고 계시지 않았나요?"

아쉽게도 완전히 속지는 않았나 보다.

하지만 이 정도 추궁은 예상했다.

"성장이 너무 빨랐어요. 설마 이렇게 빨리 자아를 가진 호문쿨루스로 성장할 줄 누가 알았겠습니까~. 원래는 주어진 명령만 듣는 인형으로 만들 계획이었는데 말이죠."

진실을 섞어서 신빙성을 더하는 말을 준비해뒀다.

몹쓸 어른이었다.

"……예상하지 못한 일이 너무 많이 일어나네요."

"그래서 호문쿨루스 배양이 금기인 거겠죠. 경우에 따라서는 인간을 훨씬 뛰어넘는 생물이 태어나고, 최악의 경우 세계를 멸망시킬 괴물이 나올 위험도 있으니까요. 뭐, 결과가 나왔으니까 더는 호문쿨루스를 만들 생각은 없어요."

"왜 금기를 어기셨어요! 생명 창조는 자연의 섭리를 거스르는 행위잖아요! 이 나라에서도 위법 아닌가요?!"

"음…… 일단 우리 솔리스테어 마법 왕국에서도 금기시하는 분야일세. 나도 옛날에 그쪽 학술서를 읽어 봤지만, 하나같이 뜬구름 잡는 소리에 근거라고는 찾아볼 수 없는 헛소리뿐이었네."

"사실 잡초를 뽑을 사람이 필요해서 만든 거예요. 지금은 꼬꼬와 아이들도 도와주니까 소용없게 됐지만……."

"금기를 어긴 이유가 일손 부족?!"

지식의 탐구자가 저지른 어처구니없는 범행에 루세리스는 머리가 아팠다.

하지만 태어난 생명에는 죄가 없고, 하물며 소녀의 모습을 한 지적 생명체라면 루세리스로서는 어떻게 하면 좋을지 판단할 수 없었다.

윤리관과 종교적 문제 등 생명을 주제로 한 연구는 이러한 선 긋기가 어려웠다.

"기술이란 게 원래 그래요. 편리하니까 만들고, 실패하면 경험을 바탕으로 개량하는 거죠. 애초에 저는 지성이 있는 생명체를 만들 생각은 없었다니까요? 아무튼 세상에 알려지면 저 애도 해부당할지 모르니까 비밀로 해주세요. 새롭게 태어난 생명을 학술적 목적으로 죽이면 그거야말로 생명 모독이에요."

루세리스는 제로스를 걱정해서 책망하는 것이다.

그 신의는 기쁘지만, 시금은 이 거짓말을 밀고 나가야 했다.

양심은 아파도 루세리스에게 진실을 밝힐 수는 없으니까.

"제로스 씨는 그나마 나은 편이지. 우리 지인 중에는 더한 인간도 있었어……."

"아…… 케모 씨? 그 복슬복슬 하렘 던전, 무시무시하게 강한 수인형 호문쿨루스가 문란한 복장으로 접객하면서 사람들에게서 무자비하게 돈을 뽑아먹었지……."

"그거, 불법 유흥업소죠? 신체 접촉만으로 반죽음을 당하고 가진 돈까지 탈탈 털린 사람들도 있었어요."

"케모 씨는 동물 귀에 환장하는 사람이니까……. 왜 던전을 불법 영업장처럼 개조했는지는 도통 모르겠지만."

"던전을 공략한 사람을 거창하게 축하하지만, 욕망을 주체하지 못한 멍청이에게는 조폭처럼 금품과 장비를 갈취했죠. 되찾으려면 처음부터 다시 공략해야 하고, 심지어 한 번 공략하면 난이도가 배로 오르는 잔인함……. 왜 저러나 싶더라니까요."

"나도 그건 좀 아니라고 생각했어. 가끔 브로스 군도 끼곤 했지……."

"그건 처음 듣는데요?"

두 사람은 그리운 추억에 잠기지만, 옆에서 듣는 사람은 과연 그 사람이 제정신인지 의심되는 내용이었다.

'제, 제로스 씨 주변에는 금기도 무시하는 위험인물밖에 없는 걸까?'

'……상상을 초월하는구먼. 그나마 양심이라도 있는 제로스 공이 나은 편인가?'

케모 씨라는 인물의 이야기를 종합하면 『던전을 점거해서 최심부에 술집을 차리고 수인 호문쿨루스를 대량 생산해 공략자에게서 장비를 강탈하는 인물』이다.

심지어 호문쿨루스는 하렘.

설령 그것이 『이 세상에 존재하지 않는 던전』이라 해도 진위를 모르는 루세리스와 크레스톤은 자연스럽게 『지금도 어떤 던전을 점거한 미치광이가 있다』라고 해석할 수밖에 없었다.

허구와 현실 세계의 차이는 있어도 비상식적인 짓을 저지른 것은 사실이므로 제로스와 아도도 오해를 바로잡을 생각은 없었다. 오히려 알아서 속아 넘어가면 고마울 따름이었다.

"그래서 나는 언제까지 여기서 벌거벗고 있어야 하지? 나야 곤란할 것도 없지만, 그대들은 아니지 않나?"

"""""……앗."""""

그리고 사건의 발단이 된 문제는 아직도 아무런 진전이 없었다.

알피아는 여전히 알몸이었다.

"제 옷이라도 빌려드리고 싶지만…… 사이즈가 전혀 안 맞겠네요."

"흠…… 어쩔 수 없구먼. 세레스티나가 옛날에 입던 옷이라도 괜찮다면 가지고 오겠네. 아마 저택 어딘가에 보관해놨을 게야."

"그럼 저는 기다리는 동안 걸칠 것이라도 준비할게요."

크레스톤은 사극의 지체 높은 양반처럼 호위무사 아도를 거느리고 저택으로 돌아갔다.

몇 분 후, 크레스톤과 함께 자리를 떴던 루세리스가 로브 같은 천을 가지고 와서 알피아에게 걸치도록 했다.

그 후 알피아는 심심했는지 창가에서 꼬꼬들의 격투 훈련을 구경했다.

그 모습을 보면서 제로스는 조금 전부터 생각하던 것을 입밖으로 꺼냈다.

"루세리스 씨, 감사합니다. 그나저나…… 나도 여성용 장비를 만들 수 있게 연습해야 하나? 처음부터 만들려면 디자인할 자신이 없는데. 강화는 편하지만."

"그건, 여성용 속옷을 만든다는 말씀인가요?"

"속옷도 장비에 들어가니까 만들게 되겠죠. ……솔직히 만들고 싶지는 않지만요. 넓은 방에서 쉰내 나는 남정네가 혼자 여자 속옷을 한 땀 한 땀 짜는 모습은 너무 애처롭잖아요?"

"그렇다면…… 시험 삼아 제 속옷을 만들어 보실래요?"

"그러려면 치수부터 재야겠네요."

"그 말인즉, 그 여자가 그대 눈앞에서 나체를 드러낸다는 뜻이군? 방에서 단둘이."

"".......네?""

알피아의 지적에 아저씨는 자기가 어처구니없는 소리를 했다고 깨달았다.

제로스는 그냥 부업으로 해보려는 가벼운 생각이었고, 루세리스의 경우 이 세계 여성 속옷의 질적 향상을 위해서 제로스에게 부탁하려고 생각한 것이었다.

하지만 이야기를 요약하면 치수를 잴 때 속옷 차림인 루세리스와 마주해야 하며, 서로 의식하는 상황에서 굉장히 껄끄러운 기류가 흐를 것으로 예상됐다.

【연애 증후군】의 영향이 나온 터라 얌전히 치수만 재고 끝나지

않을 가능성도 있었다.

최근 둘만 남으면 특히 서로를 의식하게 되어 연애 증후군이 가장 활성화되는 초여름까지 이성이 버티지 못할 듯했다.

""……""

무심코 그 상황을 상상한 두 사람은 민망해서 대화가 끊기고 말았다.

사고라고는 해도 한 번 맨살을 보인 사이지만, 그래도 부끄러운 것은 부끄러운지 태도가 서먹서먹했다.

이 자리에 이리스가 있었다면 사춘기 중학생이냐며 놀렸을 것이다.

"좋으면 그냥 사귀면 될 것을……. 보는 내가 다 답답하군."

아카식 레코드에서 인류사를 봐 온 알피아는 두 사람의 풋풋한 반응에 대단히 인간다운 감상을 중얼거렸다.

저 달달한 공기를 마셨다가는 이가 다 썩을 것 같았다.

같은 시각, 파프란 내산림 지대.

수많은 육식 마수가 가혹한 생존경쟁을 펼치는 이 숲에 유독 이질적인 모습을 한 검은 짐승이 있었다.

짐승치고는 기이할 만큼 덩치가 컸고, 그 모습은 드래곤에 가까웠다.

악어 같은 주둥이를 벌려 탐욕스럽게 마수의 살을 뜯어 먹는 소리가 대산림 지대에 퍼지고 사라졌다.

몸은 계속 맥동치고 고기를 먹을 때마다 모습이 변화했다.

무엇보다 기괴한 점은 그 몸 곳곳에 사람의 얼굴이 붙어 있다는 것이었다.

남녀노소를 불문하고 무수한 얼굴이 고기를 먹을 때마다 으스스한 웃음을 흘리거나 비명을 지르거나 울부짖거나, 혹은 정신이 나간 것처럼 웃어젖혔다.

마치 얼굴 하나하나에 의지가 있는 것 같았다.

이 무수한 얼굴은 의식 깊은 곳에서 하나로 통합되어 사냥감을 잡아먹으면서도 심층 의식에서 끊임없이 대화를 나누고 있었다.

『……슬슬 괜찮지 않을까?』

『힘도 많이 키웠다. 이제는 복수의 시간…….』

『몬스터도 꽤 먹었어. 이 원한을 풀 때가 된 거야아아아아아아아!』

그들은 한때 사신을 해치우고자 이계에서 소환된 자들이자, 그 후로도 메티스 성법 신국의 권위 확장을 위해 이 세계로 불려 와서 이용당하고 죽은 자들이었다.

이세계의 혼이라서 윤회전생의 굴레에도 들어가지 못한 채 이 세계를 떠돌며 자신들을 소환한 메티스 성법 신국을 원망하고 있었다.

죽어서도 안식을 찾지 못한 그들의 원한은 상당히 강력했다.

하지만 그래봤자 죽어서 혼만 남은 존재. 원령이 개개의 힘으로 할 수 있는 복수는 기껏해야 상대를 놀라게 하거나 저주하는 등 괴롭힘 수준에 불과하며 손쉽게 퇴마당한다. 공포 영화 흉내를 내는 게 고작인 셈이다.

그래서 그들은 같은 의지를 가진 혼들과 하나로 뭉쳐 강력한【마(魔)】가 되기로 했다.

다행이라고 해도 될지 모르겠지만, 소환됐을 때 부여된 용사 스킬— 영웅 시스템의 변질로 빙의한 생물의 육체를 바꿀 수 있게 됐다.

원한에 지배된 용사의 혼들은 환희했지만, 여기에는 큰 오산이 있었다.

더 강한 존재가 되기 위해서는 많은 용사의 혼이 필요하며, 의지를 한 방향으로 통일해야만 한다. 쉽게 말하면『마음을 하나로 모으는 것』이다.

하지만 사람은 각자 개성이 있어서 같은 원한을 가졌어도 그것을 풀 방법에는 의견 충돌이 벌어진다. 혼들이 협력하게 될 때까지 정말로 다양한 의견이 오갔고, 모든 혼이 납득하는 타협안이 어렵게 가결됐다.

사실 그 외에도 하나 더 문제가 있지만, 그들은 그것을 알아차리지 못했다.

『……갈까. 이 날을 얼마나 꿈에 그렸던가.』

『마침내 복수가 시작된다!』

『『『『4신을 멸하라!!』』』』

칠흑의 드래곤이 날개를 펼쳤다.

원령— 그들의 원한은 강했다.

지금은 메티스 성법 신국을 멸망시키기 위해서 움직이지만, 언젠가 그 증오를 이 세계 전체로 돌려도 이상하지 않을 정도였다.

원령들은 협력해 추악한 드래곤의 날개를 펼치고 하늘을 날아……가지 못했다.

마력을 집중해 날갯짓을 했지만 몸뚱이는 땅에서 조금도 떠오르지 않았다. 꼴사나운 광경이었다.

『『『『왜 날지 못하지?』』』』

『아마…… 너무 찐 거 같다……. 무거워…….』

『『『『…….』』』』

어색하고 무거운 침묵이 깔렸다.

『『『『뭐, 뭐라고ㅇㅇㅇㅇㅇㅇㅇㅇ?!』』』』

드래곤은 원래 지상 생물이지만, 포식 활동에서 우위를 점하기 위해 하늘도 날 수 있도록 육체가 진화했다. 오랜 시간에 걸쳐 환경에 적응한 결과였다.

하지만 외형은 드래곤일지라도, 이 마물의 본래 육체는 쥐였다.

무리하게 세포를 증식하느라 다른 생물에게서 세포를 보충해야 했고, 사냥감을 계속 잡아먹은 결과 하늘을 날기에는 조금— 아니, 상당히 비대해지고 말았다.

보통의 드래곤을 샤프한 미남 배우에 비유한다면 지금 그들의 모습은 인간의 영역을 초월한 돼지였다. 기네스급으로 살이 찌는 바람에 침대에서 일어나지도 못하는 상태라고 생각하면 된다.

하늘을 날려면 체급을 줄여야겠지만, 이제껏 섭취한 생물의 인자가 폭주해서 제어되지 않았다.

그리고 그들도 다른 생물의 인자를 완전히 제어할 능력은 없었다.

이것이 깨닫지 못한 또 다른 오산이었다.

『뛰어라! 살이 빠질 때까지 뛰면 돼, 다이어트다!』

『무식하게 처먹는다 싶더라…….』

『이제 와서 따진들 무슨 소용이냐. 생각하지 말고 뛰어라!』

『바보들뿐…….』

『ㄲㄲㄲㄲ어쩌다 이렇게 됐어어어어어!ㅗㅗㅗㅗ』

의지는 무수해도 몸은 하나.

칠흑의 거구를 들썩이며 파프란 대산림 지대를 하염없이 달렸다.

칠흑의 돼지 드래곤은 나무를 쓰러뜨리고 지진을 일으키며, 때로는 발을 접질려 땅을 구르면서도 메티스 성법 신국으로 달려갔다.

보는 관점에 따라서는 참으로 모양 사납고 눈물겨운 모습이었다.

원령들이 【사신의 손톱자국】을 지나 메티스 성법 신국에 도착하려면 아직은 시간이 걸릴 듯했다.

 # 제2화 디오는 넘어가고 미스카는 꾸민다

크레스톤과 아도가 별장에서 세레스티나의 헌 옷을 가지고 놀아왔다.

루세리스는 옷을 들고 방으로 들어갔고, 준비를 마쳤다며 거실에서 대기하던 남자들을 불러들였다. 옆방으로 들어간 그들이 본 것은 예상과는 조금 다른 광경이었다.

"오호? 이거 꽤 괜찮군."

―나팔 소매에 검정과 붉은색이 조합된 고스로리 복장을 입은

알피아 메이거스가 들뜬 아이처럼 거울 앞에서 빙글빙글 돌고 있었다.

거울에 비친 자기 모습을 확인한 그녀는 매우 흡족해 보였다.

머리에 난 은색 뿔은 그대로 있지만, 날개는 집어넣었는지 사라지고 없다. 이렇게 보니 다른 종족의 귀족 아가씨 같아서 묘하게 잘 어울렸다.

보는 사람으로서는 흐뭇할 따름이었다.

""……(로리 할망구).""

"뭐냐, 일단은 마스터랑 하인 2호. 나한테 할 말이라도 있나?"

""아니, 딱히…….""

하지만 정체를 아는 제로스와 아도는 겉모습에 속지 않고 솔직한 의견을 흘리고 말았다.

두 사람이 중얼거린 작은 소리도 놓치지 않은 알피아는 무척 불쾌하게 그 둘을 노려봤다.

만약 시선이 물질화하는 세계였다면 그녀의 눈빛은 두 바보의 심장을 꿰뚫어 버리고도 남았을 것이다.

"그보다 잘 어울려요, 알피아 씨."

"그래? 그렇겠지. 당연히 그렇고말고. 으하하하하하하♪"

"의외로 짜증 나는 성격이군. 조금 추켜세워줬다고 우쭐대기는……."

루세리스가 칭찬하자 콧대가 하늘을 찌를 기세였다.

이 세계의【전 관측자】는 알피아를 실패작으로 취급하고 봉인했었다.

그리고 그녀의 성격이 조금씩 밝혀지면서『그 부모에 그 자식』이라는 말이 두 사람 머리에 떠올랐다. 동시에『부모 얼굴이 보고 싶다』라는 말도―.

가능하다면 그녀가 전임 관측자 같은 무책임한 신이 되지 말았으면 좋겠다.

향후 투명하고 합리적으로 세계 관리를 해나가기를 바랄 뿐이었다.

"이런 드레스가 다 있었네요? 세레스티나 양 성격에 어울리는 옷은 아니라고 보는데…….'

"음…… 그 애는 입으려고 하지 않았지. 흰색과 파란색을 좋아해서 말이야. 나는 딱 한 번이라도 입은 모습을 보고 싶었건만…….'

"결국 한 번도 안 입고 옷장으로 직행했군요?"

"등이 훤히 보여서 말이네……. 부끄럽다며 쳐다보지도 않아! 한 번이라도 입어주면 좋았으련만…….'

"손녀만 연관되면 이상해지네, 이 할아버지……. 세 시간 내내 손녀 이야기를 들었을 때는 죽는 줄 알았어요."

"아도 군…… 더는 말하지 마. 그리고 수고했어."

그렇다. 이 드레스는 왠지 모르게 등이 노출되어 있었다. 알피아는 날개를 꺼낼 수 있어서 편리할 것 같지만, 평상복으로 입고 다니기는 어려워 보였다.

한마디로 말하면, 오글거린다.

"나는…… 나는 그 애기 이 드레스를 입은 모습을 상상만 해도…… 후우, 하아…….'

"……제로스 씨, 크레스톤 씨 괜찮은 거예요? 뭔가 위험한 냄새가 나는데……."

"실제로 그래. 손녀 사랑이 도를 넘었거든. 지금도 세레스티나 양에게 접근하는 남자를 쥐도 새도 모르게 묻어 버리려고 남몰래 공작을 펼치고 있다더라."

"……기분 탓인가, 케모 씨의 환영이 겹쳐 보여……."

아도는 크레스톤을 보고 애정을 주체하지 못하고 주위에 막대한 피해를 끼치던 지인이 연상된 모양이었다.

"크레스톤 씨랑 닮았나? 나는 케모 씨가 더 심하다고 보는데."

"닮았죠. 이상한 옷 입히려고 하고, 집착에 불타고…… 독점욕이 너무 강해서 정신상태가 의심스러울 만큼 애지중지하잖아요. 내가 장담하는데 조만간 거하게 사고 칩니다, 저거."

"아…… 유력한 희생자 후보를 한 명 알지. 그 애는 이 시련을 극복할 수 있을까……."

"누구예요? 불길한 예감이 드는데."

"손녀한테 홀딱 반한 소년……."

"그 녀석…… 죽었군. 확정됐어요……."

제로스의 기억에 있는 학생, 세리스티나에게 마음이 있는 소년 디오.

크레스톤에게는 해충에 지나지 않으니까 틀림없이 없애려고 할 것이다.

앞날이 걱정이라는 듯 제로스는 한숨 쉬었다.

아도는 디오와 면식이 없지만, 크레스톤의 태도로 보아 앞으로 무슨 일이 벌어질지 얼추 예상됐다.

"음, 바로 거리로 나가야겠군. 이 사랑스러운 모습을 대중에게 선보여 나를 향한 신앙을 모아주겠다!"

"알피아 씨…… 아이돌이라도 하게요? 어디서 납치당해도 전 안 도와줍니다? 걱정해봤자 의미도 없고."

"제로스 씨, 그건 좀 너무하지 않나요? 여자애한테……."

루세리스의 말도 이해는 하지만, 알피아는 평범한 여자애가 아니다.

몸은 인공물, 마력은 방대(이론상으로는 무한)하며 고차원에서 끝없이 에너지가 공급된다.

마력 허용량만으로도 제로스를 뛰어넘었고, 거기에 수상쩍은 에너지가 합쳐지면 세계가 멸망할지 모를 정도다. 납치하는 범죄자가 딱할 지경이다.

이런 정체불명의 초월적 존재를 군이 구하겠다고 나설 필요는 없지만, 그건 어디까지나 사정을 아는 제로스의 사고방식에 불과했다. 아무것도 모르는 루세리스가 걱정하는 건 당연한 반응이었다.

"아니, 생긴 건 이래도 최강이에요. 제가 가만히 있어도 혼자서 해결할 힘이 있죠. 오히려 납치하는 녀석이 지옥을 경험할 겁니다. 비유가 아니라 정말로……."

"그렇게…… 강해요?"

"체력이나 마력은 인간 이상이에요. 사슬로 칭칭 감아도 거미줄처럼 뜯어 버리고 탈출할 겁니다."

【소드 앤 소서리스】에서 호문쿨루스는 연금술 능력에 따라서 상당히 강력한 개체가 만들어지기도 했다. 오히려 플레이어보다 강

해서 사기라고 불리는 경우도 있었다.

물론 소재에도 영향을 받지만, 지금 알피아의 육체에는 사신의 파편에서 채집한 인자가 들어갔다. 솔직히 말해서 제로스보다 훨씬 강했다.

4신이 한꺼번에 덤벼도 여유롭게 이길 것이다.

하지만 4신은 이 세계와 위상 세계 사이에 있는 성역에서 어지간하면 나오지 않아서 이 흉악한 힘을 휘두를 기회는 아직 없었다.

'고차원에서 에너지를 끌어온다면 위상 세계 정도는 쉽게 갈 수 있지 않나?'

그런 의문도 들지만, 그것은 말처럼 간단한 문제는 아니었다.

우선 고차원 에너지가 이 세계의 물질과 접촉하면 대규모 소멸 반응을 일으킨다.

가뜩이나 제어가 어려운데 다른 차원의 【성역】을 찾고, 심지어 그곳으로 가기 위한 구멍을 내려면 지켜야 할 이 세계의 붕괴를 앞당길 가능성이 크다.

그리고 다른 위상축에 존재하는 성역을 찾는 과정에서 공간 자체를 비틀어버릴 가능성도 있고, 이 또한 세계 붕괴를 앞당길 수 있다.

고차원 생명체에게 물질세계는 예민한 비눗방울과도 같아서 세계를 유지한 채로 일을 진행하기 어렵다. 그래서 성역까지 침입하려면 다른 수단을 강구해야할 수밖에 없다.

"자, 가자! 꾸물거릴 틈이 없어. 이 혀로 도시의 명물을 맛봐야겠다."

하지만 정작 알피아는 자유를 만끽할 생각에 여념이 없었다.

마침내 고대하던 육체가, 그것도 인간과 같은 크기로 생겼고, 완전체가 되는 것보다 직접 세계를 즐기는 데 집착하는 느낌이었다.

그 들뜬 모습은 겉보기에는 훈훈하지만 세계를 파괴할 수 있는 최강의 궁극 생물이 거리를 활보하겠다고 하니 제로스는 솔직히 노심초사했다.

자칫 잘못하면 대규모 재해가 일어날지도 몰랐다.

"제로스 씨…… 쟤, 놀 생각뿐인데요?"

"안타깝지만 우리는 못 말려. 양아치들이 집적댈까 걱정이지만, 그래봤자 아무것도 못 하는 것도 사실이지. 포기하자."

완전체가 되면 함부로 물질세계로 내려오지도 못한다.

그녀에게 놀 시간은 지금뿐이다……라고 두 사람은 생각하지만, 실제로는 그렇지 않았다. 사실 지구의 관측자는 물질세계를 즐기고 있었으니까.

"그런데요, 제로스 씨……. 알피아를 보면 왠지 모바일 게임 생각나지 않아요?"

"아~. 같은 캐릭터 카드를 합치거나 성장시키면 전혀 다른 모습으로 변하는 그거? 전에 봤을 때보다 상당히 성장하긴 했지."

"맞아요. 단계별 각성이나 한계 돌파, 개조……."

"무슨 이야기예요?"

루세리스는 둘이 무슨 말을 하는지 이해하지 못했다.

그런 세 사람 앞에서 알피아는 즐겁게 빙글빙글 춤췄고, 크레스톤은 「왜 저걸 입어주지 않는 게냐, 티나……. 장인에게 특별히 주문 제작한 물건인데……,라고 푸념했다.

빛과 어둠이었다.

"자, 나를 안내하라."

"아니…… 외출은 확정인가요? 뭐, 저야 상관없지만……."

"나는 패스. 칼 맞기 싫어요……."

"유이 씨와의 관계가 심각하구만. 얼마나 사랑하면 그러냐?"

아도는 완전히 잡혀 살고 있었다.

그런 아도의 최근 애독서는 델사시스의 저서 2탄, 『남자는 등으로 사랑을 말해라』라고 한다. 아도는 능력 있는 남자가 되고 싶은 걸까.

그보다 이 땅을 다스리는 영주는 언제 원고를 쓰는지가 궁금했다.

참 바쁘게 사는 양반이었다.

"어디 보자…… 담배도 슬슬 떨어져가니까 나가는 김에 사 올까. 루세리스 씨는 어떻게 하실래요?"

"네? 아, 저는…… 지금은 시간이 비니까 괜찮아요."

"좋아, 결정났구먼. 그럼 나를 따르라!"

"길도 모르는 사람이 무슨 앞장을 선다고…… 아니, 하고 싶은 대로 하세요. 문단속하게 잠시만 기다려요."

"빨리 하고 와. 어서어서."

거드름 피우는 모습이 귀엽지만, 왜 살짝 짜증이 날까.

사람을 하대하는 태도도 신경 쓰이나, 신이니까 당연하다고 스스로 납득했다.

그 후, 세 사람은 거리로 나갔다.

지하 유적 도시 이더 란테.

이스톨 마법 학교에서 이 땅으로 유배— 아니, 마법 기술 해석 요원으로 방문한 학생 디오.

그의 경우, 마법 기술 연구보다 새로운 땅에서 기사단과 함께 방어 훈련을 하거나 방어 작전을 짜는 전술 연구가 주목적이었다.

그런 디오는 주에 이틀 정도 주어지는 휴일을 이용해 혼자 이더 란테 거리를 산책하고 있었다.

"이 도시에도 꽤 익숙해졌네⋯⋯."

이더 란테에 처음 왔을 때는 고대 도시라는 존재에 압도되었다.

그 후에는 이 도시가 지하에 있다는 사실에 불안해했고, 그 불안을 잊으려고 훈련과 전술 토론에 몰두했다.

누가 뭐래도 고대 도시 아닌가. 여기저기 노후화가 진행됐을 텐데 생매장 당하지 않을까 걱정하는 것도 당연했다.

지상으로 나가는 길이 발견된 후로는 훈련을 지상에서 하게 되어 그의 정신도 안정된 듯했다.

그러자 이번에는 다른 걱정이 생겼다.

"요즘 세레스티나 양을 통 만날 수가 없어⋯⋯. 잘 지내면 좋을 텐데⋯⋯."

바로 사랑 문제였다.

디오는 평범하게 첫눈에 반했을 뿐이며, 이 세계에 존재하는 특유의 괴이한 병【연애 증후군】은 아니었다.

연애 증후군은 정도의 차이는 있어도 기본적으로 서로 궁합이 좋은 사람끼리 이끌리는 현상인데, 디오의 사랑은 일방적인 짝사랑이라서 밀고 당기기가 중요했다.

어떻게 상대에게 좋은 인상을 줄지가 관건인데, 디오는 아직 그 첫걸음을 내딛지 못했다.

'적어도 계기만 있으면……'

일단 츠베이트도 디오에게 협력하지만, 그건 어디까지나 대화를 이어가는 정도이며 직접 소개하는 방식은 아니었다.

무엇보다 세레스티나의 뒤에는 손녀를 사랑해 마지않는 위험한 노인이 눈에 불을 켜고 있었다.

츠베이트도 친구가 비참하게 죽기를 바라지는 않았다. 할아버지와 친구 사이에서 고민하며 아슬아슬한 줄타기를 하다가 도출해낸 고통의 선택이었다.

하지만 사랑에 눈먼 디오는 친구의 그런 갈등은 눈치조차 채지 못했다.

"사람이 적은 이 시간이 기회인데……"

"뭐가 기회라는 거죠? 디오 님."

"으악?! 아…… 미, 미스카 씨?!"

"네. 언제나 쿨하게 당신의 뒤로 기어 오는 미스테리어스 메이드, 미스카입니다. 훗……"

"뭘 뿌듯하게 웃어요?"

세레스티나의 메이드, 미스카가 어느샌가 디오의 뒤에 서 있었다.

지적이며 쿨한 인상과 달리 그녀는 언제나 신출귀몰하고 사람을

놀라게 하는 게 취미인 인물이었다.

그녀가 안경을 올려 쓰며 왠지 뿌듯하게 웃고 있었다.

"앞쪽 가게에서 나오셨을 때 뭔가 고민이 있어 보여 미력하나마 도움이 되고 싶어 말을 걸었습니다. 디오 님은 츠베이트 님의 친구시니까요."

"근데 왜 굳이 뒤로 돌아갔어요? 그냥 말 걸면 되잖아요?"

"무슨 말씀이신가요? 아는 사람을 발견하면 당장 등 뒤로 돌아가서 놀라게 하는 것이 예의지 않습니까. 디오 님이 뭘 모르시네요."

"아니, 그게 더 예의가 아니거든요?! 내가 이상한 거야? 이게 세간의 상식이라고?"

디오는 내심 미스카를 경계하고 있었다.

미스카는 손녀를 사랑해 마지않는 손녀 바보 크레스톤의 부하. 바꿔 말하면 자신의 사랑을 방해하는 쪽이다. 공작 가문의 명령이 떨어지면 무슨 짓을 할지 모를 인물이었다.

츠베이트의 말에 따르면 세레스티나 호위도 겸임한 것으로 보였다.

"슬프네요. 그렇게 경계하지 않으셔도 되는데. 그래서는 아무리 기다려도 츠베이트 님이 『하지 않겠는가?』라고 말해주지 않으실걸요?"

"말해달라고 바란 적도 없거든?! 그보다 뭐야? 우리를 그런 눈으로 봤어?!"

미스카는 일일이 감정적으로 부정하는 디오에게 쿨하게 농담이라고 말하고 이야기를 끝냈다. 완전히 놀려먹고 있었다.

"주제도 모르고 아가씨께 연정을 품은 용기 하나는 저도 가상하게 생각한답니다. 아무리 아가씨가 공작가 말석에 앉으셨다고 해도 언젠가 스스로 저택을 떠나실 분입니다. 저희도 밖에 든든한 친구가 있다면 안심이 되지 않을까요?"

"네? 세레스티나 양은 약혼자가 없나요?"

"정략결혼의 재료로, 말씀인가요? 그럴 리가요. 큰 어르신과 현재 가주인 델사시스 님도 아가씨께 그런 일을 하실 분이 아닙니다. 귀족의 책무로 옭아맬 생각은 추호도 없으시죠."

뜻하지 않은 희소식에 속으로 기뻐한 직후, 디오의 경계심이 경종을 울렸다.

너무 뜬금없이 나온 이야기에 의심이 든 것이었다.

애초에 손녀를 사랑하는 크레스톤 전 공작이 어디서 굴러먹던 인간인지 모를 일개 수습 마도사인 디오에게 사랑하는 세레스티나를 맡기리라고는 도저히 생각할 수 없었다.

"……그거, 어디까지가 진담이죠? 설마 저를 잘 구슬려서 어디선가 몰래 처리할 생각은……."

"의심이 심하시네요. 물론 저는 아가씨께 접근하는 파리를 쫓는 입장이지만, 개인적인 연애 감정을 부정할 생각은 없어요. 사랑은 난관을 극복하며 크는 법. 아가씨를 향한 마음이 진짜라면 오히려 싸워야 한다고도 생각하죠. 그 증거로 이걸 드릴게요."

"……이, 이건?!"

그것은 흔히 【온천 여관 숙박권】이라고 불리는 물건이었다.

이더 란테의 지히 기도를 일돔 황국 방면으로 빠져나가면 산간부에 작은 마을이 있는데, 그곳이 최근 온천 마을로 이름을 떨치는 리사구르 마을이었다.

최근 은거한 귀족들 사이에서 요양 목적으로 느긋하게 시간을 보내는 온천 여행이 유행처럼 번지고 있었다.

이더 란테에 주둔하는 기사들도 휴가로 자주 가는 곳이며, 디오도 훈련을 지도해주던 기사에게 온천이 얼마나 멋진지 여러 번 전해 들었다.

하지만 이건 미스카 쪽에서는 적을 도와주는 행위가 아닌가?

"왜 이걸 저한테?"

"곧 학교도 겨울 휴가— 아뇨, 이미 계절이 바뀌었으니까 봄 휴가네요. 아무튼 휴가로 집에 돌아가시기 전에 온천을 체험하려고 아가씨께서 구입하신 겁니다. 하지만 이틀 전, 길거리 제비뽑기에서 똑같은 경품에 당첨되어 어떻게 쓸지 고민하고 계셨어요."

"……앗, 듣고 보니 휴가에 들어갈 시기인데 우리는 왜 아직 여기 있지?"

"학교는 이미 휴가 중인데요? 연락이 늦어지고 있지만, 슬슬 올 때가 되지 않았을까요."

"……."

요컨대 학교가 상위 성적자의 존재를 잊고 있다는 말이었다.

그만큼 학교 강사들은 혼란에 빠졌다는 뜻이겠지만, 지금 디오는 온천 여관 숙박권이 더 신경 쓰였다.

디오에게 미스카는 방심할 수 없는 인물이었다. 이런 선행에도 뭔가 숨은 의도가 있지 않을까, 하는 의심이 들지만, 설령 함정이라도 이런 기회를 붙잡지 않으면 그의 입장상 영원히 세레스티나와 맺어질 수 없을 것 같았다.

"……받아도 돼요?"

"네. 쓰지 않고 보관해도 상관없습니다. 그냥 아까워서 드리는 거예요."

"……?!"

미스카는 낯빛 하나 바꾸지 않고 말했다.

무척 수상한 이야기라서 꺼림칙한 기분을 떨치기 어렵지만, 디오에게 이것이 좋은 기회라는 것도 엄연한 사실이었다.

"고맙게 쓰겠습니다."

"별말씀을요. 아가씨도 이성에 흥미를 느끼지 않으시면 곤란하니까 제게도 마침 좋은 장난감— 아니, 교육의 일환으로 도움을— 아니아니, 제물을—."

"말을 예쁘게 포장하려고 해도 본심이 줄줄 새거든요?! 오히려 뒤쪽은 심해졌잖아요……. 쉽게 말하면 저를 이용해 먹겠다는 거군요. 뭐, 지금 저한테는 그것도 고맙지만……."

"죄송합니다. 천성이 솔직해서요. 훗!"

"그러니까 왜 뿌듯해하냐고요……."

어찌됐든 디오는 세레스티나와 가까워질 계기를 마련했다.

하지만 이 숙박권은 앞으로 네 명을 더 데려갈 수 있다. 혼자 쓰기는 아깝다.

그보다 사실 혼자 온천 마을에 가는 건 외롭다. 더 나아가서 허무하다.

"츠베이트도 부를까? 가는 김에 안즈랑 에로무라도……."

"……부탁드리는데 소녀에게는 손을 대지 말아주세요."

"나는 로리콤이 아니에요! 그래도 일단 감사 인사는 해야겠죠······. 굉장히 찜찜하지만, 고맙습니다."

"괜찮습니다. 저도 남는 숙박권이 아까웠으니까요."

숙박권을 얻은 디오는 기대에 부풀어 이곳을 떠났다.

그의 등을 바라보며 미스카의 안경이 수상하게 빛났다.

"후후······ 예상대로 흘러가네요. 이제 이벤트 준비는 마쳤어요. 기쁘면서도 쑥스러운 청춘의 한 페이지, 아가씨와 친구분들은 어떻게 써 내려갈까요."

세레스티나에게 연애 경험이 있었으면 좋겠다는 말은 거짓이 아니었다.

만약 디오와 세레스티나의 관계가 발전해 할아버지인 크레스톤과 충돌하여 피바람이 불어도, 미스카는 참견할 마음이 없었다.

어디까지나 교육의 일환이지만, 재미있어 보인다는 이유도 없잖아 있으니까 이용당하는 입장에서는 눈살이 찌푸려질 따름이었다.

어른의 생각에 놀아나는 불행한 디오였다.

 ## 제3화 츠베이트, 온천에 초대받다

디오가 츠베이트에게 돌아가자 마침 학생 전원이 겨울 휴가 연락을 받고 귀향 준비를 서두르고 있었다.

사실 말이 좋아 겨울 휴가지, 이미 계절이 바뀌어서 봄 휴가였다.

좌우지간 이스톨 마법 학교는 이미 휴가에 들어가서 이더 란테의 성적 우수자들은 불만이 이만저만이 아니었는데, 지금은 집으로 돌아갈 수 있다는 기쁨에 들떠 있었다.

"온천에 가자!"

"'엉?!'"

그런 와중에 츠베이트와 그의 호위병인 에로무라는 뜬금없고 맥락도 없이 그런 소리를 꺼낸 디오에게 얼빠진 소리를 보냈다.

"디오…… 남자끼리…… 말이야?"

"남자끼리 온천……. 너, 그쪽 취향이야?"

"왜 그렇게 돼! 왜 다들 날 그쪽으로 몰고 가지 못해서 안달이야?!"

"다른 사람한테도 들었어?"

디오는 츠베이트와 에로무라의 의문에 완강히 부정했다.

두 사람도 다른 사람한테까지 의혹을 샀다고는 생각하지 못했다.

"미스카 씨한테 리사구르 온천 숙박권을 받았어……. 나 혼자 가기도 애매하니까 같이 가자는 것뿐이야! 정말이라고!"

"알았어, 알았어. 그나저나 미스카한테 받았다고……? 다른 의도가 있을 것 같아서 무서워."

"그래도 동지, 집에 가기 전에 여행도 괜찮지 않아? 나도 온천에 가보고 싶어."

"그것도 괜찮겠군. 하지만 리사구르는 이웃 나라의 마을이니까 함부로 행동하면 안 돼."

츠베이트는 온천 숙박권을 준 사람이 미스카라는 섬이 물안했다.

츠베이트가 아는 한 미스카는 이유 없는 선행을 베풀 사람이 아니었다. 차라리 다른 속셈이 있다고 의심하는 편이 안심될 정도로 미스카에게서 선의를 기대하기 어려웠다.

　더 정확히 말하면, 선의와는 아예 동떨어진 성격이었다.

　"디오, 미스카가 뭐라고 했어?"

　"응? 경품 제비뽑기에서 숙박권이 나왔는데 이미 한 장이 있어서 나한테 쓰지 않겠냐고 물었어."

　"그래…… 네 목적은 세레스티나군? 어색하지 않게 나를 이용해 먹으시겠다?"

　"그 정도는 들어줘! 그야 네가 대화의 실마리를 만들어주기는 하지만, 우리를 적극적으로 이어주는 것도 아니면서!"

　"내 입장도 난처해! 네가 친할아버지 손에 죽는 꼴은 보기 싫다고!"

　친한 친구의 목숨이 걸린 문제였다.

　그런데 그 친구는 세레스티나를 포기하지 않고 지금도 사랑에 빠져 있었다.

　오히려 츠베이트가 적극적으로 도와주지 않으니까 살짝 막무가내로 나가는 경향이 있다. 이대로 가다가 정말로 처리당할 것 같아서 츠베이트도 늘 조마조마했다.

　"그러고 보니 동지 할아버지는 위험한 사람이었지."

　"그래…… 세레스티나와 관련되면 사람이 이상해져. 잘못하면 디오의 가족에게도 피해를 끼칠지 몰라."

　"손녀를 평생 끼고 살 수는 없잖아? 디오 정도면 나쁜 조건이 아니라고 보는데. 오히려 착하고 좋은 사람이잖아. 할아버지도 알면 안심하지 않을까?"

　"선인이든 악당이든, 할아버지에게는 세레스티나한테 접근하는 남자는 전부 적이야……."

"……동지네 할아버지, 괜찮은 거야?"

"얼마 전까지는 나도 존경했는데……."

현역 시절에는 【연옥의 마도사】라는 별명으로 불리며 전장에서 이름을 떨쳤고, 통치자로서는 법을 준수하고 공명정대하기로 유명했던 크레스톤. 츠베이트는 얼마 전까지 그런 할아버지의 귀족다운 면모밖에 알지 못했다.

세레스티나를 사랑하는 할아버지를 처음 봤을 때는 이상과 현실의 차이에 경악했을 정도였다.

"요즘 말이야…… 알고 싶지 않았던 현실만 눈에 들어와……."

"아이고……. 마음 강하게 먹어, 동지. 아무리 성격에 문제가 있어도 장점까지 사라진 건 아니잖아? 좋은 점만 배우면 돼."

"미안……. 요즘 내 주변이 미쳐가는 것 같아서. 자꾸 가족 관계에 의문이 들어……."

"가족의 본성을 알고 고민하는 거군……. 나는 위로할 말이 떠오르지 않네. 강하게 살아."

"그 배려는 고맙게 받을게……."

"동지네 가족에 관한 소문은 꽤 들었는데, 이래저래 이상하긴 해. 하나하나 정리해볼까……."

에로무라는 자신이 아는 정보를 간결하게 정리해서 하나씩 설명했다.

아버지 : 델사시스.

귀족으로서도 상인으로서도 상식을 벗어났고, 여성 관계가 베일에 싸인 수완가.

뒤에서 무슨 짓을 하는지 모를 무법자. 독자적인 철학을 책으로 펴내 많은 이들에게 강력한 지지를 얻었다.

남동생 : 크로이사스.

마도 지식을 탐구하는 미치광이. 주변을 말려들게 하는 말썽꾼.

여동생 : 세레스티나.

재능에 눈떴지만, BL에도 눈뜬 모양.

미스카의 암약으로 그쪽 장르의 서적을 내며 당당히 작가로 데뷔.

심지어 베스트셀러가 되어 수익 창출에 성공했다.

남매 중에서 가장 부자. 아무리 생각해도 글 쓰는 재주는 아버지에게 물려받았다.

할아버지 : 크레스톤.

타국에 알려질 정도로 고명한 마도사지만, 이상할 정도로 손녀에게 집착한다.

세레스티나를 위한답시고 비밀리에 암약하는 위험인물.

어머니는 낭비벽이 있지만, 귀족 여성이라면 그 정도는 허용되는 범위였다.

원래 귀족의 연간 수입은 고정되어 그 예산 내에서 생활하는 것이 규칙이다. 제아무리 귀족이라도 세금을 마음대로 끌어다 쓸 수는 없는 것이다.

 어쨌거나 크레스톤의 핏줄은 하나같이 뛰어난 재능을 가졌는데, 츠베이트만 해당 사항이 없었다.

 "이렇게 보면 동지의 핏줄은 대단해……."

 "잠깐, 에로무라! 세레스티나가 작가로 데뷔했다니? 나는 처음 들었는데?!"

 "아니, 나도 우연히 알았어. 미스카 씨가 동지 동생에게 『원고는 아직 멀었나요? 전작 주인공과 서브 캐릭터인 남성이 어떻게 엮일지 궁금해 죽겠다는 독자의 의견이 쏟아지고 있습니다』라고 말하는 모습을 지나가다 봤거든."

 "그것만으로 그쪽 장르라고 보기는 어렵지. 주인공이 여자일지도 모르고……."

 "궁금해서 계속 들었는데, 주인공 이름이 프레드래. 이름만 들어도 남자야……. 그리고 그 캐릭터가 조바니라는 남성 서브 캐릭터와 엮인다고 하잖아. 100퍼센트 그쪽이라니까?"

 "와아……."

 츠베이트는 경악했다. 설마 세레스티나가 그런 것을 하고 있을 줄은 생각지도 못했다.

 솔리스테어 공작가의 사람은 항상 예상을 초월하는 무언가가 있어 보인다.

 "……디오, 너는 이 사실을 받아들일…… 응?"

츠베이트는 세레스티나를 사랑하는 디오의 심경이 궁금해서 말을 걸었으나, 디오는 방구석을 향해 앉아 무릎을 끌어안고 뭐라고 구시렁대고 있었다.

뒤에서 들여다보니 그는 감정을 없애고 아름다운 현실만 믿으려고 필사적으로 자기 암시를 거는 듯했다.

솔직히 위험해 보였다.

"거짓말이야…… 나는 안 믿어. 이건 음모야……. 그래, 나를 떼어놓으려는 크레스톤 전 공작의 함정이 틀림없어. 맞아, 그게 분명해……."

"동지, 어떡하지? 완전히 현실 도피에 빠졌는데……."

"뭘 어쩌겠어, 개인의 취미인데."

취미는 사람에 따라서 천차만별.

디오는 세레스티나의 BL 취미를 간과할 수 없어도, 섣불리 『불순한 취미는 버려라』라고 질책하면 연애는 물 건너간다.

최악의 경우 그의 첫사랑이 말 한마디에 끝날 수도 있다.

"훗…… 이건 나한테 맡겨. 이 녀석을 제정신으로 돌려놓아 주지."

에로무라가 웬일로 냉소를 띄우며 츠베이트에게 등을 보였다.

그리고 방구석에서 주절대는 디오의 뒤에 서서 천천히 발을 들더니, 찼다. 물론 힘 조절은 했다.

"허브읍?!"

빡 소리와 함께 디오는 벽에 얼굴을 강타했다.

그러거나 말거나 에로무라는 얼굴을 손으로 문지르며 웅크린 디오의 목깃을 잡고 억지로 자신을 직시하도록 돌렸다.

"인정해, 디오. 티나는 부패한 세계에 살고 있어. 그 아이는 남자끼리 사랑하는 세계를 망상하는 것도 모자라 그 망상의 산물을 책으로 팔아 떵떵거리는 부르주아야!"

"하지 마아아아! 아니야! 이건 누군가의 함정이야아아아아!"

"현실에서 도망치지 마!"

"케흑?!"

에로무라가 디오의 뺨을 때렸다. 지금 그의 표정은 쓸데없이 남자다웠다.

"들어! 분명히 편향된 오타쿠의 취미는 타인에게 이해받기 힘들지. 허나! 티나가 쓴 책은 이제 베스트셀러야. 그건 그 애 작품이 많은 사람에게 지지를 얻었다는 증거지. 디오…… 너는 티나의 표면적인 부분만 인정하고 진정 표현하고 싶은 마음은 부정해? 그러고도 걔한테 반했다고 말할 수 있어? 그건 네 이상을 강요해서 티나의 개성을 부정하겠다는 뜻 아닌가? 오만하게도!"

"……앗?!"

디오의 머리에 번개를 맞은 듯한 충격이 퍼졌다.

물론 세레스티나의 취미는 디오가 쉽게 받아들일 수 있는 영역이 아니었다.

하지만 사람은 저마다 개성이 있고, 그 개성과 감성의 영향으로 취향, 취미는 다양하게 나뉜다. 그런 천차만별의 사람이 모인 것이 사회다

타인이 개인의 취미를 부정할 권리는 없고, 하물며 편견의 눈길을 보내는 것은 오만에 불과하다. 에로무라의 열변이 디오의 마음

에 날카롭게 꽂혔다.

"내가…… 세레스티나 양을 부정해?"

"그래…… 어떤 취미를 가지든 남의 자유야. 네가 티나가 즐기는 것을 방해할 권리는 없어."

"그렇군……. 내가 틀렸어, 에로무라……. 네 말이 맞아. 세레스티나 양의 모든 것을 받아들이고 사랑해야 미래에 행복이 있겠지. 그런데, 나는……."

세레스티나의 취미는 넘어가더라도, 디오와 세레스티나의 관계가 아직 평행선을 그린다는 사실을 잊었나보다. 누가 보면 벌써 사귀는 줄 알겠다.

그런데 디오와 에로무라는 하고 싶은 말만 하면서 현실을 깨닫지 못했다.

"그래! 나는…… 세레스티나 양의 모든 것을 받아들이고 찬란하며 행복한 세계로 나아가야 해! 고마워, 에로무라. 눈이 번쩍 뜨였어."

"잘 생각했어. 좋아하는 상대에게 이상을 추구하는 건 흔한 일이지만, 그 이상으로 너그러워야지."

여친 없는 에로무라가 잘난체하며 팔짱을 끼고 고개를 끄덕거렸다.

"아니, 그 전에 세레스티나와는 아직 아무런 진전도 없잖아? 그리고 안 사귀는 게 행복할걸……?"

츠베이트 말대로 사이가 가까워질수록 크레스톤이 마수를 뻗을 것이다.

사랑은 아름답지만, 아직 디오와 세레스티나의 관계는 남남.

결국 디오가 일방적으로 열을 올리며 죽음의 위험을 짊어지려는 상황이며, 에로무라는 거기에 괜히 부채질을 한 셈이었다.

"······에로무라. 너는 왜 헛바람을 불어넣어? 포기하는 편이 서로 좋은데."

"아니, 남의 연애는 응원하고 싶잖아?"

"그 심정은 알지만, 디오의 목숨이 위험하다는 거 잊었어? 암살 부대가 직접 움직이면 사흘도 안 걸려서 오라스 대하에 디오의 변사체가 떠오를 거야."

"꿀꿀하게 분위기 망치는 거보다는 좋잖아? 뭐, 공작가 아가씨니까 일반인인 디오와 결혼할 가능성도 없겠지만."

디오는 세레스티나에 관한 일이라면 두 사람이 눈살을 찌푸릴 정도로 유난스러웠다.

다시 일어나서 새로운 결의에 불타는 디오가 『해 보자! 우오오오오!』라고 소리쳤다.

사랑에 눈이 멀어 세레스티나가 공작가의 영애라는 현실을 완전히 잊은 모양이었다.

아무리 세레스티나가 공작가의 인간으로 인정받지 못해도 그 혈통은 틀림없이 왕가 직계였다. 미래의 배우자는 그에 어울리는 지위를 가진 인물이 될 것이다.

어떻게 되든 디오에게는 가망이 없었다.

"그건 그렇지만······. 디오를 보니까 저 열정으로 귀족 작위도 쟁취할 것 같아서······."

"애초에 지금 상대도 안 해주잖아. 티나는 남자랑 사귀기보다 지금이 더 즐거워 보이니까."

"그것도 그렇군. 그런데 너는 언제 친해졌다고 세레스티나를 **티나**라고 불러?"

"응? 꽤 오래됐는데 너희 앞에서는 말을 안 했나? 그리고 내 이름도 에로무라로 굳어졌다고……."

"뭐……라고……?"

의욕을 불태우며 다시 일어난 디오가 갑자기 공포 영화에서 악령에 씐 피해자처럼 골격상 불가능한 각도로 목을 돌렸다.

"뭐, 뭐야…… 무섭잖아, 디오……."

"왜…… 왜…… 에로무라 이름을 세레스티나 양이 기억해……?"

"아니, 나는 도서관에서 자주 만나고 가끔 미스카 씨한테 부탁받아서 호위도 하니까…… 자연스럽게 외울 기회가 있었던 거지."

"당신…… 노리고 있나요?"

"저기, 얼굴 들이밀면서 고개 까딱거리지 말아줄래? 어디에 나오는 주교가 생각나는데……."

디오가 엄청난 박력으로 에로무라를 심문했다.

당장에라도 뒤에서 검은 손이 무수히 뻗어 나올 듯한 새까만 포스를 방출하고 있었다.

"디오, 에로무라는 엘프와 어린 여자애 말고는 관심 없어. 당당히 안즈에게 손을 대고 싶다고 말할 정도야. 유아 체형이 좋다고 말할 정도의 변태라고."

"그러면 세레스티나 양도 취향의 범위라는 말이잖아!"

"너무하잖아, 동지?! 그리고 그거 역효과야! 불에 기름을 뿌리는 꼴이라니까?!"

디오에게서 위험한 기운이 퍼져 나왔다.

디오는 휘청거리며 자기 책상으로 가서 페이퍼 나이프를 들고 에로무라에게 돌아섰다.

"헤헤헤…… 세레스티나 양에게 접근하는 남자는, 전부 죽이면 그만이야~."

""그건 스토커의 발상이야! 그리고 위험한 생각 하지 마!""

"츠베이트도 말이야~, 협력할 생각 없지……? 시작도 안 했는데 포기하라니, 너무하지 않아? 내가 얼마나 세레스티나 양을 진지하게 생각하는지, 새삼스럽지만 알아주면 좋겠어~."

왠지 디오의 칼끝이 츠베이트에게도 향했다.

디오는 살벌한 분위기로 천천히 걸어왔다.

그 박력에 밀려 츠베이트와 에로무라가 뒷걸음쳤다.

"야, 디오……? 냉정해져……."

"나는 냉정해~, 츠베이트……. 하지만 네 잘못도 있어……. 나한테서 세레스티나 양을 떼어놓을 생각만 하고……."

"떼어놓고 자시고, 너는 아직 친구 이상 애인 미만조차 아니잖아?"

"에로무라, 너는 너무 위험해. 걔한테 다가가기 위한 장애물은 적을수록 좋아……."

""마, 말로 하자…….""

"구축해주마……. 연적과 방해꾼을…… 한 마리도 남김없이……."

디오는 폭주했다.

흘러넘칠 듯한 연정을 살의로 바꿔서…….

◇　　◇　　◇　　◇　　◇　　◇　　◇

　―딸랑! 딸랑! 딸랑!

　"축하합니다! 1등, 2박 3일 리사구르 온천 2인 숙박권에 당첨되셨습니다~!"

　"……."

　산토르 상점가에서 경품 제비뽑기를 한 쟈네는 느닷없는 대박이 터져 당황하고 있었다.

　우연히 식료품을 사고 얻은 경품 뽑기권으로 시험 삼아 딱 한 번 돌렸을 뿐인데 예상하지도 못한 결과가 나왔다.

　딱히 기대하지는 않았지만, 가능하면 2등【츠바이헨더】나 3등【상급 포션 모둠 세트】가 나오기를 바랐다.

　"……1등은 됐고, 2등이나 3등으로 교환해주면 안 돼? 나한테는 그게 더 필요해서."

　"아쉽지만 둘 다 이미 당첨자가 나왔습죠. 이제 와서 변경은 불가능합니다요~."

　"아, 그래?"

　숙박권이 당첨된 것 자체는 기쁘지만, 문제는 **2인용**이라는 점이었다.

　쟈네 일행은 3인 파티라서 한 명이 빠지게 된다.

　사용 기한이 있어서 쓰지 않으면 아깝지만, 누가 가느냐로 다투는 상황만은 피하고 싶었다.

　"어떡하지?"

"나는 안 가. 온천에 간다면 귀여운 달링들이랑 가고 싶은걸."

"그래, 레나는 그렇겠지……."

"레나 씨는 한결같네……. 근데 나도 못 가. 아이들에게 인솔을 부탁받아서 마을 밖에서 사냥 훈련을 도와주기로 했어."

"이리스도? 이거 유효 기한이 이번 달로 끝인데……."

이리스와 레나 모두 예정이 있었다.

이렇게 되면 온천에는 혼자 가야 하지만, 그건 그것대로 외로웠다.

실연 여행 같아서 영 내키지 않는다.

"으음, 그럼 아저씨랑 같이 가면 어때?"

"이리스?!"

"어머, 그거 좋은 아이디어야. 어차피 제로스 씨한테 마음 있으니까 결혼 전에 여행 간다는 기분으로 다녀와."

"겨, 겨겨겨겨, 결혼 전?!"

쟈네도 일단 자기가 연애 증후군 증상이 있다는 것을 자각하고 있었다.

원래 본능이 궁합 좋은 이성을 바라는 현상이므로 고칠 약도 없고, 언젠가는 제로스에게 시집가게 되리라고 생각했다.

하지만 쟈네는 내면에 순수한 소녀인 터라 데이트 같은 단계를 건너뛰고 결혼을 운운하니 마음이 소심해졌다.

"그, 그런 짓을 어떻게 해!"

"왜? 쟈네 씨, 이미 발정 중이잖아? 아저씨랑 궁합도 좋고, 이대로 결혼까지 골인해."

"발정이라고 하지 마!"

"전부터 생각했는데…… 쟈네는 제로스 씨 연령대의 남성에게 거리를 두려고 하지? 혹시 무슨 트라우마라도 있어?"

"……윽."

레나의 한마디로 쟈네는 말문이 막혔다.

그녀의 말이 핵심을 찔렀기 때문이었다. 사정을 아는 사람은 루세리스를 빼면 쟈네를 키운 멜라사 사제장뿐이었다. 그리고 들추지 말았으면 하는 과거이기도 했다.

"그래…… 대충 예상은 되지만, 말하지 않는 편이 좋겠네."

"나는 그렇게 감이 좋은 네가 싫어……."

"응? 으응?"

"이리스는 몰라도 돼. 개인적인 사정은 파헤치는 게 아니야. 허락도 없이 함부로 파고들 만한 이야기가 아니니까."

"그럼 레나 씨는 안다는 뜻이지? 내가 그렇게 둔해?"

"쟈네 개인의 문제라는 것뿐이야. 그러니까 따뜻한 눈길로 지켜봐주자. 제로스 씨와 얼마나 사이가 가까워질지."

"결국 그 이야기냐……. 그보다 이 숙박권은 어쩌지? 사제장님이라도 줘야 하나……."

온천 숙박권이 처치 곤란해졌다. 멜라사 사제장에게 선물하려고 했으나, 왠지『필요 없어. 그딴 건 마음에 드는 남자랑 같이 가. 그리고 여자가 돼서 돌아오라고. 으하하하!』라고 말할 것만 같았다.

신성모독에 가까운 삶을 사는 사제장이지만, 키운 아이들에게는 은근히 신경을 써줬다. 그리고 아직 결혼하지 않은 쟈네와 루세리스에게 기회만 있으면 이야기를 그쪽으로 끌고 갔다.

고아였던 사람들이 행복해지기를 바라는 마음은 고맙지만, 단계를 건너뛰고 관계부터 맺으라는 호쾌한 사고방식에는 넌더리가 났다.

억지로 맞선 자리를 소개하는 오지랖 넓은 할머니보다는 낫지만……

"진짜 어쩌지……."

쟈네는 손에 있는 숙박권을 보면서 깊은 한숨을 쉬었다.

솔리스테어 공작가를 지지하는 귀족 가문은 무척 많고, 에르웰 자작가도 그중 하나였다.

하지만 에르웰 자작가 가주인 에두아르드는 도적 소탕에 나섰다가 독화살을 맞고 사망했으며, 현재는 아내인 마르그리트 에르웰이 가주 대리를 맡고 있었다.

원래 에르웰 자작가 직계 혈통인 마르그리트는 아버지에게 영지 운영을 배우며 자란 덕에, 서양자인 에두아르드와 사별한 후에도 큰 고생 없이 가업을 이어나갔다.

그런 그녀의 현재 걱정은 딸 크리스틴 드 에르웰이었다.

크리스틴은 에르웰 가문의 삼녀로 태어났지만, 두 언니는 이미 결혼하여 집을 떠나서 그녀가 가문을 이어야 했다.

그런 자각이 있는지 크리스틴은 공부에 힘쓰고 기사로서 매일 일과인 검술 훈련에도 매진했다.

하지만 어머니로서 젊은 딸아이가 책임감에 쫓기며 사는 모습은 솔직히 보기 안타까웠다. 어떻게든 숨 돌릴 여유를 주고 싶지만, 크리스틴의 지나치게 성실한 성격이 이를 완강히 거부했다.

그 딸은 지금도 창문으로 보이는 정원에서 기사들을 상대로 검술 훈련을 하고 있었다.

"후우…… 어떡하면 좋을까."

"흠…… 강제로라도 쉬게 해야겠군. 성실한 건 좋지만, 이대로 가면 부담에 짓눌려 무너질 게야."

"역시 그렇게 생각하시나요? 사가스 님."

"그래. 아직 어리니까 좀 쉬엄쉬엄해도 될 텐데…… 너무 무리하는 것처럼 보여. 이건 강제로 휴가를 줘야 해."

【사가스 세폰】.【연옥의 마도사】라는 별명을 가진 크레스톤 전 공작과 쌍벽이라고 불리는, 나름대로 유명한 마도사였다.

나이에 어울리지 않을 만큼 근육질인 노구는 키가 무려 2미터 가까이 됐다.

이 노인은 원래 자유분방한 성격이라서 누구 아래에 묶여 있을 인물이 아니지만, 지금은 에르웰 가문에서 크리스틴의 가정교사를 보고 있었다.

왜 귀족 가문의 가정교사가 됐는가? 이유는 단순히 『생활비를 벌기 위해서』였다.

마법 적성이 없다고 여겼던 크리스틴이 아한 마을에서 돌아오자 왠지 모르게 마법을 쓸 수 있게 되어 급히 마법 교사가 필요해진 까닭이었다.

그리고 크리스틴은 마법을 다루는 방법도 빨리 배워 웬만한 마도사는 금방 가르칠 게 없어졌다. 그래서 어느 정도 실적이 있는 사람이 필요했고, 그리하여 선택받은 인물이 사가스였다.

생활비가 없는 고명한 마도사와 후계자 교육으로 마도사가 필요한 자작가의 이해가 일치해 현재에 이르렀다.

"이럴 줄 알았으면 이스톨 마법 학교에 보낼 걸 그랬어요."

"아니, 그때는 마법을 못 쓰지 않았나? 그곳은 재능 없는 자에게 냉혹한 곳이야. 가지 않아서 다행이라고 생각하네."

"하지만 동년배 친구가 없는걸요. 그건 그거대로 슬퍼요."

"친구가 없다…… 그건 괴롭겠구먼."

사가스도 크레스톤과 싸우기 일쑤였지만, 일단은 친구였다. 그렇지만 크리스틴은 그런 친구조차 없이 밤낮으로 훈련에 매달렸다.

어린 나이에 수련에 청춘을 바치는 것도 안타까운 일이다.

"친구를 사귀기는 어렵겠지만, 숨 돌릴 기회는 만들어줄 수 있겠지."

"어떻게 하시려고요?"

"요즘 자주 들리는 소문이 있지 않나. 이웃 나라의 온천 말일세."

"아하, 피로를 푼다는 명목으로 휴가를 주는 거군요?"

"그래. 게다가 저 아이가 아한에서 들고 온 오리하르콘 말인데, 다룰 줄 아는 대장장이가 없어서 아직 검을 만들지 못했어. 리사구르에는 드워프도 있다고 하니까 대장장이를 찾는다는 명목을 내세워도 되겠군. 나도 쉬러 가겠다고 하면 지 애도 싫다고는 하지 않겠지."

"멋진 생각이네요, 사가스 님! 그럼 바로 준비할게요."

마르그리트는 책상에 놓인 종을 울려 집사를 부르고 의기양양하게 온천에 갈 준비를 하라고 지시했다.

그런 어머니의 마음을 모른 채, 창밖에서는 크리스틴이 검술 훈련을 이어가고 있었다.

 ## 제4화 아저씨, 조사 의뢰를 받다

크레스톤이 사는 솔리스테어 공작가 별장.

유이가 손질된 정원 사이를 산책하고 있었다.

출산을 앞두고 크게 부푼 배를 사랑스러운 손길로 매만지며 『건강하게 태어나렴, 우리 귀여운 아가』라고 기쁜 목소리로 속삭였다.

하지만 그런 그녀를 불안하게 보는 사람이 있었다.

"유이…… 제발 방에 있어줘. 혹시 넘어지기라도 할까 봐 조마조마해……."

지구에서는 그녀의 약혼자였고 이세계에서는 사실상 남편이 된 아도였다.

아도는 유이의 배가 불러올수록 굉장히 예민하게 그녀를 보호했다.

첫 출산이니까 불안에 시달리는 것도 당연하다면 당연하지만.

"어머, 임신해도 약간의 운동은 해주는 게 좋아. 토시는 걱정도 팔자야."

"아니, 보통은 걱정되잖아……."

"정원을 산책하는 정도라면 괜찮아. 오히려 난 토시한테 스트레스성 탈모가 생길까봐 엄청 걱정인데……."

크레스톤에게 신세를 지고 있는 아도는 생활비를 벌기 위해서 마법 스크롤 제작이나 마도구에 쓰는 마석과 마정석에 마법식을 새기는 일을 하고 있었다.

최근에는 【마도식 모토르 캐리지】 부품이기도 한 마력 모터 내부의 자력 발생 부품 제작을 맡거나 솔리스테어파 마도사들을 교육하는 등 닥치는 대로 일하고 있지만, 귀가하면 그도 한 명의 남편이자 곧 아버지가 될 사람이었다. 유이가 너무 걱정되어 곁에서 떨어질 줄 몰랐다.

보는 사람이 귀찮을 정도인데 유이는 마냥 행복해 보였다.

"뭐냐, 또 유이 씨 곁에 있었어? 곧 아버지가 될 텐데 채신머리 좀 챙겨."

"크레스톤 씨…… 그래도요~."

"몸 상태는 유이 씨가 제일 잘 알아. 우리 저택에는 의사도 있으니까 무슨 일이 생겨도 충분히 대응할 수 있어. 좀 믿어 봐라."

크레스톤도 옛날 같은 속앓이를 겪은 적이 있어서 무심결에 피식 웃었다.

하지만 출산은 어디까지나 유이의 몫이다. 아도가 따라다닌다고 달라질 것은 없다.

소용이 없다고는 하지 않겠지만, 매일 이런 모습을 보면 유난 떨지 말라는 말이 절로 나온다.

"아도 씨, 생각보다 애처가구나……."

"아니야, 리사. 아도 씨는 단순히 혼란스러운 거야. 매일 질리지도 않나 봐. 여자로서는 조금 부럽지만……."

"저기, 르다 이루루 평원 때 느낀 다크한 분위기는 대체 어디로 사라졌어?"

"만약 딸이 태어나면 딸 바보가 되겠어. 나한테는 보여, 아이가 괴롭힘당해서 보복으로 위험한 마법을 쏴버리는 아도 씨 모습이……."

"안 해!"

리사와 샤크티에게 놀림받지만, 지금 아도가 반박해봤자 설득력이 없었다. 제2의 크레스톤이 될 가능성이 유력해 보였다.

크레스톤은 아도를 보면서 『나도 딸이 갖고 싶었어. 아들이 그 모양이라……』라고 중얼거리고 있었다.

그런 가슴 따뜻한(?) 시간을 보내는데, 이 저택에서 집사로 일하는 댄디스가 잰걸음으로 찾아왔다.

"아도 님, 여기 계셨습니까?"

"앗, 댄디스 씨. 왜 그러시죠?"

"방금 심부름꾼이 왔습니다. 주인 어르신께서 아도 님과 제로스 님을 찾으신다고 하는군요. 급하게 전하라고 하여 찾고 있었습니다."

"델사시스 공작님이? 무슨 일이지?"

"저는 모르겠군요……."

"아도 공…… 그 녀석이 급히 찾는다면 아마 안 좋은 일이 터졌을 게야. 거기에 대응하려고 자네들을 써먹을 꿍꿍이겠지."

크레스톤은 친아들의 성격을 아주 잘 알고 있었다.

아쉽게도 행동까지는 파악할 수 없지만, 아도와 제로스라는 인선에서 아마 귀찮은 일이 생겼을 가능성이 크다고 예상할 수 있었다.

그럴 때일수록 적절한 인재를 고르기 때문이었다.

"본인의 부하로는 안 되나 보죠?"

"우리 영지에서도 저번 구조 개혁으로 꽤 많은 기사와 마도사가 왕도로 차출되었지. 그 후로 아직도 재편이 끝나지 않아서 적당한 인물이 없을 게야."

"아니, 그 사람이라면 아마 숨겨둔 부하가……."

"그 말은 입 밖으로 꺼내지 않는 편이 신상에 이로워. 어디에 눈과 귀가 있을지 모르니까. 위험한 일에 자주 개입하는 녀석이고, 소식을 전했을 때는 이미 퇴로가 막혔다고 보는 편이 나을 게야. 거절할 수도 없게 손을 써뒀겠지."

"……선택권은 없나. 어쩔 수 없지. 다녀올게요…… 고용된 입장이기도 하고."

"쓸쓸한 등이구먼."

아도는 유이 곁에 있고 싶겠지만, 계약직 근로자나 다름없는 입장이었다. 게다가 어디 사는 아저씨처럼 다른 수입이 있는 것도 아니었다.

처지가 이러니 뒤가 구린 상회 회장님께도 복종할 수밖에 없었다. 터벅터벅 뒷문으로 향하는 걸음은 무겁기만 하다.

"토시, 파이팅~!"

"아도 씨, 힘내~!"

"살아서 돌아와."

아도는 연력한 성인을 받으며 제로스 집으로 가려고 뒷문을 통해 숲으로 사라졌다.

"……그나저나 세레스티나가 집으로 오지 않는구먼. 댄디스, 자네는 뭔가 듣지 못했나? 바빠서 잊고 지냈는데 학교는 진즉 겨울 휴가에 들어갔을 시기야⋯⋯. 달력으로는 이미 계절도 봄이지 않나?"

"이스톨 마법 학교에서도 대규모 인사이동이 있었으니까요. 그 파장이 학생들의 학업까지 퍼진 거겠죠. 겨울 휴가가 어긋나는 일은 흔하지만, 이번 조직 개혁으로 인한 인사이동은 국가 규모다 보니⋯⋯."

"생각하지 못한 폐해구먼⋯⋯."

아저씨가 실시한 군사 훈련과 실전을 중시하는 츠베이트 및 위슬러파 학생들의 전술적 조직 개혁안이 한 노인의 즐거움을 앗아가고 말았다.

마도사들은 훈련을 받고 적재적소에 재배치되는데, 이때 학교 강사들도 대거 교체되었다.

그 여파로 학생들의 수업이 많이 미뤄진 것은 사실이나, 실제로 학교는 약 2주 전에 겨울 휴가에 들어갔다.

아직 인사이동으로 정신이 없어서 이더 란테에 있는 성적 상위자에게만 연락이 늦어진 것이다.

손녀를 사랑하는 크레스톤은 그 사실을 깨닫고 낙담했다.

등이 쓸쓸해 보이는 건 크레스톤도 똑같았다.

아도는 제로스 집에 도착했다.

여전히 괴상하게 진화한 꼬꼬 몇 마리가 무술 훈련에 힘쓰거나 그 외 다른 꼬꼬들이 밭에서 잡초를 제거하는 한편, 집주인은 마당에서 바이크처럼 보이는 물건을 조립하는 중이었다.

"제로스 씨, 저 왔어요~."

"으음? 아도 군이잖아. ……그런데 왜 그렇게 기운이 없어? 뭔 일 있어?"

"다른 게 아니고, 공작님이 부르신대요. 나랑 제로스 씨를."

"델사시스 공작님이? 뭘까, 또 귀찮은 일이 생긴 느낌이 드는데……."

"크레스톤 씨도 비슷한 말 했어요……. 힘은 있어도 권력에는 거스르지 못하는 우리네 인생……."

사람을 적재적소에 쓰는 델사시스 공작이 제로스를 부른다. 그 사실만으로 예삿일은 아니라는 예감이 들었다.

어지간한 일은 스스로 해결하는 사람이 제로스라는 카드를 꺼내 들었으니 그만한 사태가 일어났다고 보는 것이 논리적이었다.

뭐, 보수도 후하고 시간도 남으니까 일을 받는 데 불만은 없다. 그저 귀찮은 사태로 번지지 않기만을 빌었다.

"지금 바로?"

"네…… 심부름꾼이 왔다고 하니까 급한 용건이겠죠. 그런데 이거, 에어 라이더죠? 그리고, 바이크?"

제로스가 조립하는 물건은 살짝 삐딱한 이등변삼각형에 외장 도색이 되지 않은 【에어 라이더】와 미국 냄새 나는 디자인의 바이크 두 대였다.

"전에 그건 폐기물을 재활용한 거라서 설계를 다시 짰어. 예비

차를 포함해서 처음부터 부품을 다시 만들어 조립하던 참이지. 바이크는 금방 탈 수 있어."

"에어 라이더는요?"

"프레임을 경량화하고, 하는 김에 마력 전도율을 높여 봤어. 안타깝게도 블랙박스에는 손을 댈 수 없었지만."

"손댈 수 있으면 개조하게요?"

"당연하잖아? 할 수 있는데 안 하는 게 이상하지."

『그 사고방식이 더 이상하다』라고 아도는 생각했지만, 제로스가 물건을 철저하게 개량하는 버릇이 있다는 것을 떠올리고 말을 삼켰다.

안전성을 얼마나 고려했는지 모르지만, 아예 몰라볼 정도로 뜯어고치지 않아서 조금 안도했다.

"참고로 바이크 이름은 【바이크 선더스 13세】야."

"왠지 화려하게 샤우팅할 것 같은 이름[#1]이구만. 사고 날 거 같네요."

"기분 탓이겠지."

"그보다 열세 대나 만들었어요? 그리고 영어로 바이크는 자전거라는 뜻 아니었나? 아무튼 에어 라이더는요?"

"으음…… 【붉은 번개 호】? 아니, 【붉은 혜성 호】가 좋나?"

"안 빨갛잖아요. 세 배 빨라요?"

"적어도 음속은 나올걸? 에어 노즐을 개량해서 공기 압축률을

#1 화려하게 샤우팅할 것 같은 이름 애니메이션 「가오가이거」 시리즈의 캐릭터 「마이크 사운더스 13세」. 록 가수 모습으로 음파 공격을 하는 로봇이다.

최대한 높였고 가연성 액체 연료도…… 커흠! 프레임과 장갑도 오리하르콘과 미스릴을 쓴 경량 합금이지!"

"제트 엔진이잖아요, 위험하게! 탑승자가 날아간다고요!"

이 에어 라이더에는 전투기 같은 캐노피가 없었다.

더구나 좌석은 아슬아슬하게 2인승이 가능한 크기고 본체도 예전보다 꽤 작아졌다. 음속으로 비행하면 틀림없이 탑승자는 좌석에서 강제 사출 당한다.

"전부터 말했지만, 안전을 고려하라고요!"

"기존 부품을 개조할 수 없으면 다른 부분을 강화할 수밖에 없잖아. 너는 무슨 소리를 하는 거야?"

"당신이야말로 무슨 소리야?!"

"그보다 어서 델사시스 공작님한테 갈까. 워낙 바쁜 사람이니까."

"여러 생각이 들지만, 남은 이야기는 공작가 저택으로 가면서 하죠. 에휴……."

【섬멸자】 멤버에게 상식은 통하지 않는다. 하지만 판타지 세계가 현실이 된 지금, 제로스의 개조 버릇은 골칫거리였다. 사고로 피해자가 나온 뒤에 후회해봤자 늦다.

안전 기준이 현저히 낮은 이세계. 아도는 진심으로 델사시스에게 제품에 관한 안전 법규를 제안해야 할지 말아야 할지 굉장히 고민했다.

◇　◇　◇　◇　◇　◇　◇

안전 관련 법률의 중요성을 역설하는 아도와 『이세계니까 그런 법 없어도 되지 않아?』라고 억지 논리를 내세우는 아저씨는 이런저런 입씨름하는 사이에 영주의 저택에 도착했다.

제로스도 아도가 하는 말은 이해하지만, 취미로 만드는 물건을 법으로 규제하겠다는 게 아니꼬웠다. 무엇보다 사용하는 사람은 아저씨 본인이고, 아무리 사기적인 성능이라도 제대로 다룰 자신이 있었다.

아도도 자기 몸이 얼마나 말도 안 되는 스펙인지 이해하며 웬만한 일로는 생채기 하나 없이 생환하리라고 생각하지만, 【섬멸자】가 만드는 물건에 한해서는 믿음이 가지 않아서 『무조건 위험한 기능이 붙어 있다』라는 의심이 들었다.

실제로 【소드 앤 소서리스】에서 여러 번 낭패를 겪은 기억이 있어서 완고할 정도로 의심하고 만다.

이 말싸움은 델사시스가 있는 집무실 앞까지 이어졌다.

"주인 어르신, 제로스 님과 아도 님이 찾아오셨습니다."

『흠, 생각한 시간보다 이르군. 그래도 예상한 범위지만…… 들여보내도록.』

"두 분, 들어가십시오."

""네…….(예상 범위? 설마 오는 시간대를 예측한 건가?)""

신경 쓰이는 말투지만, 그래도 공작님이니까 따지지 않고 넘어갔다.

고개를 꾸벅 숙이고 방으로 들어가자 델사시스 공작이 어딘가에 존재하는 비밀 기구의 사령관처럼 탁상에 양손 깍지를 끼고 있었다.

"이번에 두 사람에게 맡길 임무는……."

"잠깐잠깐, 밑도 끝도 없이 뭐예요?!"

"갑작스럽네요, 델사시스 공작님……."

델사시스가 인사 한마디 없이 용건만 전하려고 하자 두 사람은 무심코 말을 끊었다.

"흠…… 자네들은 이런 말투로 이야기하면 의욕이 샘솟는 것 아니었나?"

"반대로 당황스러운데요."

"왜 그런 생각을 하셨는지 모르겠지만, 대화는 캐치볼입니다. 다짜고짜 던진다고 받을 순 없어요."

"그런가……. 한 번쯤 따라 하고 싶은 장면이었는데, 부자연스러웠나. 이 책처럼 되지는 않는군."

델사시스가 조금 아쉬워했다.

그의 손앞에는 유명한 인간형 병기가 그려진 만화가 있었다.

"왜, 왜 그런 만화가…… 대체 어디서 구했어요?"

"아마 우리 동족이거나 용사 중 누가 그려서 팔았겠지~. 게다가 쓸데없이 그림을 잘 그려. 그쪽 업계 경험자인가?"

"이건 우리 영내에서 사고를 친 자가 투옥 중에 그린 만화야. 제법 흥미로운 내용이라서 시험 삼아 출판했더니 의외로 잘 팔리더군. 좋은 물건을 주웠어, 후후후."

"표절이잖아!"

투옥됐다면 용사가 아니라 같은 전생자가 그랬을 가능성이 컸다.

그보다 델사시스가 두 사람이 아는 만화로 장난을 친 부분이 놀라웠다.

그는 제로스와 아도가 전생자임을 아는 얼마 안 되는 사람 중 한 명이지만, 설마 방에 들어오자마자 이런 농담을 할 줄은 생각지도 못했다.

보기보다 유머 넘치는 인물 같았다.

"델사시스 공작님이 이런 장난을 치실 줄은 몰랐군요. 어디서 배우신 건가요……."

"최근 다른 영지에서도 해괴망측한 짓을 하는 사람이 늘었어. 특히 『노예 하렘』이니 『동물 귀 하렘』이니 『큿, 죽여라 여기사』라느니, 제정신인지 의심스러운 소리를 지껄이고 다니지. 자네들 세계는 대체 어떻게 된 곳인지……."

""부끄러워어어! 동족이 이렇게 부끄러운 건 줄 몰랐어어어!""

동향 사람들이 각지에서 사고를 치고 다니는 모양이었다.

사기 능력을 받고 기고만장해져서 에로무라와 똑같은 바보짓을 벌인 자가 더 있는 모양이었다. 성적 욕망에 너무 정직하다.

"나는 유능하다면 성격이나 취향에 참견할 생각이 없네. 반대로 써먹지 못한다면 옹호할 필요가 없으니까 가차 없이 법대로 처벌하면 될 뿐이지."

"이 사람, 무서워!"

"저도 남이 싸지른 것을 치울 생각은 없어요. 자업자득인 걸 어떡합니까. 건실하게 살지 못한 사람 잘못이지."

"이 사람은 매정해!"

아저씨는 아저씨대로 바보짓을 벌인 자들을 도울 마음이 없었다.

어차피 모르는 사람의 자업자득이었다. 행동에 책임이 따른다는 것도 모르고 설친 결과일 뿐이니까 동향 사람이라는 이유만으로 도와줘야겠다는 생각은 들지 않았다.

이걸 받아주면 다른 범죄를 저지를 확률도 높고, 무엇보다 배움 없이 이세계를 살아갈 수 있을 리 없었다. 그리고 멍청한 행동을 하는 전생자와는 면식을 트고 싶지도 않았다.

"우리 외의 전생자가 어디서 뭘 하든 알 바 아니지만, 괜히 알게 되면 이용하려고 들 것 같네요. 일단 복역은 하고 새사람이 되기를 빌겠습니다."

"제로스 씨가 정상인지는 넘어가더라도 그 의견에는 동감이에요. 그런데 델사시스 공작님, 이야기가 샜는데 우리한테 무슨 용건이시죠? 어디서 문제라도 생겼나요?"

"그거 말인데, 자네들에게 조사 의뢰를 맡기고 싶어. 최근 국경 부근에서 수상한 시체가 발견됐는데, 조사에 난항을 겪고 있네."

"그런 건 각 영지의 경비대가 할 일 아닌가요? 우리를 부를 이유로는 좀 약해보이네요."

"일단 이 보고서를 읽어 보게. 그러고 나서 의견을 들려줘."

델사시스가 건넨 종이에는 현재까지 조사한 내용이 적혀 있었다.

보고서에 따르면 첫 번째 피해자는 도적이고, 미라처럼 말라 있었다고 한다.

시체 발견 장소에는 무기도 떨어져 있고 항전한 흔적도 보이지만, 만약 마물이 공격했다면 마물 사체나 혈흔이 있어야 할 텐데 그조차 보이지 않았다.

시체는 몸의 수분— 혈액만 말끔히 빠져나간 부자연스러운 상태였다.

"……의문사? 하지만 미라처럼 말랐다니, 이건……."

"으음…… 드레인 터치인가? 그래도 이 정도로 피를 뽑아 가는 마물이 있었나~? 【하이 위저드】 계열 【리치】라면 강력한 드레인 효과가 붙은 특수 능력이 있을 만도 하지만, 그건 던전에만 나오는 마물인데."

"저는 드레인 터치만으로 여기 적힌 수준의 효과가 있을지 의문이네요. 드레인 터치는 기본적으로 마력을 빼앗는 기술이니까요."

"미라화……. 나도 그게 마음에 걸려."

제로스와 아도의 몬스터 지식은 【소드 앤 소서리스】가 기준인지라 현실에서 에너지 드레인을 쓰는 마물에게 당한 피해자가 어떻게 죽는지는 알지 못했다.

게임에서는 죽으면 페널티를 받고 세이브 지점에서 부활하니까 실제 피해자가 어떤 모습이 되는지는 알 방법이 없었다. 실제로 미라화가 가장 정석이겠지만, 게임과 현실의 차이는 확인해 보지 않으면 모르는 법이다.

"뱀파이어는 어때요? 에너지 드레인은 직접 물어서 피랑 마력을 흡수하니까 조건에 맞지 않아요?"

"글쎄~? 애당초 흡혈귀 같은 마물은 이 세계에 오고 나서 들어 본 적도 없어. 용병 길드 퇴치 의뢰에서도 못 봤고. 이 보고서를 봐도 목에 상처는 없는 모양이야."

"흠…… 어떤 마물인지 짐작은 가나 보군? 역시 자네들을 부르
길 잘했어."

""앗…….""

이때, 두 사람은 큰 실수를 했다고 깨달았다.

델사시스는 어디까지나 피해자의 죽음에 관한 의견을 바랐을 뿐
이지 특정 마물의 이름까지 요구하지는 않았다. 도적이 살해된 방
법이 뭐든 현상 타파를 위한 정보만 있어도 충분했다.

하지만 제로스와 아도는 확신은 없어도 의심이 가는 몬스터의
이름을 거론했다.

즉, 그런 마물과 싸운 적이 있다고 증언한 것이나 다름없었다.

이제 이 사건에서 더더욱 발을 빼기 어려워졌다.

"이런 식으로 사람을 죽이는 마물은 처음이라서 말이야. 답을
내놓지 못해 고민이었는데 마침 잘됐군. 꼭 자네들이 도와줬으면
좋겠네."

"소, 속았다……. 처음부터 거절하기 힘들었지만, 이제는 빼지도
못해."

델사시스 공작은 두 사람을 전생자나 이세계인으로 보지 않고,
쓸만한 인재냐 아니냐로 판단하여 교묘히 유도해서 이용하려고 들
었다.

거절하기 힘들게 몰아가는데 워낙 능해서 솔직히 제로스에게도
버거운 상대였다.

"뭐, 상관없겠죠. 이건 원인을 규명하고 퇴치까지 포함한 조사

의뢰인가요?"

"그래. 원인을 알아내고 없앨 수 있다면 그렇게 해주게. 그에 걸맞은 보수도 약속하지."

"식객인 나는 선택권이 없지 않나? 뭐, 돈 준다는데 안 할 이유도 없지만."

"원한다면 부부가 지낼 주택도 마련하지. 내 소유 건물 중에서 적당한 집을 싼값에 넘겨주겠네."

"시켜만 주십쇼, 보스! 반드시 이 의뢰를 달성하겠습니다!"

델사시스가 제안한 조건에 아도가 득달같이 달려들었다.

제로스는 교섭을 하며 신중하게 판단하고 싶었는데 계산이 틀어졌다. 게다가 사태를 예측할 수 없기 때문에 아도 혼자만 보낼 수도 없었다.

잘못하면 동향 여성들의 원한을 한 몸에 산다.

'이거, 델사시스 공작님이 작전을 잘 짰군. 아도 군이 뭘 원하는지 알고 여기에 끌어들였겠지. 허점도 보이지 않아. 정말 상대하기 힘들어.'

이렇게 되면 아저씨도 결심을 굳혀야 했다.

"그럼 이 의뢰서에 서명하게. 그리고 피해자의 시체를 조사해야 할 수도 있으니 요새 입장 허가증도 준비했네. 두 대원의 건투를 기원하지."

"그 콘셉트, 아직 계속해요……?"

"의외로 장난기 있는 분일세. 이런 상사를 갖고 싶었는데~."

이렇게 두 사람은 조사 의뢰를 맡았다.

뭐가 있을지도 모르는 상태에 단서는 도적 시체밖에 없었다.

게임처럼 힌트가 나오지도 않으니까 아마 어려운 조사가 되리라.

제로스와 아도는 귀가하자마자 여행 준비를 시작했다.

"네? 온천……이요?"

어머니에게 불려 집무실을 찾은 크리스틴 드 에르웰은 난데없는 이야기에 당혹스럽게 물었다.

"그래. 최근에 무리하는 것 같으니까 당분간 훈련이나 공부에서 멀어지세요."

"하지만 어머니…… 나— 저는 영주로서 한시라도 빨리 실력을……."

"그러다 몸이 망가지면 다 헛수고예요! 기사들도 신경 써주기는 하지만, 가문을 이을 당신이 건강관리를 게을리하면 어떡하나요?"

"으……."

"그리고 크리스틴……. 목표를 향해 노력하는 건 잘못되지 않았지만, 당신이 조만간 쓰러지지나 않을까 다들 불안해해요."

"어머니……."

크리스틴은 영주가 되기 위해 부단히 노력했다.

낮에는 검술 훈련, 밤늦게까지 책을 읽고 그밖에도 예절 교육이나 최근 쓸 수 있게 된 마법 연습 등 쉴 틈이 없을 정도였다.

영주민의 삶을 보호하기 위해 목숨 바친 아버지. 그 등을 좇아

한 걸음이라도 더 다가가려는 열망은 잘 알지만, 마르그리트는 부지런함과 무리함은 다르다고 타일렀다.

크리스틴도 최근 푹 쉰 기억이 없었다. 모르는 사이에 폭주해 주변에 걱정을 끼쳤다고 새삼스럽게 깨달았다.

"지금은 당신이 영주가 될 예정이지만, 데릴사위를 들이면 남편을 보조하게 돼요. 벌써 근육근육해지면 곤란해요."

"근육근육…… 어머니, 어디서 그런 말을? 나는 그렇게 근육질이 아니에요!"

"그래도 이대로 가면 그렇게 될 수도 있잖아요? 엄마는 걱정이야…… 요즘에는 욕실에서 속옷을 휙휙 던지고 탕에 뛰어들기나 하고……. 조신한 몸가짐은 어디로 갔니……. 엄마, 너무너무 슬퍼……."

"그, 그건……. 그래도 그거랑 온천 여행은 상관없지 않나요……?"

가끔 예의범절을 벗어던지고 품위 없이 행동하는 것이 최근 크리스틴의 은밀한 즐거움이었다.

물론 귀족으로서 이래도 되나 싶긴 하다.

그래도 평소에는 귀족답게 행동하니까 조금은 눈감아줘도 될 텐데, 라고 마음속으로 투덜댔다.

하지만 어머니가 면전에서 주의하니 역시 부끄러워서 얼굴이 빨개졌다.

"이것도…… 그이가 떠나고 무거운 짐을 짊어진 탓이겠지. 흑흑흑~."

"어머니, 연기 티 나요. 어쨌든 알았어요, 갈게요! 쉬고 오면 되는 거죠!"

"그래, 느긋하게 쉬고 오렴. 정말 손이 많이 가는 아이라니까……."

"내 탓이에요?! 이게 내 탓이에요?!"

"또 말투가 돌아왔잖니. 아직 멀었군."

"그러니까 그런 말투는 어디서 배운 거예요……?"

평소에는 숙녀다운 마르그리트도 가끔 크리스틴을 갖고 놀았다.

여자 혼자서 영주 역할을 수행하는 그녀는 크리스틴을 놀리면서 스트레스 해소와 부모자식의 교류를 겸했다. 일석이조지만, 놀림받는 입장에서는 난감할 뿐이었다.

"참고로 이 책을 보고 따라 했단다. 【야구하는 왕자】랑 【슈퍼 브라더스】."

"처음 건 그렇다 쳐도 다른 하나는 이름이 영 수상쩍지 않나요?"

"그이도 겉보기에는 말랐지만 벗으면 대단했어……. 근육, 좋지 않니♡ 앗, 그래도 딸이 근육근육해지는 건 좀……."

"글쎄, 저는 그런 근육질은 안 된다니까요!"

"정수리로 정체불명의 빔은 못 쏘더라도 눈에서 빔 정도는 안 나갈까?"

"어머니?!"

크리스틴은 때때로 어머니를 이해할 수 없었다.

딸에게 뭘 바라는 것일까…….

"그리고 온천에는 너를 포함해서 이자드와 사가스 님까지 세 명이 갈 거야. 숙박권에 숙박 인원이 정해져 있어서 그래. 그리고 기한도 얼마 안 남았고 예산 측면에서 다른 사람을 더 붙이기가 어려워. ……주로 교통비 때문에."

"네? 이자드는 알겠지만, 사가스 선생님도요?"

"연세가 많으시잖아. 가끔 푹 쉬고 싶으신가 봐. 요즘 들어 허리 통증도 심하다고 하고."

"방금 기사들과 함께 격투 훈련을 하시던…… 아, 휴양이 필요하겠네요. 알겠으니까 노려보지 마세요, 어머니…… 무서워요. 그럼 온천 여행은 언제 출발하나요?"

"3일 뒤야. 기사 중에 경품으로 무료 숙박권을 얻은 사람이 있는데, 볼일이 생겨서 못 간다고 해. 이자드를 통해서 부탁했더니 흔쾌히 팔았어."

"나는 그『흔쾌히』라는 부분을 믿을 수가 없는데……. 억지 부리셨죠?"

에르웰 자작가의 영지는 작지만, 희귀한 약초가 나오는 숲이 있어서 나쁘지 않은 수익을 올리고 있었다. 하지만 세수입으로 여행을 갈 만큼 여유롭지는 않았다.

아마 숙박권의 본래 소유자를 우락부락하고 험상궂은 기사들로 둘러싸고 머리 숙이며 다짜고짜 부탁했을 것이다. 크리스틴의 머릿속에 그 광경이 저절로 그려졌다.

기사들은 정열이 넘치다 못해 부담스러운 사람이 많고, 성격은 좋지만 입이 험한 사람이 많았다. 그런 이들이 예의 바르게 부탁한들 다른 사람들에게는 협박으로밖에 보이지 않는다.

"……아무리 생각해도 범죄 현장으로 보여요."

"돈은 분명히 드렸는걸?"

"……꽤 겁주지 않았나요? 그리고 3일 뒤는 너무 갑작스럽잖아요!"

"그, 그런 짓은 안 했어. 안 했고말고."

"눈 똑바로 보고 말하세요. 그리고 왜 두 번 말씀하셨죠?"

마르그리트는 교육에 엄격하지만, 그 이상으로 자식 사랑이 유별났다.

평소에는 의연한 태도를 유지하지만, 딸과 둘만 남으면 이렇게 어깨의 힘을 풀기도 했다. 그리고 딸이 관련되면 도를 넘은 행동을 벌이기도 한다.

"협박 안 했어! 정말이란다. 엄마를 믿어주렴……."

"후우…… 어쨌거나 나는 휴가를 가야 한다는 거네요? 어머니가 고귀한 희생자를 냈으니까, 누군지는 몰라도 그 희생을 헛되이 할 수는 없죠."

"굉장히…… 듣기 안 좋은 말이네? 누가 들으면 사람이라도 죽인 줄 알겠어……."

"확실히 요즘 공부와 훈련만 하느라 걱정을 끼친 것도 사실이죠. 이번에는 사람들의 호의에 따를게요."

자신은 축복받았다고 생각하면서 가족이나 다름없는 사람들의 선의를 받아들이기로 했다.

그만큼 자신이 무리하는 것처럼 보였다니까 진심으로 사과하고픈 마음도 있었다.

하지만 크리스틴은 입장 때문에 스스로 사과할 수 없었다.

귀족이라는 지위에는 귀찮은 세약이 따른다.

"올 때는 선물을 사 와야겠네요."

"앗, 엄마는 【루즈베리 와인】을 받고 싶어. 리사구르 부근이 명

산지야. 전에는 상인이 메티스 성법 신국에서 멀리 돌아오느라 가격이 어찌나 비쌌는지~."

"지금은 그 마을도 꽤 커졌다고 하죠. 아무튼 사람들에게 와인을 한 병씩 선물할게요."

루즈베리는 겨울에 열리는 포도와 비슷한 식물이다. 가을에 꽃이 피고 꽃잎이 진 후에 반원형 열매 송이를 맺는다. 열매의 생김새는 블루베리를 상상하면 될 것이다.

그대로 먹어도 새콤한 단맛이 나서 맛있지만, 와인으로 만들면 극상품 술이 된다. 더군다나【리큐르 포션】재료로도 사용되는 다재다능한 과일이다.

품질이 낮은 것들은 서민도 부담 없이 살 수 있어서 가난한 마도사나 연금술사도 자주 찾는다.

"제법 비싸지 않나요?"

"품질이 좀 떨어져도 돼. 그래도 와인 애호가는 포기할 수 없는 맛이니까."

"나는 술이 약해서 잘 모르겠는데……."

"술맛을 모르다니, 크리스틴은 아직 어린애구나. 맛을 즐기지 못하면 사교계에서 나가서 고생한다?"

"……어머니 선물은 따로 필요 없죠? 저택에 있는 사람들을 우선한다 치고, 그 많은 양을 어떻게 옮기지?"

"뭐?! 장난이지? 진담은 아니지?"

마르그리트는 애주가며, 특히 와인이라면 사족을 못 썼다.

그런 그녀는 딸의 비위를 맞추려고 매달리며 필사적으로 애원했다.

이 시점에서 입장이 완전히 역전되어 버렸다.

"이보게, 이야기는 끝났나~? 이제 강의할 시간이네만."

"앗, 사가스 선생님."

모녀의 흐뭇한 대화가 오가는 도중에 거구의 늙은 마도사가 문을 노크하며 들어왔다.

거기서 사가스가 본 마르그리트는 빈말로도 귀족의 위엄이 있다고 할 수 없는 꼴이었다.

"흠, 아직 다투고 있었나? 하지만 휴가 계획은 이미 잡혔으니까 크리스틴에게 선택권은 없잖나?"

"아뇨, 그 이야기는 끝냈어요. 지금은 저택에서 일하는 분들께 드릴 선물을 어떻게 운반할지 고민하는 중이에요. 어머니 선물은 빼겠지만……."

"안 돼애애! 그렇게 매정한 말 하지 마~! 부탁이니까 와인 사다 줘~! 크리스틴은 엄마가 싫어? 정나미가 떨어졌니?!"

겨우 와인 하나 때문에 고래고래 애원하는 그녀에게서는 평소 엄격한 가주의 모습은 털끝만큼도 찾아볼 수 없었다.

눈물 맺힌 눈으로 어떻게든 딸을 설득하려는 모습은 한심하기 짝이 없었다.

이 모습은 그냥 술꾼 아닌가.

"……그거라면 내가 옛날에 던전에서 구한 아이템 백이 있지. 겉으로 보이는 것보다 많이 들어가니까 짐은 걱정하지 말게."

"앗, 그러면 괜찮겠네요. 이제 안심하고 선물을 사 올 수 있어요. 어머니 몫은 빼고……."

"아니, 진심이니?! 제발 거짓말이라고 해줘어어어~!"

마르그리트의 애원은 시종일관 무시당했다.

이날부터 이틀 동안 여행 채비를 마친 크리스틴은 사흘 뒤 이른 아침에 사가스 옹과 호위 기사 이자드를 대동해 마차로 알톰 황국 리사구르 마을로 출발했다.

『정말로 와인 사와야 한다? 엄마가 부탁할게에에~!』라고 울면서 소리치는 어머니에게 배웅받으며……

새벽일을 나온 영주민에게 그 꼴을 들킨 크리스틴은 수치심에 고개를 들지 못했다.

제5화 츠베이트, 늦게나마 휴가에 들어갔습니다

"네에에?! 온천이요? 쟈네 씨랑?"

여행 준비를 하던 중, 이리스가 뜬금없이 꺼낸 이야기에 아저씨가 놀라서 소리쳤다.

눈앞에는 좋은 생각이라는 듯 흡족하게 웃는 이리스와 고개를 끄덕거리며 활짝 웃음 짓는 레나, 그리고 새빨개진 얼굴로 노려보는 쟈네가 있었다.

그런 그녀들의 뒤쪽에는 사신이 공중에 떠 있었다.

방금 알피아를 소개했을 때, 쟈네 파티도 처음에는 놀랐지만 원인이 아저씨라고 것을 안 뒤로 왠지 납득해버렸다.

괜히 캐묻지 않아서 기뻐해야 할지, 불명예스러운 주변의 인식에 슬퍼해야 할지 제로스도 복잡한 심경이었다.

"흠…… 그거 설마 약혼 여행인가요?"

"'응, 맞아.'"

"마, 맞긴 뭐가 맞아?! 우연히 경품으로 2인 숙박권을 얻었을 뿐이야!"

이리스와 레나는 맞다고 하지만, 쟈네는 펄쩍 뛰며 아니라고 부인했다.

살짝 슬퍼진다.

"공교롭게도 델사시스 공작님께 의뢰를 받았어요. 자세하게는 말할 수 없지만, 잠시 도시를 벗어날 겁니다. 기한도 미정이고요."

"아~, 쟈네 씨 아쉬워서 어떡해? 단둘이 알콩달콩 사랑을 속삭이며 혼욕할 기회였는데."

"누, 누가 그러고 싶대?! 우연히 당첨됐을 뿐이야!"

"그렇게 악을 쓰면서 부정할 것까지는……. 의뢰만 아니었으면 단둘이 찐득한 온천 여행도 즐겼을 텐데. 천추의 한이구만."

매우 아쉬워하는 아저씨에 비해서 쟈네는 홍당무처럼 빨개진 얼굴로 육지로 올라온 물고기처럼 입을 뻐끔거렸다.

그 모습을 보고 속으로 씩 웃는 제로스. 사디스트였다.

"제가 아니라도 루세리스 씨랑 가면 안 되나요?"

"저는 전에 유급 휴가를 써서 당분간 휴일이 아니면 못 쉬어요."

"그렇군요……. 하긴, 여자 두 명만 여행을 가기도 위험하죠. 레나 씨는……."

"나는 여자끼리 온천에 갈 마음 없어. 귀여운 boy가 있다면 몰라도. 그러니까 이리스랑 갈 수밖에 없어."

"괜찮네요. 이리스 양이라면 둘만 가도 안전하겠죠. 어지간한 용병보다 강하니까."

"아저씨, 은근히 사람 차별하지 않아? 에휴, 애들한테는 나중에 사과해야겠다."

결론이 이렇게 나 버리면 아이들과 훈련을 나가기는 틀렸다.

"마침 용병 길드에서 정신 나간 마차가 초고속으로 손님을 태워 줍니다. 아마 하루면 이웃 나라까지 갈걸요? 나는 다시는 안 타지만☆(찡긋)"

""그건 절대로 안 타!""

이리스와 쟈네가 동시에 외쳤다.

그녀들도 제로스가 모르는 사이에 【하이 스피드 조나단】의 마차를 탔다가 호되게 당했나 보다.

"그러면 【마도식 모토르 캐리지】를 빌려줄까요? 스피드 리미터를 풀지 않으면 속도도 그다지 나오지 않고, 무엇보다 좌석이 푹신해서 좋죠. 승차감이 마차와는 비교가 안 돼요."

"잠깐만, 아저씨! 우리 면허 없어! 무면허 운전은 불법이잖아."

"면허? 이리스 양…… 대체 무슨 소리예요? 이 나라에는 아직 그런 제도는 없어요."

"……앗. 그래도 괜찮을까……?"

"바이크를 훔쳐서 타고 다닐 나이에 무슨 걱정이 이리도 많으실까. 약간의 비행도 인생 경험이에요. 젊은 애들이 말을 타고 가도를 폭주하는 시대에 뭐? 면허~? 그거 먹는 건가?"

"어느 세상에 어른이 애를 나쁜 길로 끌어들여?!"

아저씨는 법의 허점을 노려 【마도식 모토르 캐리지】를 떠넘기려고 했다.

물론 젊은이를 나쁜 길로 이끌려는 목적은 아니었다.

원래 【마도식 모토르 캐리지】는 안전성을 중시해 만든 차인 만큼 일반인이 운전했을 때의 의견을 듣고 싶다는 실험적인 의미도 있었다. 쉽게 말하면 출시 전 고객 시승회다.

하지만 그 점이 가장 중요한 부분일 텐데 뒤늦게 실실 웃으며 용건을 말하니 이리스나 쟈네에게는 구차한 변명으로밖에 들리지 않았다.

사람을 놀리려고 중요한 사실을 뒤로 미루는 것을 보면 제로스도 성격에 문제가 있었다.

"그런 연유로 당분간 저랑 아도 군은 집을 비워야 하는데…… 알피아 씨, 괜찮겠어요?"

"음? 잠깐, 그럼 내 식사는 누가 만들어?"

할 일 없이 공중을 둥둥 떠다니던 알피아는 갑자기 자기 상황을 깨닫고 당황했다.

제로스가 없으면 당분간 유일한 낙인 식사를 하지 못한다.

딱히 음식을 섭취하지 않아도 죽지 않지만, 그러면 제로스가 돌아올 때까지 뇌 안에 다운로드한 게임으로 시간을 보낼 수밖에 없다.

그래도 이러한 세임들은 이미 다 공략해 버려서 따분하게 시간을 보내야 한다.

"돈을 두고 갈 테니까 낭비하지 말고 계획적으로 생활하세요.

식비를 내면 루세리스 씨가 저녁은 해줄 겁니다."

"으으…… 나는 햄버그스테이크가 좋은데. 어쨌거나 언제 돌아올지 모른다고 했지? 조금 이르지만 나도 행동에 나설까……."

"무슨 예정이라도 있나요?"

"여기저기 돌아다니면서 얼간이들을 잡아야지. 조금이라도 족쇄를 풀어두면 유리하니까."

"힘 조절은 해주세요~. 실수로 세계 멸망시키지 말고."

"그렇게 힘쓸 생각은 없지만, 크레이터가 생기는 정도는 괜찮겠지?"

"뭐, 그 정도라면야."

예상 피해 규모에 대한 둘의 인식이 이상했다.

아저씨의 상식은 이미 인간과는 다른 걸까.

다음 날, 제로스와 아도는 산토르를 떠났다.

이스톨 마법 학교가 휴가에 들어가고 2주 뒤.

마침내 이더 란테에 와 있던 학생들도 겨울 휴가를 통보받았다.

휴가 기간도 크게 어긋나서 달력상으로는 이미 봄이었다.

겨울 휴가가 아니라 봄 휴가라고 해야 할 판국이다.

이런저런 불만은 있지만, 어쨌든 세레스티나와 츠베이트도 집으로 돌아갈 수 있게 됐다.

하지만 그전에 친구들끼리 용병 길드의 마차를 빌려서 리사구르 온천에 가자는 이야기가 나왔다.

요컨대 지상에서 놀자는 것이었다.

이더 란테는 지하 도시. 햇빛이 없거니와 푸르른 풀밭도 없었다.

도시 중앙에서 암반을 지탱하는 거대한 기둥을 통해서 지상으로 갈 수는 있지만, 강한 마물들이 생태계를 형성해 목숨을 걸어야 했다. 결국 할 일이라고는 마도구 조사뿐이었으니 지상이 그리울 만도 했다.

같은 생각을 한 사람은 세레스티나만이 아니었다. 다른 학생들도 온천 마을에 가려고 용병 길드가 운행하는 마차에 올라탔다.

"우와, 눈이 쌓였어. 저 아무도 밟은 적 없는 눈 위로 다이빙하고 싶다."

마차에서 당장에라도 눈밭으로 뛰어들 것 같은 소녀, 늑대 수인 우르나가 잔뜩 들떠서 말했다.

"그, 그건 좀……. 몸이 젖으면 동사할지도 몰라요. 그래도 다이빙하고 싶은 마음은 이해되네요. 기온이 관리되는 이더 란테와 달리 지하 가도는 지열 때문에 뜨거웠으니까요."

"우르나 님은 목숨 아까운 줄 모르는 분이시네요."

드워프들이 만든 일루마나스 지하 가도를 빠져나오자, 그곳은 설국이었다.

알톰 황국은 국토 대부분이 산악 지대고 해발 고도가 높은 험난한 사맥이 가로지른다.

그 탓에 겨울에는 폭설이 내리는 반면, 산맥 너머 남쪽에 위치한 솔리스테어 마법 왕국에는 눈이 거의 내리지 않는다. 더 남쪽인

해안 지역까지 가면 눈을 볼 일이 없다.

산맥을 넘은 눈구름은 솔리스테어 마법 왕국에 도착할 즈음에 힘을 잃고, 남쪽 바다의 따뜻한 기류와 만나면 눈이 비가 되기 때문이다.

한편, 알톰 황국보다 더 북쪽에 있는 이사라스 왕국도 눈이 많이 오는 나라다.

이 지역을 도는 행상인들은 일루마나스 지하 가도에 도착할 때까지 가혹한 대자연과 싸워야 한다.

그래서 겨울에는 말 대신 【코모스】라는 소형 맘모스 같은 생물로 마차를 끈다. 물론 지금 학생들이 탄 마차도 코모스가 끌고 있었다.

이렇듯 이사라스 왕국과 알톰 황국의 행상인은 말과 코모스를 모두 사육했다.

"개는 눈이 오면 신이 나서 마당을 뛰어다닌다고 들었는데, 수인도 그런가요? 궁금하네요."

"캐럴스티 님, 그건 우르나 님에 대한 결례가 아닐지……."

"항상 결례를 범하는 미스카가 지적할 처지는 아닌 거 같은데요……."

"아가씨…… 입은 재앙을 부르는 문이랍니다."

미스카의 안경이 수상하게 번쩍였다.

세레스티나는 도망갈 곳 없는 상황에 식은땀을 흘렸다.

"온천은 미용에 좋다고 하던데, 리사구르 온천은 어떤가요?"

"글쎄요? 저는 모르겠지만, 피로가 풀리면 충분하지 않을까요? 캐럴스티 님은 지식욕이 많으시네요."

"성분을 분석해보고 싶네요. 이럴 때 【감정】 스킬이 있으면 얼마나 좋을까."

"앗, 설원 늑대다. 이런 곳에도 있구나. 사냥해보고 싶어."

그렇게 수다를 떠는 여성들을 뒤에서 바라보는 자들이 있었다.

"……즐거워 보이네."

"그러게. 뭐, 어쩌겠냐. 큰 마차를 빌리지 못한 탓이지."

여성들이 탄 마차 뒤로 남자들이 탄 용병 길드 마차가 달리고 있었다.

디오의 눈은 앞쪽 마차에서 소녀들이 재잘재잘 떠드는 훈훈한 광경에서 떨어지지 못했다. 저기에 섞이고 싶었나 보다.

"그러고 보니 동지, 안즈는 없어? 그 애도 일단은 호위병이잖아?"

"있어. 세레스티나를 지키고 있을 텐데……."

"어디에 있다는…… 앗, 있네……."

나무들에도 눈이 쌓여 일대가 온통 하얗게 물든 세계에서 닌자 소녀는 나무 사이로 눈 한 송이 떨어뜨리지 않으며 질주했다.

닌자의 뛰어난 기량과 어마어마한 속도로 나무를 옮겨 다니고, 가끔 보이지 않는 곳에서 붉은 비를 뿌려 흰 눈을 심홍색으로 덧칠했다.

아마 마물을 처리하는 모양이었다.

"안즈, 대단하네. 저렇게 움직이면서 정확하게 마물을 해치워……."

"그러는 너는 밉히냐? 니도 신행해서 위협을 제거해야 하지 않아?"

"나는 저 속도로 눈밭을 돌아다닐 수 없다고! 장비 무게만으로 파묻힌다니까?! 나는 보다시피 중무장한 전사야!"

에로무라는 억울하다는 투로 변명했다.

그의 직업은 【블레이드 나이트】. 기사라는 이름이 붙은 만큼 장비는 중장갑이며, 설원이나 늪지에서 전투 능력이 현저히 떨어진다. 기본적으로 중무장으로 방어하고 카운터로 상대를 쓰러뜨리는 전법을 주로 사용하니 설산 국지전은 서툰 분야였다.

【소드 앤 소서리스】라면 지형 효과를 무시하겠지만, 현실에서는 그 영향을 오롯이 받는다. 결국 에로무라는 마차 안에서 경계나 할 수밖에 없었다.

"……호위병이잖아? 이럴 때를 예상하고 필요한 장비를 맞춰야 하는 거 아니냐?"

"장비를 세트로 맞추려면 돈이 얼마나 드는데! 물론 봉급은 받지만, 아직 싼 물건밖에 못 사. 중고품을 사려고도 해봤는데 방어력이나 내구성이 불안해 보였어."

"그래도 생각은 했구나……."

"동지이이?! 너, 내가 생각이 없는 줄 알았어? 이렇게 보여도 일은 제대로 한다고!"

"미안…… 네 평소 태도가 그 모양이라서 그만…….

아무리 성실하게 일해도 에로무라의 평소 행실을 보면 빈말로도 성실하다고는 말하기 어려웠다. 오히려 빈둥빈둥 노는 것처럼 보였다.

하지만 평소 모습이 아무리 껄렁껄렁해 보여도 그도 전생자 중 한 명이었다. 실력은 이 세계에서 최상위권에 속할 것이다.

미미한 살기에도 반응하고 조그마한 소리에도 즉시 전투태세에 돌입한다. 색적 범위도 보통 사람보다 넓다.

그런데도 평상시 미덥지 못한 행실 때문에 도저히 그런 실력자로 보이지 않았다.

"나 운다? 아니, 이건 진짜 울어야 해."

"평소 행실이나 고쳐. 도무지 대단한 실력자로는 안 보이잖아. 항상 여자 꽁무니만 바라보니까."

"모르는 소리! 가슴도 똑바로 본다고! 그리고 얼굴도!"

"그렇게 여자들이 싫어할 짓만 골라서 하니까 인기가 없는 거 아니야? 뭘 잘난 척 소리치고 있어! 자제해."

"내 마음에 솔직하게 살고 있을 뿐이야. 욕망을 위해서 신념을 관철할 각오가 있지! 언젠가 빵빵한 엘프 가슴에 파묻히고 말 테다!"

감탄스러울 정도로 바보였다.

그리고 꿈을 열변하는 모습은 쓸데없이 남자다웠다.

소신 있는 에로는 단순한 에로가 아니다.

마땅한 격식에 갖추어 이렇게 부르도록 하자.

……변태라고.

"……야, 그건 칭찬받을 짓이 아니잖아. 디오, 너도 한마디…… 디오?"

"응? 세레스티나 양은 언제 봐도 천사인데? 아아…… 이 마음을 어떻게 전하면 좋을까……."

"이건 글렀군. 완전히 자기만의 세계에 빠졌어."

츠베이트는 빨리 고백하고 차이기나 했으면 좋겠다고 생각했다.

하지만 중요한 순간에 행동하지 못하는 것이 디오였다. 그런 주제에 세레스티나에게 접근하려는 남자에게는 질투한다.

"야, 디오……. 설마 아니겠지만, 세레스티나에게 접근하려는 남자들을 몰래 묻어버리거나 하진 않았지?"

"……."

"뭐라고 말 좀 해 봐. 경쟁자를 **없앤** 거 아니지?! 범죄에 손댄거 아니지?!"

"그럴 리가 없잖아……. 너무하네. 나는 그렇게 비상식적인 짓은 안해…… 아마."

"아마라고 했어?! 그리고 내 눈 보면서 말해! 왜 시선을 피하려고 해!"

디오의 멱살을 잡고 흔들지만, 그는 더 이상 말하지 않았다.

적은 아니지만 확실히 편들어 주지도 않는 츠베이트의 태도를 믿지 못하기 때문이리라.

중립은 때때로 신뢰를 잃는 법이었다.

"동지…… 네 친구는 인륜에서 벗어났을지도 몰라. 우리끼리만하는 이야기지만…… 학교에 있을 때 동지가 말한 일이 실제로 벌어졌다고 들었어. 들기로는 뒷골목에서 습격받은 인간이 몇 명 있다고 해."

츠베이트는 포기한 것처럼 디오를 놓아주고 에로무라에게 돌아섰다.

"에로무라…… 그런 정보가 있으면 더 일찍 말해줬어야지."

"아니, 나도 티나의 인기가 마음에 걸려서 미스카 씨한테 조언를 구한 적이 있어. 그랬더니 『아가씨의 정신 성장을 위해서 당분간 가만히 지켜보세요. 이성의 호의를 깨닫지 못하면 아직 어린애나 다름없죠』라면서 입막음 당했어. 장담하는데 그 사람, 재미로 그러는 거야."

"……미스카."

"그래도 미스카 씨가 까라면 까야지. 그리고 그 사람 말에도 일리는 있으니까."

미스카는 에로무라에게도 몰래 손을 써뒀다고 한다.

그녀가 무슨 흉계를 꾸미는지 알 수 없었다.

"뭐 어때! 우리 사이에서 세레스티나 양은 경쟁률이 높아. 나같이 평범한 놈은 절대로 돌아봐 주지 않아……. 그러니까 라이벌은 적은 편이……."

"우리? 복수형?! 에로무라, 내 교우 관계를 되돌아볼 때가 온 걸까?"

"그래. 나도 암습은 선을 넘었다고 생각해. 깔끔하게 고백하고 깨지면 될 것을. 이건 내가 봐도 추해……."

츠베이트는 몰라도 평소에 멍청한 행동을 많이 하는 에로무라까지 혀를 찼다.

"내가…… 세레스티나 양에게 얽매여서………… 오히려…… 결박해, 줬으면……."

""디오?! 지금 이상한 소리 중얼거리지 않았어?!""

충격적인 커밍아웃을 한 디오는 그 이후로 한마디도 꺼내지 않았다.

그저 무슨 망상을 하는지, 가끔 기분 나쁘게 웃고는 했다.

"츠베이트~! 휴식 멀었어~?"

"마차는 엉덩이가 아파! 잠깐만 쉬다 가자~!"

"상관은 없지만, 왜 저 녀석들까지 왔어?"

"글쎄?"

남자들 마차 뒤에서는 위슬러파 학생들을 태운 마차가 따라오고 있었다.

그들도 답답한 나날에서 해방되어 휴가를 즐기고 싶은 마음에 다 같이 쥐꼬리 같은 용돈을 모아서 무작정 츠베이트를 따라나선 것이다.

자유로워진 탓에 그들이 무슨 문제라도 일으킬까봐 츠베이트는 속이 쓰렸다.

그들을 태운 마차의 덮개 위에서는 어느새 돌아온 안즈가 다음 장사에서 팔 여성용 속옷을 짜고 있었다.

그녀만은 아무런 근심도 없이 평화로워 보였다.

에르웰 자작가의 마차는 마도 램프가 밝혀진 지하 가도를 달리고 있었다.

처음에는 신기하게 주변을 구경하던 크리스틴이 여기서 어떤 사실을 깨달았다.

"선생님, 어떻게 하면 공사가 이렇게 일찍 진행되죠? 지하 공사는 부서진 돌을 밖으로 옮기는 데도 꽤 일손이 필요하지 않나요?"

"흠, 아마 지하 가도가 필요 없는 곳을 돌로 메웠겠지. 마물이 사는 곳에 메워버리면 서식지도 줄어드니까 일석이조야. 그리고 최근 팔기 시작한 새로운 마법을 도입해서 작업 효율이 오른 것도 한 원인이겠지."

늙은 마도사 사가스 세폰은 인자한 웃음을 띠며 질문에 답했다.

하지만 그의 체격은 빈말로도 마도사답지 않았다. 울끈불끈한 근육질 거구로 마차가 비좁지 못해 갑갑할 정도였다.

호위병인 이자드는 마부와 함께 추운 밖에 있어서 지하 가도로 들어오기 전까지는 굉장히 미안했지만, 터널로 들어온 지금은 기온이 올랐는지 망토를 벗고 있었다. 망토를 입은 모습이 오히려 더워 보인다.

"대단하네요. 공사 기술의 혁명 아닌가요?"

"단기간에 용케 정비했구먼. 덕분에 메티스 성법 신국을 우회하지 않고 이웃 나라에 갈 수 있어."

거기에는 기행을 펼치는 모 건설사의 활약이 있었지만, 현장의 사정을 두 사람이 알 리 없었다. 이렇게 정비하려고 많은 노동자가 아비규환의 지옥에 떨어진 것도…….

간혹 모르는 게 약인 사실도 있다.

"요즘은 드워프들도 【가이아 컨트롤】이나 【록 포밍】 같은 실용성 있는 마법을 쓰게 됐어. 크레스톤이 장사판을 크게 벌인 모양이구먼."

"【연옥의 마도사】 크레스톤 전 공작님이요? 독자적인 파벌을 가졌다고 들었어요."

"그렇지. 왕족 직하인 특수한 파벌이야. 실용적인 마도사 운용을 주장하며 기술 발전에 도움 되는 마법 연구 및 개발을 목적으로 하지. 얼마 전부터 회복 마법 판매를 시작하면서 제법 지명도가 높아졌다더군."

"굉장한 성취네요."

"글쎄다…… 나는 다른 내막이 있다는 의심이 들어. 각국의 마도사가 공동으로 회복 마법을 개발해? 어림도 없는 소리. 나라를 위해 일하는 마도사는 지위에 집착하는 머저리들이야. 유용한 마법이 개발되면 당연한 것처럼 훔치려고 들지. 하물며 회복 마법? 나라면 아무에게도 말하지 않고 숨길게야."

여러 땅을 여행한 사가스이기에 궁정 마도사의 어리석은 행태를 잘 알고 있었다.

어느 나라건 궁중 마도사는 하나같이 오만하여 공직에 오르지 않은 마도사를 깔보고 비하한다. 심지어 실전에서는 도움도 안 되는 얼치기들이 말이다.

그런 작자들이 마법을 공동 개발했다니, 사가스는 코웃음밖에 나오지 않았다.

게다가 회복 마법은 이웃 나라 메티스 성법 신국이 신성 마법이라는 이름으로 독점한 상태였다. 그것을 여러 나라가 대대적으로 발표한 점을 보아도 국가 수뇌부들이 뒷거래를 나눴다는 생각밖에 들지 않았다.

"그러고 보니 전에 크리스틴에게 들은 마도사 이야기도 신경 쓰이는구먼."

"전에요? 아, 제로스 씨 말인가요?"

"그래. 그대에게 마법을 전수한 자……. 요즘 솔리스테어파의 마법이 눈부시게 발전한 이유는 그자가 뒤에서 조종했기 때문이지 않을까?"

"재야에 뛰어난 마도사가 있다는 뜻인가요? 제로스 씨라면 그럴 만도 하지만……."

크리스틴의 기억에 남아 있는 비상식적인 마도사.

아한 광산 던전에서, 크리스틴은 함정에 걸려 최하층까지 떨어졌다.

그때, 단신으로 최하층까지 내려와 힘의 끝을 보여준 한 명의 마도사가 있었다.

그만한 힘을 가졌으면서 지금까지 단 한 번도 그의 이름을 들은 적은 없었다. 방랑 마도사일까? 어쩌면 지위 높은 귀족이 신분을 감췄을 가능성도 있다.

이야기로 듣는 한 보통 마도사가 아니란 것은 사가스도 알 수 있었다.

마도 연성부터 광범위 섬멸 마법까지, 상식을 모조리 깨부수는 괴물 같은 능력이었다고 한다.

현 솔리스테어 공작가 가주라면 정보 조작은 식은 죽 먹기다. 권모술수에 능하다고 소문 자자한 공작이 가만히 둘 리 없다.

"그레스본 녀석에게 물어볼까. 대답하지 않으면 주먹으로……."

"네?! 주, 주먹이요? 이제는 아니지만 공작님인데요?!"

"걱정 마. 녀석과 나 사이에 복잡한 계급 따위 의미가 없으니까.

다소 거침없이 싸우다 보면 어디 가서 말하지 말라면서도 알려줄 게야."

"왜 굳이 폭력으로 해결하려고 해요?! 자칫 잘못하면 우리 집이 망해요!"

"그건 괜찮을 게다. 나도 피해를 줄 생각은 없고, 크레스톤도 그 정도 눈치는 있겠지. 걱정할 필요 없어."

사가스와 크레스톤은 주먹으로 대화가 가능할 만큼 깊은 관계인가 보다.

사이가 좋은지 나쁜지 모르겠지만, 적어도 서로 인정하는 사이 같았다.

그래도 지위도 없는 일개 마도사와 전 공작은 입장이 달랐다.

크리스틴은 적어도 자기 앞에서 싸우지 않기만을 기도했다.

"남자들의 우정이야."

"……우정으로 주먹질을 하나요? 나는 모르겠네요."

"여자는 모를 테지. 서로 하고 싶은 말을 나눌 수 있는 친구는 귀중해. 크리스틴에게도 좋은 친구가 생겨야 할 텐데……."

"주먹으로 대화하는 친구는 좀……."

크리스틴은 남녀의 차이로 우정의 형태가 다르다는 것을 배웠다.

"대화 도중에 끼어들어 죄송합니다. 아가씨…… 경계하며 후방을 봐주십시오."

"이자드, 무슨 일 있나요?"

"뭐라고 말해야 할지……. 보시면 압니다."

"……?"

이제 곧 지하 도시 이더 란테 정문에 도착하는데, 마부석에 있던 이자드가 조그만 창문을 열어 난감한 표정으로 말을 걸었다.

말하는 대로 창을 열어 뒤를 보자 정체 모를 무언가가 급속도로 접근하고 있었다.

"저게 뭔가……?"

"마차……는 아니네요. 마도구의 일종일까요?"

마차와 닮았지만, 자세히 보니 마차를 끄는 말이 없었다.

게다가 사두마차보다 빨라서 차츰 따라붙고 있었다.

"설마 솔리스테어 공작님이 얼마 전에 발표한……."

"이자드, 저걸 알아요?"

"주워들은 정도입니다. 솔리스테어파가 개발한 이동용 마도구라고 하더군요. 다만, 아직 판매하지 않지만요……."

"허어…… 그런 물건이 팔기 전에 돌아다녀? 그렇다면 저걸 모는 사람은 공작가와 인연이 있는 사람이거나 개발자겠구먼."

소문의 마도구가 다가오면서 탑승자가 두 명이라는 사실을 알았다.

한 사람은 붉은 머리 여성이고, 운전자는 크리스틴과 비슷한 또래의 양갈래 머리 소녀였다.

그리고 속도는 빠르지만, 왠지 지그재그로 달렸다.

"쟈네 씨, 떨어져요~! 위험하니까, 으아아?!"

"내려줘어어어~! 빨라, 무서워, 울렁거…… 웁?!"

"꺄아아아아아아아아?! 토히지 마요, 그리고 매달리면 운전을—!"

소란스러운 소리와 함께 말 없는 마차가 옆을 지나쳤다.

"저거…… 위험하지 않나?"

"저 두 사람, 어디서 본 기억이……."

"재미있는 물건을 만들었구먼. 한 번 분해해보고 싶어."

사고가 날까봐 불안할 정도로 꾸불꾸불 달리면서도 마도식 모토르 캐리지는 마차를 피해 터널 앞으로 사라졌다. 반대쪽에서 오는 마차가 없어서 천만다행이었다.

얼마 후, 크리스틴 일행도 이더 란테에 도착했다. 하지만 이 지하 도시는 통과 지점에 불과했다. 남은 거리를 생각한 크리스틴은 자연스레 한숨을 쉬었다.

 # 제6화 샤란라와 망령들의 동향

리사구르 마을.

소형 광맥을 채굴하려고 광산 노동자가 만든 작은 마을이지만, 광물 채굴량이 미미해서 결국 발전하지 못하고 폐촌이 되기 직전이었던 곳이다.

명물은 겨울철에 돈을 벌려고 시작한 【루즈베리 와인】밖에 없으며, 그마저도 생산량이 적어서 돈이 되지 않았다.

그런 리사구르도 일루마나스 지하 가도가 개통되면 역마을로 조금은 번성하지 않을까 기대했는데, 때마침 뜻하지 않은 행운이 터졌다. 바로 온천이었다.

기대했던 무역상의 왕래는 물론이고, 온천을 찾는 관광객이 몰려들면서 유명 온천지가 되어 큰 호황을 누린 것이다.

이 기회를 노려 알툼 황국과 솔리스테어 마법 왕국도 지원에 나섰다. 구획 정리 및 확장 공사, 숙박 시설 건설 등 공사 러시가 지금도 이어져 주민들의 경제 사정이 전에는 생각도 하지 못할 만큼 윤택해졌다. 어느 건설사 직원들도 다른 의미로 싱글벙글이었다.

"고향에 이런 마을이 있었던 기분이……."

"제법 북적북적하군. 정보에 따르면 가난한 광산 마을이었는데…… 우웩."

삼각 지붕이 특징적인 건물을 보며 이리스는 일본의 모 유명 관광지[#2]를 떠올렸다.

한편, 쟈네는 한창 차멀미로 고생 중이었다.

"호위 의뢰를 마치고 바로 산토르로 돌아가서 설마 이렇게 발전했을 줄은 몰랐어. 뭐, 그 비상식적인 건설사라면 이러고도 남나?"

"……그보다 얼른 숙소……. 죽겠어……."

"실망이야, 쟈네 씨……."

알툼 황국은 지구의 동양 문화권과 닮았고, 그중에서도 중국풍에 가까웠다. 그런데 지금 이곳의 풍경은 순수한 일본풍으로 보였다.

불필요한 장식이 전혀 없는 수수한 건축물이 이리스의 향수를 자극하지만, 동행이 감상에 젖은 분위기를 완전히 깨버렸다.

'직선에서 대략 시속 60킬로, 커브에서는 속도를 낮춰서 30킬로 정도였는데 이렇게까지 멀미를 해……?'

자동차는 이 세계에서는 새로운 기술이었다.

미지의 존재라고 말해도 과언이 아닌지라 이 세계 사람에게는

[#2] 일본의 모 유명 관광지 시라카와고의 갓쇼즈쿠리 마을.

주행에 대한 내성이 없었다.

심지어 쟈네는 제로스가 바이크로 끌던 리어카에서도 멀미한 전적이 있었다.

시속 60킬로의 체감 속도는 그녀에게 공포였고, 멀미가 시작돼서 이리스에게 매달렸더니 운전이 더 거칠어졌다. 그 상황이 무한 반복됐다.

결과는 그로기…… 이리스도 용케 사고 없이 여기까지 왔다.

'레이싱 게임을 해봐서 다행이야. 진짜 위험했어……. 고마워, 마ㅇ오. 바나나 껍질이랑 초록 등껍질을 피하는 기술이 도움이 됐어.'

이리스는 빨간 모자를 쓴 정체불명의 배관공에게 진심으로 감사했다.

"응? **만쥬**? 처음 듣는 빵인데…… 웁!"

"만쥬? 밀가루 반죽 안에 팥소를 넣고 찐 빵이야. 그런데 지금 먹으면 무조건 토할 거니까 포기해."

"으으…… 이리스가 매정해. 내 몸을 이렇게 만들었으면서……."

"모르는 사람이 들으면 오해하잖아?! 수상한 관계로 의심받잖아?!"

이때 이리스는 생각했다. 레나 씨한테 악영향을 받은 게 아니냐고.

"그런데, 어느 숙소야?"

"아…… 우욱. 빈 숙소라면 어디든…… 괜찮대……. 어디든 상관없으니까 빨리 골라서…… 들어가자…….'

평소의 믿음직스러운 모습은 온데간데없었다. 그만큼 쟈네는 탈것에 약했다.

'신체 강화를 쓰면 순간적으로 그 속도는 나올 텐데, 이상하네.'

마법으로 신체 강화를 해서 마물을 사냥할 때도 순간적이나마 마도식 모토르 캐리지와 비슷한 속도를 내지 않았나……? 이리스는 차멀미하는 쟈네를 이상하게 바라봤다.

하지만 고민한들 무슨 소용이랴. 일단 가까운 여관으로 들어가기로 했다.

얼굴값 못하고 멀미로 징징대는 쟈네를 부축하며…….

"후우~. 정말로 물이 좋네요."

"그러게 말이에요……."

"아하하하하하하!"

"우르나 님, 탕에서 헤엄치는 건 매너가 아니에요."

"응…… 다른 손님한테 민폐."

이더 란테에서 리사구르로 온 세레스티나 일행은 예약했던 가장 큰 여관에 짐만 내려놓고 바로 온천에 들어왔다.

그리고 이렇게 노천탕에서 느긋하게 피로를 풀고 있었다.

노천탕에서 보는 설경은 살면서 한 번은 볼 가치가 있는 아름다운 경치였다.

"몸을 푹 담그니까 여행의 피로가 풀리네요…….(힐끔)"

"설경을 보면서 목욕을 한다니, 정말 사치스러운 경험이에요. 이대로 계속 묵고 싶네요.(힐끔힐끔)"

"아가씨, 캐럴스티 님, 남의 몸매를 훔쳐봐도 의미가 없답니다. 온천의 효능이나 볼까요? 신경통, 냉증, 피부병 등등…… 그리고 피부 미용. 이 미용 효과가 여성에게 가장 인기 있는 부분이지만…… 가슴을 키우는 효과는 없네요, 아가씨. 아쉬워서 어떡하죠?"

"응~? 가슴은 있어봤자 거슬리기만 하잖아? 왜 다들 부러워하지? 무기를 휘두를 때 몸이 무거운 건 단점이야."

"……사람은 자신에게 없는 것을 추구하는 법. 진심으로 원하는 걸 다른 사람이 뭐라고 할 권리는 없어."

따뜻한 탕에 어깨까지 담갔는데 안즈의 눈동자는 싸늘했다.

두 사람이 자기 가슴을 하도 힐끗거려서 마음 편히 온천을 즐기지 못해 기분이 언짢은 탓이었다.

세레스티나와 캐럴스티의 시선은 노천탕 밖으로 펼쳐진 대자연보다 몸매 좋은 여성들의 가슴을 좇았다. 콤플렉스를 자극하는 모양이었다.

그녀들은 본인의 의지와 무관하게 사람들의 알몸을 보며 자연의 이치를 깨닫는다.

세상은 평등하지 않다는 잔인한 이치를.

"……왠지, 가슴 큰 여성이 많지 않나요?"

"많네요……. 이건, 우리를 괴롭히려는 의도일까요?"

야생의 감일까, 두 사람이 내뿜는 기운에 우르나가 겁을 먹었다.

"가진 자는 가지지 못한 자에게 선망의 대상. 그 감정은 자주 질투로 변하고, 이윽고 살의로 발전해. 어쩌면 이 온천 여관이 살인 사건의 무대가 될지도 몰라."

"아, 안 해요! 아무리 부러워도 가슴 크기로 살인은 안 일으켜요, 안즈 양……."

"우리를 어떻게 생각하시는 거죠? 무차별 살인을 저지를 만큼 질투에 미치진 않았어요. 그 정도 분별력은 있다고요!"

하지만 안즈에게는 두 사람에게서 흘러나오는 어둑어둑한 기운이 보였다.

살의는 없어도 그 격렬한 선망은 숨길 수 없었다.

"그렇게 급하게 생각하지 않아도 두 분에게는 미래가 있어요. 포기하지 말고 매일 마사지라도 해보시면 어떤가요? 뭐, 저는 필요 없지만."

"으으…… 가진 자의 여유네요. 그래도 미스카 씨 말에도 일리가 있어요. 우리 어머니는 가슴도 크니까 언젠가 매력적인 몸매로 성장할 가능성도……."

"……아가씨는 어떨지……."

"……네?"

미스카가 도저히 넘겨들을 수 없는 말을 중얼거렸다.

들릴락 말락 하는 그 자그마한 소리를, 미에 대한 집착 때문인지, 아니면 단순한 우연인지 모르겠지만 세레스티나는 놓치지 않았다.

"미, 미스카……? 지금 뭐라고……?"

"무슨 말씀이시죠?"

"시치미 떼지 말아요. 지금 내 가슴은 절망적이라는 뉘앙스의 말을……."

"들렸나요. 사실 아가씨의 어머니는 그…… 가슴이 아담한 분이셨습니다. 그러니까 딸인 아가씨께서 나이스 바디가 될 확률은……."

"나를 불쌍하게 쳐다보지 말아요!"

"그럼 관두죠. 아가씨는 장래가 어둡답니다."

"그렇다고 단언하지 마요! 당당히 웃으면서 절망적인 선언 하지 마요!"

굉장히 해맑은 웃음이었다.

"죄송합니다. 천성이 솔직한지라 무심결에 진실을 말해버렸군요. 아가씨의 어머니는 납작하지는 않았지만, 딱히 크지도 않았었죠."

"크지도 않고 작지도 않다…… 평균치, 인가요?"

"그리고 쿨하고 성실한 문학소녀였던 저를 지금처럼 바꾼 장본인이죠."

"엄청난 사실을 커밍아웃?! 노, 농담이죠? 평소 같은 장난이죠?"

"아뇨, 진실입니다만?"

세레스티나의 시야가 새하얘졌다.

느긋하게 피로를 푸는 장소가 엄동설한의 얼음 벌판으로 바뀐 순간이었다.

"웅? 미스카 씨, 세레스티나 님 어머니랑 아는 사이였어?"

"동급생 친구였어요. 처음 만났을 당시에는 난데없이 달라붙더니 당분간 졸졸 따라다녔죠. 급기야 화장실 칸막이를 넘어왔을 때는 저도 혀를 내둘렀습니다. 어찌나 끈덕지게 쫓아오던지, 어둠 속에 숨었는데 뒤에서 『친·구·하·자』라고 말을 걸었을 때는 심장이 튀어나오는 줄 알았어요."

"세레스티나 양 어머니는…… 그런 분이셨어요?"

"지금 저를 만들어낸 원흉이에요. 그리고 저는 죽은 친구의 아이에게 어머니가 어떤 사람이었는지 직접 알려주고 있죠. 아아, 정말로 아름다운 우정 아닌가요?"

"꽤나 개성적인 분이셨네요……."

충격적인 진실을 연타로 얻어맞고 세레스티나의 사고회로가 정지했다.

어릴 적 크레스톤에게 들은 어머니의 인상은 『조용하고, 비유하자면【화이트 릴리스】(백합과 비슷한 식물) 같은 여성』이었는데 미스카의 이야기가 사실이라면 정반대로 4차원이라는 뜻이 된다.

크레스톤의 말을 믿고 싶지만, 미스카는 이럴 때일수록 거짓말을 하지 않는다.

"……거짓말이죠?"

"아뇨. 정말로 눈곱만큼도, 단 한 치의 거짓도 없는 순수한 사실입니다."

"거짓말이라고 해줘요, 미스카!"

"주인 어르신조차 자기 맘대로 휘두르던 사람이에요. 정상적인 성격일 리가 없잖아요? 두 분 다 육식이라서 잠자리가 격렬했다는 이야기를 귀에 딱지가 앉도록 들었죠. 묻지도 않았고 궁금하지도 않았는데 눈살 찌푸려질 정도로 기쁘게……."

"……."

세레스티나의 의식이 푸시시 연기를 뿜으며 완전히 다운됐다.

이미 아무런 말도 들리지 않았다.

"미스카 씨, 그 이야기는 어디까지가 진실이죠? 늘 하던 농담은 얼마나 섞였나요?"

"전부 진실인데요? 그래도 밝은 표정 뒤에서 어려운 처지에 괴로워하기도 했죠. 뭔가 가련한 분위기도 있었고……."

아련한 기억을 돌이키는 미스카의 눈은 어딘지 모르게 슬픈 근심을 품고 있었다.

"그랬구나, 미스카 씨는 세레스티나 님 어머니 역할이기도 하구나."

"아가씨에게는 비밀입니다? 많은 분들이 아가씨의 행복을 바라고 계십니다. 하지만 그런 사정을 알릴 수는 없으니까요."

"왜죠? 세레스티나 양 입장이라면 사별한 어머니에 관해 알고 싶을 텐데요."

"자세한 사정은 모르는 편이 낫습니다, 캐럴스티 님……. 그게 친어머니인 밀레나의 바람이었어요."

세레스티나의 어머니는 생전 혈통 마법인【미래 예지】를 가지고 있었다.

이 마법은 대가로 자신의 수명을 줄이는 금기의 주문이지만, 이미 이 마법을 쓸 수 있는 사람은 이 세상에 존재하지 않는다.

그래도 혈통 마법은 혈족에게 계승되는 마법. 욕심 많은 자가 이 사실을 알면 세레스티나를 납치하려고 들지도 모른다.

설령 본인이 그 마법을 쓰지 못해도 이후의 자손에게 발현할 가능성은 충분히 있으므로 솔리스네어 공작가에서는 이를 최고 기밀로 여기며 무슨 수를 써서라도 어둠 속에 묻어버리려고 한다.

당시 관련자들은 이 이야기를 입에 올리지 않는다.

그것이 설사 친딸인 세레스티나일지라도······.

"그런데 세레스티나 님은 어떻게 옮겨?"

""앗······""

세레스티나는 현재 사고 정지로 얼이 빠져서 아무 말도 듣지 못하고 있었다.

결국 세레스티나는 탈의실에서 일행이 옷을 입힌 뒤 들것으로 방까지 옮겨줬다.

다행이라고 해도 될지 모르겠지만, 원래 온천에서 탈진하는 손님이 많아서 아무도 이상하게 생각하지는 않았다.

다만, 충격을 받은 세레스티나의 정신이 걱정됐다.

"응····· 한 시간은 더 버틸 수 있어."

그런 소동과는 무관하게 안즈는 혼자 온천을 즐겼다.

그녀는 뜨거운 탕에 오래 있기를 좋아하나 보다.

욕탕에 온 사람은 세레스티나 일행만이 아니었다.

츠베이트와 남자들도 적당한 여관에 방을 잡아 짐만 내려놓고 바로 온천으로 갔다.

다른 마차로 함께 온 학생들도 저마다 마음에 드는 숙소를 찾고 있을 것이다.

"흡! 음! 이얍!"

"에로무라, 보기 흉하니까 거울 앞에서 포즈 잡지 마."

"흉하다니! 온천에서 거울을 보면 이것부터 하는 게 매너잖아?
마음을 가다듬고 만끽하는 거야."

"그런 매너, 듣도 보도 못 했어."

거울 앞에서 더블 바이셉스 포즈를 잡는 에로무라에게 눈살을
찌푸리며 츠베이트는 꺼끌꺼끌한 수건으로 몸을 씻었다.

"모른다면 기억해둬. 남자라면 누구나 자기 육체를 거울 앞에
드러내고 싶어 한다는 것을. 좋아, 전보다 근육이 붙었군."

"근육이고 나발이고 거울에 흉물스러운 게 덜렁거리니까 좀 가
리면 안 되냐? 보기 싫어. 꿈에 나올까 봐 겁난다."

"**신사**다운 몸가짐이지."

"**변태**다운 몸가짐이 아니고?"

에로무라는 다리에 있는 신사를 숨길 마음이 없어 보였다.

근육이 늘었다고 하지만, 변태성도 늘어났다.

"동지, 뜨뜻한 온천에 와 놓고 왜 그렇게 쌀쌀맞아!"

"나는 차분하게 즐기는 타입이야. 그리고 밑에 그거, 가리라고!"

"싫어! 온천이잖아? 모든 것을 벗어 던지는 힐링 공간이잖아?
가려서 어쩌자고?"

"그러니까 내 앞에서 덜렁거리지 말라고!"

"너도 더 뜨거워져! 영혼을 해방하고 대자연의 공기를 온몸으로
느끼자!"

"차분하게 피로를 풀겠다니까 그러네! 야, 가까이 오지 마! 가랑
이에 달린 사나운 흉기를 더 이상 들이밀지 말란 말이다아!"

"내 신사가 흉기라고?!"

온천에 와서 모든 도덕관념까지 벗어던진 에로무라가 왠지 츠베이트까지 끌어들이려고 흥분해서 접근했다.

옆에서 보면 위험한 광경이었다.

"디오, 너도 이 멍청이한테 뭐라고 해줘!"

"츠베이트…… 저 칸막이, 거슬리지 않아? 만약 저 너머에 세레스티나 양이 있다면……. 큭, 에로무라 같은 녀석이 엿볼지도 몰라."

"아니, 야…… 저쪽은 여탕이니까 있어도 이상할 건 없지. 그리고 혼욕이면 네가 못 버텨."

"창세기에는 남녀가 알몸으로 지냈다며? 왜 사람은 전부 감추게 됐을까? 사랑하는 사이라면 함께 벗고 지내도 되잖아……."

"어느새 그 녀석이랑 사랑하는 사이가 됐냐? 걔는 네 이름도 기억 못 해. 기억해도 얼마 안 가서 또 잊어먹고……. 혼자 환상에 빠져 살면 파멸한다?"

"으헉……."

디오는 피를 토하며 온천 바닥으로 가라앉았다.

진실은 때때로 예리한 칼보다 위험하다.

"동지…… 너무했어."

"뭐가? 웃기지도 않은 환상에 빠져있길래 현실을 알려줬을 뿐이잖아?"

"아니, 심정은 이해하지만 이럴 때는 완강하게, 좀 더…… 부드럽게."

"완강…… 오냐오냐 하면서 봐주라고? 이런 경우는 완전히 스토커로 진화하기 전에 엄격하게 현실을 알려줘야 해."

스토커는 남의 말을 듣지 않는다.

일방적인 사랑을 상대방에게 밀어붙이고 혼자 난리를 피우다가 자멸하는 민폐 덩어리였다.

이미 늦었다는 생각도 들지만, 친구가 타락하는 것만은 막고 싶었다.

여담으로 에로무라는 완강과 완곡을 잘못 알고 있었다.

"동지…… 어째 네가 디오 아빠 같다?"

"그러지 마. 내가 친아빠였으면 진작 의절했어. 친구니까 충고하는 거야. 서로 좋아하는 사이도 아니면서 왜 이 난리야? 잘못하면 같이 식사만 해도 결혼을 약속했다고 착각할걸? 그럴 리는 없겠지만……."

"크악! 크허억!"

또 충격으로 각혈하는 디오.

"정곡을 찔렀나 보군……. 진짜였어?"

"어쩌다 이렇게 착각이 심해졌지? 사랑이니 뭐니 헛소리하기 전에 빨리 고백하고 차이면 됐을 것을. 남한테 기대기만 하는 시점에서 글렀어. 망상을 키울 시간에 빨리 결단하면 되잖아?"

"끄아아아!"

츠베이트는 걸핏하면 폭주하는 디오에게 이미 넌더리가 나는 모양이었다.

충고에도 어딘가 가시가 있었나. 그리고 그 가시가 부자비하게 디오의 마음을 푹푹 찔렀다.

"가차없구만."

"이제는 강하게 나가지 않으면 씨알도 안 먹혀. 스승님처럼 할 말은 똑바로 해야 한다고 생각해. 인륜에서 벗어나는 것보다는 낫잖아?"

"하기야, 여기서 친구의 말까지 무시한다면 진짜 범죄자로 전락할 것 같아. 결국 어떻게 하느냐는 디오 본인의 문제지만……."

"그건 그렇고, 너는 내 앞에서 그 가랑이의 흉기 좀 치워. 아니면 가리든가. 보기 싫어!"

아직 에로무라의 신사는 프리덤이었다.

그런 두 사람 앞에서는 팩트로 얻어맞은 디오가 물 위에 뜬 채로 흐느끼고 있었다.

냉혹한 현실을 떠올린 것 같았다.

"그럼 나도 온천을 즐겨볼까? 훈련이 고됐어……."

"기사들과 하는 합동 훈련이 그렇게 힘들어?"

"힘들지. 기사…… 특히 귀족은 백성을 지킬 의무가 있어. 약하면 아무것도 지키지 못해. 국토나 영지를 짓밟히고 모조리 빼앗겨. 그걸 막기 위해서라도 당연히 훈련은 해야지. 전투는 전략과 전술도 중요하지만, 무엇보다 강인한 육체가 받쳐줘야 해."

"동지는 공작 가문이니까 그 의무가 부대장보다 훨씬 무겁겠군. 가상 적국은 이웃에 있는 커다란 종교 국가야?"

"그래……. 그 나라는 기회만 나면 압력을 가하니까 쳐들어올 가능성이 가장 커. 역사를 돌아봐도 시시콜콜 트집을 잡고 되지도 않은 대의명분을 내세워서 침략을 반복했지. 경계하는 게 당연해."

"장래에는 역시 군대에 들어갈 거야?"

"의무니까. 일시적으로 작위를 내려놓게 되지만, 그건 군 계급으로 상하관계와 역할을 나누기 위해서야. 무능한 인간이 작위를 등에 업고 권력을 휘두르면 나라가 망해."

"그거, 군국주의라고 하지 않냐?"

"왕정 국가는 군국주의잖아?"

두 사람은 물에 뜬 디오를 무시하고 복잡한 이야기를 나누며 온천에 몸을 맡겼다.

온천의 열기에 저절로 『으어……』 소리가 저절로 나왔다.

"온천이라……. 자연을 보면서 하는 목욕도 제법 괜찮군."

"노인네 같아, 동지."

"요즘 몸에 상처가 늘었어. 기사 대장은 봐주지 않고 공격하고, 발차기나 눈 공격도 아무렇지 않게 해."

"그야 전쟁에서 정정당당한 싸움을 바랄 순 없으니까. 난전이 되면 더러운 수단이든 뭐든 살기 위해서 물불 안 가리고 써야지."

"명예로운 전투 같은 건 환상이야. 대장급 인물의 일 대 일 대결이라면 모를까, 그게 아니라면 적을 죽이기 위해 다양한 수단을 동원해. 혹독한 훈련은 실력을 키우는 것과 동시에 고통에 대한 내성을 키우려는 목적도 있어. 좀 다쳤다고 싸우지 못하면 전쟁터에서는 죽은 거나 마찬가지니까."

"동지…… 고통에 내성을 키우고 싶다면, 좋은 방법이 있어."

"……뭔데?"

"SM."

"너나 해!"

난감하게도 에로무라는 농담으로 한 소리가 아니었다.

진심으로 통각 내성을 키우기 위해 SM을 추천한 것이었다.

그리고 극히 일부지만 기사 중에는 그 방식으로 훈련하는 사람도 있다는 사실을 공작가의 젊은 도련님은 알지 못했다.

효과는 확실하나, 병사가 피학적 쾌감에 눈뜨는 것은 기사단 내부에서 문제시되고 있었다.

모른다는 것은 정말로 행복한 일이었다.

사람이 드나들지 않을 울창한 숲 속에서 몇몇 사내가 모닥불 앞에서 불을 쬐고 있었다.

그들은 음지에서 살아가는 자들— 흔히 도적으로 분류되는 범죄자들이었다.

"이 나라까지 도망치면 놈들은 손을 못 대겠지."

"용사란 것들이 너무 끈질겨. 동료가 많이 줄었어……."

"이상한 정의감이나 내세우고 말이야. 열 받는 녀석들!"

그들은 악명 자자한 집단으로, 원래 메티스 성법 신국에서 상인과 마을을 습격해 금품이나 여성을 강탈, 납치하며 살았다. 그러다가 신성 기사단을 이끄는 용사에게 소탕당해 솔리스테어 마법 왕국까지 흘러든 것이었다.

용사와 마주친 것 자체가 범죄자들에게는 그저 재수 없는 사고였다.

"뭐 어때. 이번에는 솔리스테어에서 벌면 되지."

"요즘 꽤 돈을 잘 번다고 하지? 우리도 콩고물 좀 받아먹자고."

"좋지. 돈이랑 여자는 돌고 도는 거라고 하니까. 으헤헤헤헤♪"

도주 생활의 긴장에서 해방되어 긴장이 풀렸기 때문일까.

안도감에 경계심이 줄었는지 보초도 세우지 않고 술을 퍼마시며 앞으로도 욕망대로 살겠다며 방심하고 있었다. 김칫국 마시는 격이지만, 그런 대화가 더욱 경각심을 앗아 갔다.

이들은 범죄자이지, 숙련된 전사가 아니었다. 상시 준비 태세를 유지하며 교대로 경계를 서도록 훈련받지 않았다. 무기를 쓴다고 해봤자 결국 초보자 집단이며, 사냥꾼만큼 주변 위험에 민감하지도 않았다.

그래서 놓치고 말았다. 자기들 주변으로 검은 안개가 다가오는 것을……

그리고 이변은 금방 일어났다.

"야, 왜 그래?"

지금까지 야단스럽게 떠들어 대던 동료 하나가 갑자기 조용해졌다.

취기가 도는 눈으로 자세히 보니, 그자는 고개를 위로 든 채 입을 벌리고 눈알이 뒤집혀서 괴로워하고 있었다.

그의 입에서는 검은 안개가 흘러나왔고, 배가 내부에서 작용하는 힘으로 비정상적으로 꾸물거렸다. 목소리가 나오지 않는지 동료들에게 도움을 청하려고 팔만 휘적거렸다.

"허, 허억?!"

"어엉? 뭐야, 너무 마셔서 지렸냐?"

"잠깐, 이 녀석…… 상태가 이상해!"

사내는 괴로운 듯 도움을 바라며 계속 동료에게 손을 뻗지만, 그 모습이 너무 소름 끼쳐서 아무도 다가가려고 하지 않았다.

애초에 그들에게 같은 편을 구하려는 동료애 따위는 없었다.

그러는 사이에도 사내는 괴로워하고 마치 몸의 수분이 빠져나가는 것처럼 말라갔다.

"뭐, 뭐야……? 뭐냐고, 이건!"

이해가 되지 않았다.

취해서 악몽을 꾸는 거라면 빨리 깨고 싶다고 하나같이 생각했다.

하지만 이것은 현실이었다.

사내의 몸에서 피 냄새가 섞인 검은 안개가 뿜어져 나와 주변에 있는 도적들을 덮쳤다.

"……?!"

"……!"

도적들은 그대로 비명조차 지르지 못하고 비참하게 미라가 되었다.

『……몸이 완성되어 가는군. 정신과 언어 능력도 또렷해지고 있어.』

『이 녀석들은 척 봐도 악당 같으니까 죽여도 문제없겠어.』

『오히려 우리가 좋은 일을 했지.』

『두고 봐…… 사토시이이이이이이이이이이이이이이!』

『할멈, 밥은 아직 멀었는감?』

『영감이 안 보이는구먼. 캐리 씨, 우리 영감 못 봤수?』

『몰라!』

검은 안개 안에서 수많은 얼굴이 떠올랐다.

남녀노소를 불문하고 다양한 인종의 얼굴이 선명하게 나타나서 모두 하나의 목적을 향해 움직이고 있었다. 아니, 살짝 의심스러운 자도 있지만, 대부분은 공통된 마음을 품었다.

그건 바로 4신에 대한 복수.

소환되자마자 바로 사신의 공격으로 소멸한 자. 혹은 권위를 높이려고 이용당하다가 살해당한 자. 그리고 너무 많은 사실을 알아서 은밀하게 처리당한 자.

모두 다른 세계에서 소환된 영혼들이며, 4신에 대한 증오와 복수심으로 협력하여 군체가 되었다.

그들은 윤회의 굴레로 돌아가지 못하고 지금도 이승을 떠도는 피해자였다. 그리고 오랜 세월 속에서 복수할 상대를 관찰해왔다.

그러다가 마침내 복수를 위한 새로운 육체를 얻었다.

아직 안정되지는 않았지만.

『아직 불안정하군……. 이러면 정화 마법에 금방 소멸해버려.』

『그러게……. 애매한 실체화야. 완전한 육체가 되기에는 아직 부족해.』

『어차피 재로 만들어진 몸이니까 약할 수밖에…….』

『불만 있으면 나가! 이건 내 몸이거든?!』

『우리가 없으면 그냥 깻디미가 된 시체샪아? 댁도 이미 죽었어.』

『할멈~, 밥 아직 멀었어? 배고프구먼~.』

『내 틀니가 어디로 갔을꼬~?』

『왜 치매 노인들이 섞인 거야?』

그들의 본질은 군령(群靈)이라고 불리는 몬스터였다.

하지만 그들 개개인의 혼에 새겨진 용사의 힘을 하나로 이어 영체면서도 실체를 공격할 수단을 얻었다.

그래도 지금 육체로는 불안정했다.

지금 몸은【오사코 레미】— 이 세계에서는 샤란라라고 불린 여성이 불에 타죽고 남은 재로 구성됐다.

근본이 된 소재가 재라서 내구성이 없고 애매한 실체화는 불필요하게 마력을 소모한다. 영혼들에게 이러한 소모는 간과할 수 없는 약점이었다.

그래서 다른 생물에게서 마력이나 살점을 보충해야 했다.

『다른 곳에서 제대로 된 육체를 빼앗는 편이 낫겠지?』

『이 세계 생물과는 궁합이 안 좋잖아?』

『아마 우리가 이물질이라서 그런 거 아니야? 비정상적으로 변질한 생물이라면 괜찮을지도 몰라. 아니면 동족의 혼이 부족해서 그럴지도…… 힘이 부족한가?』

『영가아아아아아아아암!』

『할머어어어어어어어엄!』

╓╖╖╖시끄러워, 할배할매들!╜╜╜╜

『혹시 이 두 사람, 부부 아니야?』

이 문제 있는 육체로 4신에게 복수하기란 꿈같은 소리였다.

그래서 영혼들은 완전한 육체로 거듭나기 위해서 다시금 궁합 좋은 육체를 찾아 나섰다.

 ## 제7화 밝혀진 크로이사스의 죄

가도를 따라 북서쪽으로 빠르게 달리는 차가 있었다.

지구에서는 【경승합차】라고 불리는, 판타지 세계에 전혀 어울리지 않는 차량이 상인 캐러밴을 피해 이목을 끌면서 달려갔다.

거기에 탄 사람은 제로스와 아도라는 환장의 콤비.

"⋯⋯의외로 승차감이 좋네, 이 자동차."

"필요 최소한만 구현한 반쪽짜리인데요? 에어컨도 없어요."

"에이, 이 세계에서는 이 정도면 충분하고도 남아. 왜 이걸 이사라스 왕국에서 안 팔았어?"

"무기로 개량할 것 같아서요. 이사라스 왕국의 주전파는 걸핏하면 무기가 될만한 물건을 만들어 달라고 한다니까요? 예를 들면 적을 일망타진할 마법식 폭탄이라거나⋯⋯."

"일개 마도사한테 너무 무리한 요구를 하는구만. 아도 군이라면 가능하겠지만, 그런 인간들에게 자동차 기술은 위험하겠어. 마차보다 빠르게 부대를 전개하는 기동력은 이 세계에서 충분히 위협적이야. 소수 부대라도 전술의 폭이 넓어지겠어."

자동차가 군사적으로도 유용하게 사용되리란 것은 조금만 상상해도 알 수 있었다.

병력과 물자 운송, 신속한 부대 전개. 검과 마법의 세계에서도 병력을 적보다 먼저 수송하는 것만으로 전투에서 크게 유리해진다.

기마대처럼 기동력을 살린 선봉대를 매복하거나 추적을 뿌리치고 즉시 이탈할 수도 있다.

양산형 마도식 모토르 캐리지는 솔리스테어 마법 왕국에서 제조하므로 이사라스 왕국이 가능한 일은 공장에서 금속 프레임 같은 부품을 양산하는 것뿐이다.

차체는 마차와 마찬가지로 목제라서 동력부 설계 기술이 유출되지 않는 한 개량될 일도 없다.

완성품을 분해해서 기술을 훔치는 사태도 대비해 특수한 공구로 순서대로 해체하지 않으면 내장된 마봉석이 자멸하는 마법식도 들어갔다.

아도에게 들은 정보를 토대로 호전적인 세력이 허튼수작을 부리지 못하게 막긴 했지만, 반대로 솔리스테어 마법 왕국이 군비를 확장할 우려도 있었다.

그러나 거기까지는 일반인인 제로스가 상관할 바가 아니었다. 『귀찮은 건 높으신 분들이 알아서 하겠지』라는 생각으로 철면피를 깔고 사실상 델사시스 공작에게 책임을 떠넘겼다.

"예를 들어 적 기마대가 아군 보병을 강습하려고 할 때, 정찰 부대가 적보다 빨리 정보를 가지고 오면 먼저 창병을 전개해서 돌격을 막을 수 있지."

"같은 원리로 부대를 빠르게 움직여서 적을 기만할 수도 있겠네요. 격파하려던 부대가 이미 다른 곳으로 이동해서 사라져 있다거나."

이 세계에서 기마대는 전장의 꽃이며, 기동력을 이용한 랜스 돌격은 전쟁에서 무훈을 올리기 쉬웠다. 기사가 목표인 사람이라면 누구나 부러워하며 기마대에 지원할 정도였다.

특히 명예를 중시하는 귀족 출신 기사가 이런 눈에 띄는 부대에 많이 속했다.

발이 느린 중갑 기사는 기본적으로 타격 부대가 되는데, 부대 전개가 느리고 기본 장비가 장창이나 메이스 같은 중무기나 둔기다 보니 아무래도 난전에서 체력 소모가 심했다.

대략적인 전술을 설명하면 용병을 포함한 경장비 부대가 정면에 서고, 좌우에서 기마대가 적군을 협공한다. 그리고 혼전이 되면 중갑 기사로 남은 적을 쓸어버리는 것이 기본이다.

물론 병력의 수와 전장의 상황에 맞춘 부대 배치까지 고려하면 용병술도 굉장히 다양하고 복잡해지지만…….

대규모 부대를 움직일 때는 세밀한 연락망 구축도 중요하다. 전쟁터의 동향에 촉각을 곤두세우고 상황에 따라 각 부대에 빠르게 명령을 전달하며 끊임없이 전장을 변화시켜 아군에게 유리한 상황으로 이끈다.

병력의 수와 장비, 장수의 역량과 전략이 승패를 가르는 세계다. 제로스와 아도가 전파한 기술은 이 공식을 파괴하고 효율적으로 적을 죽이는 기계화 부대를 만들어 낼 수도 있다.

"그런데 이미 메티스 성법 신국에는 화승총이 있잖아? 평지에서도 불리하고 요새에서 농성하면 귀찮아져. 소수의 기동대 따위로 우위를 점하는 것도 잠깐뿐이겠지. 앗, 운송차로 돌격해 버리면 되겠구나!"

"잠깐, 제로스 씨? 지금 화승총이라고 했어요? 설마……."

"용사 중 누가 만들었나봐. 화약 재료는 어디서 구했는지 원."

"그것도 만든 거 아니에요?"

"아도 군도 알지? 흑색화약의 원료인 초석은 만들려면 시간이 걸려. 심지어 전쟁에 사용한다면 양도 제법 필요했을 테고, 지구와는 제조 방법이 달라."

연금술로 초석을 만들 때는 몬스터의 피를 끓여서 진액이 모두 빠진 약초에 섞은 후 발효한다. 다른 방법도 있지만, 이 방식이 가장 편한 제조법이다.

하지만 이러면 제조량이 제한되어 군대에 보급할 양을 확보할 수 없다. 심지어 연금술사만 쓸 수 있는 방식이라서 메티스 성법 신국이 사용할 리 없었다.

누가 뭐래도 연금술사는 마도사였다. 4신교를 신앙하는 그들은 포션조차 부정하는 입장이었다.

'그렇다면 다른 방법이라도 발견했나? 나는 연금술을 이용한 제조법밖에 모르고 다른 수단은 딱히 안 떠오르는데.'

지구와는 물리 법칙도 달라서 초석 하나 만드는 데도 많은 연구가 필요했다.

이세계에서 소환된 사람의 지식은 크게 믿을 게 못 됐다.

"그래도 화약을 만들어봤자 위력이 별로예요. 마법을 쏘는 편이 훨씬 효율적이에요."

"총알을 마법으로 쏘면 싸게 먹히지~. 나도 그랬으니까 알아."

"댁도 총을 만들었어?!"

"아니, 【건 블레이드】. 대물 저격총 수준으로 큰 녀석이라서 근접 전투에는 안 맞았지~. 휘두르기 힘들고 무게 균형도 최악이었어. 거기다가 너무 무거워."

"……못 쓰겠네요."

전에 만든 【건 블레이드】는 순수한 로망만 추구한 무기였는데 쓸데없이 희귀한 금속이 사용되어 튼튼하기는 했다. 하지만 무기로 쓰기에는 지나치게 무거운 불량품이었다.

제로스처럼 비상식적인 존재만 다룰 수 있고, 사용하기 어려우며 쓸 곳도 거의 없어서 아직도 창고에서 먼지만 먹고 있었다.

요컨대 흉악한 장식품으로밖에 써먹지 못할 물건이었다.

"그래서 처음부터 다른 걸 만들었지. 44 오토매그랑 데저트 이글, 아도 군은 어느 쪽이 좋아?"

"다른 것도 만들었어요?! 이 나라를 총기 허용국으로 만들 셈이에요?!"

"원점으로 돌아갔을 뿐이야. 총은 남자의 로망이지. 전함과 전차, 그리고 피스톤 엔진 전투기와 거대 로봇도……. 아무튼 아도 군은 뭐가 좋아?"

"357 매그넘은요?"

아도도 총의 로망에는 이기지 못했다.

"쳇, 하필 그걸 찾다니……. 파이슨은 내가 쓰려고 했는데."

"그것도 있어요……?"

"……있지. 어쩔 수 없구만, 나는 ZB26이라도 쓸까? 아니, 그게 좋으려나……."

"체코 경기관총이잖아요?! 죽음의 상인이라도 될 생각이에요?!"

굳이 따지면 테러리스트였다.

다행이라고 해도 될지 모르겠지만, 어차피 취미로 만든 물건이라 양산하지 않았다는 점이었다. 이런 물건을 팔아넘겼다가는 군사 방면에서 큰 혼란을 야기할 것이다.

"밤이 적적해서 열심히 만든 건데 불평밖에 안 하네."

"밤이 적적하다고 총을 만드는 인간이 어딨어요! 뜨개질로 장갑이나 짜든가!"

"아쉽지만 뜨개질을 잘 못해. 성형 엔진은 만들 줄 알지만……."

"전투기라도 만들려고요?"

취미에 머무르면 상관없지만, 이 아저씨는 종종 선을 넘는 경향이 있었다.

【소드 앤 소서리스】에서 제로스가 일으킨 사고에 휘말렸던 경험들이 새록새록 떠올랐다.

이 아저씨는 어디까지나 『다른 섬멸자보다는』 나을 뿐이지 결국 같은 부류였다. 잠깐 눈을 떼면 자기도 모르게 기술 혁명을 일으킬지도 모른다.

실제로 섬멸자 제자가 어떤 평원에 동물 귀 하렘을 만들지 않았던가.

'이 아저씨에게서 눈을 떼면 안 돼. 심심풀이랍시고 무시무시한 무기를 만들 인간이야…….'

문화가 중세 수준인 세계에 현대 무기가 퍼지면 문명 수준이 몇 단계는 뛰어오를 것이다. 심지어 전쟁이 벌어질 가능성이 농후했다.

이곳은 명예욕이나 권력욕을 표출하기 좋은 세계였다. 효율적으로 적을 해치울 무기나 기술이 전파되면 지금은 얌전한 지배 계급도 야심에 불이 붙을 것이다.

쿠데타에 사용되기라도 하면 대참사가 벌어질 수도 있었다.

"아도 군, 군대는 생각보다 돈이 많이 들어. 방위비도 무시할 수 없고 장비를 모두 교체하려면 국민에게도 부담이 돼. 개발비만 해도 세금만으로는 충당되지 않을 거야. 어지간한 독재 정권이 아닌 한 네가 생각하는 일은 벌어지지 않아. 무엇보다 델사시스 공작님이 그걸 보고만 있겠어?"

"모르는 거죠~. 그 사람도 귀족이고 야심이 없어 보이지도 않으니까."

"그 사람 성격이라면 쓸 수 있는 수단은 모두 쓰겠지만, 상당히 신중하게 행동할 거야. 틀림없이 법을 개정하고 무기류는 민간에 나돌지 않게 엄중히 관리하겠지."

"……그걸 어떻게 알아요?"

"신문물을 보면 기뻐하지만, 동시에 위험성을 생각하는 사람이니까. 산업 발전을 위해서 무기를 각지에서 만들기보다 국가 직할 공장을 두고 엄중하게 관리할 거야. 물론 기술자 감시도 포함해서."

"적대하고 싶지 않네요. 왜 그런 사람이 왕이 아니죠?"

델사시스가 국왕이라면 솔리스테어 마법 왕국도 더 번영할 것이다.

하지만 아쉽게도 그는 공작 자리에 만족하고 있었다. 남몰래 뭘 하고 다니는지 몰라도 물밑에서 나라를 위해 활동하고 있으리라고 제로스는 추측했다.

그렇지 않고서는 그 비상식적인 정보망이 한 세대만에 구축될 리 없고 많은 상인과 거래도 불가능하다. 정보의 중요성을 누구보다 잘 알기 때문이다.

다시 말해 그는 음지에서 더러운 일을 맡는 역할이지만, 국가에는 그런 보이지 않는 길잡이가 꼭 필요하다. 그냥 기분에 따라『좋아, 전쟁하자!』라고 정할 수는 없는 노릇이다.

제로스는 그런 생각을 하면서 차창으로 지나가는 경치를 멍하니 바라봤다.

"앗, 아도 군…… 지금 거기서 우회전인데."

"정말로요?! 오벨리스크를 못 봤네."

"오벨리스크…… 그야 모양은 비슷하지만, 단순한 이정표잖아?"

"어디서 유턴해야겠군……. 그런데 무슨 요새로 간다고요?"

"봄바 요새야. 벌써 일곱 번은 길을 잘못 들었는데 길치라서 뭐라고 할 수도 없고……."

"전에…… 오다이바에 갈 때 센다이를 경유[#3]한 적이 있어요. 말고기 육회, 맛있었지……."

"말고기 육회면, 아오모리[#4]인가……. 정말이야? 평생 안줏거리구만."

상상 이상의 길치였다. 제로스도 속으로 경악했다.

돌아가는 길에는 자기가 운전하자고 생각할 정도로…….

#3 오다이바 갈 때 센다이를 경유 오다이바는 도쿄에 있으며, 도쿄와 센다이는 약 300킬로미터 떨어져 있다.
#4 아오모리 도쿄와 아오모리는 약 580킬로미터 떨어져 있다.

◇　◇　◇　◇　◇　◇　◇

"후우…… 피곤해. 엉덩이 배겨서 죽는 줄 알았어……."

장시간 마차에 앉아있었던 크리스틴은 지친 기색이 역력했다.

국외까지 나오려니 거리가 꽤나 멀어서 정신적인 피로가 심했다.

겨우 리사구르에 도착해서 마차에서 내리자 많은 상인으로 북적이는 마을 풍경이 눈에 들어왔다.

거리에는 삼각형 지붕이 특징인 목조 건물이 늘어섰고, 배수 도랑에는 온수가 흐르며 모락모락 김이 올라오고 있었다.

이 마을은 겨울인데도 그녀의 예상보다 활기로 넘쳤다.

"저는 오늘 묵을 숙소를 찾아오겠습니다."

"부탁할게. 나는 여기서 몸 좀 풀어야겠어. 오래 앉아있었더니 찌뿌둥해."

"그렇다면 제가 돌아올 때까지 여기서 기다려주십시오. 절대로 혼자서 돌아다니시면 안 됩니다."

"아하하, 나도 그 정도는 알아. 이자드, 아한 마을 이후로 걱정이 너무 많은 거 아니야?"

"그런 심정은 더는 느끼고 싶지 않으니까요. 그럼 다녀오겠습니다."

이자드는 숙소를 찾으러 마차에서 멀어졌다.

걱정도 탈이라고 생각하며 그를 배웅한 뒤, 마차 안에서 졸던 사가스 옹이 내렸다.

마차 문이 작아서 키가 큰 노마도사에게는 조금 불편해 보였다.

"잘 잤구먼. 그런데…… 흠, 꽤 운치 있는 마을로 변했군그래.

전에 왔을 때는 아무것도 없는 산골이었는데 말이야."

"나는 처음 와서 모르지만, 많이 달라졌나 봐요? 아무튼 빨리 숙소를 잡아서 온천에서 쉬고 싶네요. 몸이 영 피로해서…… 그런데 이 【무료 숙박권】에는 숙소 이름이 안 적혀 있던데 어디에서나 받아주는 걸까요?"

"아마 그렇겠지. 그럼 숙소를 골라 볼까~?"

"방금 이자드가 찾으러 갔어요."

사가스는 이미 노령이지만, 크리스틴보다 몸이 튼실했다.

허리는 노인답지 않게 꼿꼿했고, 얼굴을 봐도 피로한 기색을 찾아볼 수 없었다.

기사가 되기 위해 훈련하는 그녀로서는 조금 부러웠다. 정말로 온천 요양이 필요한지 의아할 만큼 체력이 남아돌아 보였다.

그런 스승이 갑자기 섀도복싱처럼 잽을 날리기 시작했다.

주먹이 바람을 가르며 경쾌한 소리를 냈다.

"선생님…… 정말로 마도사인가요? 노인의 펀치 같지 않은데요……"

"마도사도 체력은 있어야 해. 옛날부터 책상놀음이 실전에 도움이 될 리 없다고 생각해서 체력을 키우는 게 취미가 됐지."

"권투사라고 해도 되겠어요. 마물도 격투기만으로 해치울 수 있지 않나요?"

"전에 그레이 베어를 때려잡은 적은 있어. 도적도 이 강철 같은 육체만으로 압도했지."

"예상 이상이네요……"

이 노마도사는 상상보다 더 육체파였다.

크리스틴은 이때 사가스의 방랑 생활이 어땠는지 처음 들었다. 곰 마물을 맨손으로 해치운 호걸이라고 알았을 때는 입을 다물지 못했다.

노인이 자부하는 인생 모토는 『지식을 추구하려면 먼저 건전한 육체와 정신을 키워야 한다』였다. 오히려 육체 개조가 목적이 아닌가, 하는 생각까지 들었다.

그런 이야기를 듣는 사이에 숙소를 찾으러 갔던 이자드가 돌아왔다.

"아가씨, 저쪽 모퉁이에 있는 숙소에 방이 있다고 합니다. 일단 우리가 머물지도 모르니까 방을 잡아 놓으라고 부탁했습니다만…… 어떻게 하시겠습니까?"

"수고했어. 그러면 거기로 가자. 드디어 쉴 수 있겠네. 앗, 마차는 댈 수 있어?"

"그건 괜찮습니다. 막 손님 두 팀이 빠졌다고 하니까 잠시 로비에서 기다려야 할지도 모르지만요."

"숙소를 찾은 것만으로 충분해. 이자드, 너도 피곤하지?"

"아닙니다. 이 정도로는 그다지……. 그러면 바로 숙소로 갈까요?"

두 사람이 숙소로 가려고 마차에 타려던 때, 노마도사가 뒤에서 엄청난 속도로 주먹을 내질렀다. 바람 가르는 소리가 심상치 않았다.

회오리가 일어나고 충격파가 퍼길 징도였나.

"……사가스 공은 정말로 요양이 필요할까요?"

"그건 나도 의문이었어. 긴 여행이었는데 전혀 지친 것 같지도 않고……."

"후오옷, 맥시머엄 파아워어어어어어어어어어어어어어어얼!"

"앗……."

—촤아아아아아아아아아아아아아악!

온몸에 힘을 주고 고함과 함께 포즈를 잡는 노마도사.

이 노인이 입은 로브가 비명을 질렀다.

좁은 마차가 사가스 노인에게 꽤 스트레스를 줬나 보다. 리사구르에 발을 딛고 나니 개방감을 주체하지 못하는 모습이었다.

그가 몸을 풀기 시작하자, 로브의 무참한 잔해가 애도의 바람을 타고 하늘에 휘날렸다.

이후, 세 사람은 숙소 로비에서 앞의 손님이 쓴 방이 정리될 때까지 기다려야 했는데, 반라의 마초 노인과 함께 있느라 굉장히 창피했다고 한다.

세레스티나와 츠베이트가 따로 활동하던 무렵, 크로이사스는 이더 란테에서 연구에 몰두하고 있었다.

어두운 방에서 흥분 상태로…… 마치 위험한 약에 취한 사람처럼 사악하게 웃으며 종이에 결과를 갈겨쓰고는 다시 같은 작업을 반복했다.

"후후후…… 멋져. 이것이 구시대의 마도구! 이것이 과거에 번영한 문명의 기술! 이 땅은 연구자의 천국이야! 쉴 시간도 아까워!"

"……아니, 좀 쉬자. 지금까지 같은 소리를 몇 번 했어? 이대로 가면 진짜로 우리가 죽겠어, 크로이사스……."

"지식의 보고에 묻혀 죽는다면 연구자에겐 오히려 좋은 일 아닌가요? 마카로프는 연구자라는 자각이 부족하네요. 그나저나 이 결과는…… 후후후후후후."

맛이 갔다.

이성은 유지하고 있으나, 오랜 시간 연구를 계속한 탓에 뇌가 아드레날린 및 기타 쾌락 호르몬에 절여져서 행복감에 취해 있었다.

뭇 여성의 마음을 사로잡은 쿨했던 외모가 지금은 충혈된 눈 아래로 다크 서클이 내려와 마치 소설에 나오는 악역 마도사 같은 몰골로 변했다.

쾌락 호르몬 수도꼭지가 고장난 크로이사스 주변에는 함께 연구자를 목표로 하는 학생들과 나라에서 파견한 연구직 마도사들이 시체처럼 널브러졌다. 한 나흘 정도 밤을 새운 탓이었다.

학생들은 몰라도 사실 연구직 국가 마도사도 크로이사스와 똑같은 족속이었다.

그들이 있는 곳은 끝없는 황야를 걸어가듯 하염없이 작업을 반복하는 지옥 같은 곳.

요컨대…… 연구에 몰두한 나머지 탈진해서 전부 나가떨어진 것이다.

아직 팔팔한 크로이사스가 비정상이었다.

"……여긴 지옥이야. 나는 때려죽여도 마도구 연구자는 안 될 거야."

"무슨 말인가요, 마카로프! 여기에는 위대한 지식이…… 잃어버린 위대한 기술이 흘러넘치잖아요? 지금 이 손으로 만지고 비밀을 파헤치우지 않으면 틀림없이 후회할 거예요! 나중에 가서 딴소리 하지 마시죠!"

"왜 그렇게 흥분했어……? 너, 여기 온 뒤로 이상하다?"

"그토록 갈구하던, 꿈에서도 그리던 지식이 여기 있어요. 여기서 최대한 연구하고 이해하지 않으면 마법에 통달하는 건 영원히 불가능해요. 이 몸에 지식을 욱여넣을 수만 있다면 저는 악마라도 될 수 있습니다!"

"……아, 그러셔? 얼마나 흥분한 거야. 그런데 너는 돌아갈 준비는 다 했어?"

"……네에?"

크로이사스의 뇌가 정지했다.

그리고 마카로프의 말을 몇 번 되새겨 보지만, 말뜻을 전혀 이해할 수 없었다.

'돌아가? 어디로? 여기에는 아직 지식의 결정체가 셀 수 없이 많은데? 이 고도로 발전한 아름다운 마도구를 두고 대체 어디로 간다는 거지? 애초에 돌아간다는 말은 원래 있던 곳으로 간다는 뜻인데…… 마카로프도 이해하지 못할 소리를 하네. 우리가 돌아가? 원래 있던 곳? 그런 곳이 있었나?'

아쉽게도 크로이사스의 머릿속은 마도구 연구로 꽉 차 버렸다.

자신이 학생이라는 사실이나 휴가철 귀성이라는 연례행사마저 싹 다 잊어 버렸다.

그에게 남은 것은 마도에 대한 탐구열뿐이며 그것이 크로이사스의 전부였다.

고대의 위대한 지식을 남기고 집으로 돌아간다는 생각은 할 수도 없었다.

연구하기 위해서라면 부모가 울어도 개의치 않을 만큼 크로이사스는 연구광이었다.

"뭐가『……네에?』야! 설마 너, 자기가 학생이란 것도 까먹었어? 여기는 학교가 아니야. 츠베이트나 다른 학생은 이미 이더 란테를 떠났어! 우리는 해석팀을 돕느라고 시간이 걸렸지만, 더는 묶어둘 수 없다고 연구부 반장님이 나흘 전에 말했잖아. 정말로 안 들었어……?"

"……그, 그럴 수가…… 안 돼."

크로이사스는 세상이 끝장난 표정으로 제자리에 풀썩 주저앉았다.

애초에 이들이 이더 란테에 있는 이유는 학교 강사들이 그들에게는 가르칠 게 없다며 직무를 유기했기 때문이었다. 더불어 대규모 조직 개혁으로 구시대 도시를 조사할 인력이 부족해지자 이때가 기회다 하고 학생들을 이곳으로 보낸 것이었다.

다시 말해 무책임한 강사들이 잔머리를 굴린 결과지만, 아무렴 어떤가? 크로이사스에게 이곳은 파라다이스였다.

겨울 휴가 귀성은 크로이사스에게 낙원 추방이나 다름없었다.

그 절망을 누가 헤아릴 수 있으랴.

"왜…… 돌아가야 하나요? 가족이야 알아서들 잘 살겠죠. 고대

135

의 지식을 알 기회는 지금밖에 없건만, 학교 강사들은 얼마나 멍청한 건지…….”

“아니, 그 전에 우리가 죽겠어……. 여기에 오고 나서 거의 책상에서 마법식 해석만 했고, 휴식도 겨우 15분가량이야. 식사할 때 빼고 살아있다는 실감이 안 들어.”

“저는 충분히 실감하고 있어요!”

“그걸 나한테 따진다고 뭐가 달라져? 누가 이 바보 좀 설득해 줘…….”

학생들의 주된 업무는 이더 란테에 있는 구시대 문헌 해독과 마도구 코어에 새겨진 마법식 본뜨기, 망가진 마도구를 분해해서 기능 분석하기 등 다양했다.

하지만 그 양이 문제였다.

생제르맹파 학생들은 사흘 만에 이곳이 지옥이라고 깨달았다.

크로이사스만 빼고…….

“크로이사스, 그러면 안 되지~. 효도도 할 수 있을 때 해야 해. 돌아갈 수 있을 때 돌아가서 가족과 대화도 하고 그래~.”

“델사시스 공작님은 몰라도 어머니는 걱정하시지 않겠어?”

“이 린과 세리나…… 가족 이야기는 별로 하고 싶지 않지만, 어머니들은 아버지에게 홀렸을 뿐이고 자식에게 큰 관심은 없어요. 그냥 귀금속과 드레스 같은 유행이나 좇는 속물이죠. 제 걱정을 할 리가요.”

“속물…… 너, 가족한테도 못 하는 말이 없구나…….”

크로이사스의 시각에는 살짝 편견이 있지만, 귀족 마님이 유행을 좇는 것은 어떻게 보면 자기 계발의 일종이었다.

미용부터 시작해 패션을 처음 유행시킨 것은 귀족이며, 경제 순환 효과도 좋았다. 게다가 귀족이 돈을 불필요하게 쌓아두는 사태를 막기 위해서 의무적으로 어느 정도의 지출은 필요했다.

또한, 귀금속은 무슨 일이 생겨서 외국으로 망명했을 때 자금이 된다.

귀족의 사치에도 사실 이유가 있는 법이다.

"후우…… 이 반응을 보면 돌아갈 채비도 안 했겠군. 하는 수 없지, 우리가 도와주자. 보나 마나 방은 쓰레기장일 테니까 지금부터 정리에 착수하지 않으면 늦을 거야."

"그러게……. 이 모양으로는 공작가 자제라는 게 솔직히 믿어지지 않아."

"크로이사스는 연구자가 목표라서 후계가 될 생각이 없거든."

"자, 잠깐만요! 저는 아직 돌아간다고 안 했……."

""""안 돼!""""

크로이사스는 혼자라도 남을 생각이었지만, 학생인 이상 지시에는 따라야 한다.

거부하는 크로이사스를 끌고 그의 방으로 가니, 그곳은 수많은 마도구에 파묻혀 있었다. 예상을 뛰어넘는 마굴이었다.

신기한 거대 버섯 군락까지 생겨 도저히 사람이 살 수 있는 환경이 아니었다.

""""…….""""

친구들도 할 말을 잃었지만, 마카로프가 뭔가 결의한 것처럼 무거운 입을 열었다.

"더러울 건 예상했어. 그보다도…… 야, 크로이사스. 이 산처럼 쌓인 마도구는 다 어디서 났어? 설마 창고에서 빼돌리진 않았겠지?"

"……훔친 건 아닙니다. 흥미가 생겨서 빌렸을 뿐인데 어느샌가 이렇게 쌓이는 바람에……. 반납하려고도 했다니까요? 그냥 그럴 여유가 없어서……."

"허가는 받았겠지?"

"……."

침묵이 모든 사정을 말해줬다.

세 사람의 싸늘한 눈총이 따가웠다.

"앗, 이거…… 창고에서 사라졌다고 한바탕 난리난 물건이잖아~?! 나도 찾는 거 도왔다가 허탕만 쳤다구……. 크로이사스, 너무했어~."

"이것도 그래……. 학생 방도 조사했지만 못 찾았다고 들었는데, 어디에 숨겼던 건지 원……. 크로이사스, 너 그거 범죄야."

"너…… 그 정도 분별력도 없었어? 억울하게 누명을 쓴 사람이 얼마나 많은데, 어떻게 책임질 거야?"

"그런 소동이 있었나요? 전혀 몰랐는데요……."

""“반성하는 척이라도 해 봐!”""

크로이사스는 연구가 있으면 주변을 돌아보지 않는 경향이 있었다.

악의가 없으니까 고치기도 어려웠다.

그 후 연구부 소장에게 가서 싹싹 빌어 무사히 넘어갔지만, 만에 하나라도 잘못했으면 범죄자가 되어 처형되기 직전까지 갈 수 있었던 심각한 사태였음을 이곳에 기록해둔다.

크로이사스는 아름다운 우정으로 목숨을 건진 것이다.

물론 그가 이번 일로 태도를 고칠 거라는 생각은 안 들지만……

제8화 이변을 조사하는 아저씨와 세레스티나의 취향

야영으로 하룻밤을 보낸 제로스와 아도는 차로 두 시간을 더 달려서 목적지에 도착했다.

【봄바 요새】. 국경 요새 바로 뒤에 배치된 방어 거점 중 하나로, 유사시에 식량 수송 및 후방 지원을 담당한다.

단, 현시점에서는 인근 마을의 가도 순찰이 주된 임무며 도적과 마물이 나오지 않는지 감시의 눈을 번뜩였다.

사인 불명의 시체가 운반된 것은 오늘로부터 닷새 전이었다. 시체는 사냥꾼이 토끼를 쫓다가 우연히 발견됐다.

발견 당시의 소지품으로 도적이라고 밝혀졌지만, 사인은 여전히 알아내지 못하고 있었다.

아니, 사실 이유는 명명백백했다. 체내의 혈액이 전부 **빠져나간** 상태였으니까.

문제는 그 방법이었다. 작은 상처는 여러 개 있었지만, 그 외에 눈에 띄는 외상이 없었다.

시체를 해부해도 이렇게 온몸의 피가 빠져나갔는지 원인을 규명할 수 없었다.

그로부터 얼마 지나지 않아서 비슷한 방식으로 죽은 마물의 사체도 발견됐다.

이로 인해 봄바 요새는 경계 태세를 유지하게 됐다.

"……보고서의 대략적인 내용은 이래. 시체를 보지 않으면 장담할 수 없지만, 아마 몸 안쪽에서……."

"리치 계열 언데드는 아닐 거 같네요. 드레인 터치도 혈액까지 없애지는 않잖아요? 그럼 흡혈…… 【데빌 리치】는 어때요?"

"기생 거머리인가? 그건 피를 빨면 몸을 찢고 나오잖아. 시체는 피만 사라지고 특별한 외상은 없어. 에휴, 머리 아프네."

"거기 둘! 이 요새에 무슨 용건으로 왔지?"

제로스와 아도가 요새 앞에 도착하기 전에 문지기가 불러 세웠다.

굉장히 긴장이 고조된 분위기였다.

"우리는 델사시스 공작님 명으로 파견된 마도사고, 의문사한 도적의 시신을 조사하러 왔습니다. 여기 델사시스 공작님의 서한이 있으니까 이곳 책임자께 보여주실래요?"

"뭐? ……알았다. 일단 델사시스 공작님 서한을 가져가지. 이곳에서 잠시 대기하도록."

"네네~, 다녀오십쇼~."

"왜 그렇게 할 맘이 없어 보여요……."

신경이 곤두선 문지기를 괜스레 자극하는 제로스의 태도에 아도가 힘없이 따졌다.

실없이 웃는 것처럼 보여도 진심으로 조사하려는 것은 아도도 알고 있었다. 그저 분위기를 보고 말했으면 할 뿐이었다.

"기다리는 게 싫어서 그래~."

"누군 좋은 줄 아시나……."

아저씨는 태평하게 담배를 피웠다.

작은 새 두 마리가 종달새와 비슷한 울음소리를 내며 청명한 하늘을 날아다녔다.

그렇게 기다리기를 7분…….

"오래 기다리셨습니다. 지금 문을 열겠습니다. 어이, 빗장 벗겨!"

안쪽에서 부산스러운 소리가 들리고, 곧 거대한 문이 묵직한 소리를 내면서 열렸다.

"잠시 실례할게요."

"분위기가 안 좋은 건 알겠는데, 언제부터 이러고 있어?"

"사흘 전에 새로운 시체가 발견되고 날마다 희생된 도적이나 동물이 발견됐어. 어제부터 비상경계에 들어간 참이다."

"정체 모를 뭔가가 어슬렁거리면 그럴 만도 하지~. 인근 마을도 지켜야 할 테니까 인력이 부족하겠어. 이곳을 습격할 가능성도 배제할 수 없고 말이야."

"우선 이 요새의 책임자인 루거 단장님을 만나주십시오. 안내하겠습니다."

"부탁드립니다."

요새 안에서는 많은 기사가 훈련하거나 벽 위에서 경계를 서고 있었다.

그밖에도 가도를 마차로 이동하며 주변 마을을 확인하는 부대도 있다고 하니 이곳에 얼마나 대규모 부대가 주둔하는지 짐작할 수 있었다.

다만, 그들의 훈련 풍경에서 표현하기 부적절한 육두문자가 오가는 경우도 보였다.

'저거…… 내 영향을 받은 건 아니겠지? 대산림 지대에서 무리한 서바이벌 훈련을 하긴 했지만, 나는 저 정도로 갈구지는 않았어…….'

제로스는 미국 영화의 훈련 교관 흉내를 내지는 않았다. 그런데 그들의 고함 사이사이에『그따위 정신머리로는 파프란 대산림 지대에서 살아남을 수 없다!』라거나『항상 긴장해라! 방심하면 다음에 죽는 건 너다!』라는 말이 들렸다.

이 지옥 훈련이 탄생한 원인을 추측할 수 있는 대목이었다. 아무리 현실을 부정해도 눈앞에서 혹독한 훈련이 벌어지니까 죄책감으로 마음이 살짝 불편했다.

"제로스 씨 영향이 여기까지 미쳤네……."

"나, 나는 모르는 일이야……."

"찔리죠? 태도에서 딱 티가 나는구만."

아저씨는 대답하지 않고 엉뚱한 방향을 보며 불 줄도 모르는 휘파람을 불었다.

아도의 싸늘한 눈총이 따가웠다.

두 사람은 안내를 따라서 요새 안 건물로 들어갔고 계단을 내려가서 지하의 어떤 방에 도착했다.

요새 책임자가 있는 방으로 가는 줄 알았던 두 사람에게는 뜻밖의 장소였다.

"여긴 어디죠?"

"피해자의 시신이 안치된 방입니다. 단장님도 곧 오시니까 잠시만 기다려주십시오."

"시작부터 영안실이야? 뭐, 번거롭게 왔다 갔다 하는 것보다는 낫나……."

"뭔가 사악한 분위기가 드는데……."

광원은 조명 마도구밖에 없고, 빛이 닿지 않는 부분은 어둠이 짙어 공포 영화에 나올 법한 분위기를 연출했다.

그렇게 시답잖은 생각을 하던 때, 계단을 내려오는 발소리와 금속이 부딪치는 소리가 들렸다. 아마 이 요새의 책임자가 온 모양이다.

조명 마도구에 비친 기사는 풀 플레이트 메일의 무게가 느껴지지 않을 만큼 덩치가 큰 중갑 기사였으며, 제로스와 나이대가 비슷한 건장한 사내였다.

"기다리게 했군. 급히 처리할 안건이 있어서 말일세. 손님에 대한 예의가 아닌 줄 알면서도 절차를 생략했네. 무례한 행동을 용서해줬으면 좋겠군. 내가 이 요새를 책임지는 【루거 건슬링】이네."

"별말씀을요. 저는 델사시스 공작님 명령으로 조사하러 온 마도사 제로스입니다. 이쪽은 함께 일할 아도라고 하고요. 일단 양해를 구하고 싶은데, 그분과의 관계를 캐내려고 하지는 말아주세요."

"……알겠네. 그분이라면 개인적인 첩보 조직이나 행동 부대가 있어도 이상할 게 없지. 바로 본론으로 들어갈까?"

"그러죠. 시간적 여유가 있는지조차 불확실하니까 조사는 빠를수록 좋을 겁니다."

"음, 그럼 이쪽으로……."

어두운 방에는 안치대 다섯 개가 있고 그중 하나에 피해자로 보이는 미라 한 구가 누워 있었다. 하필 지금 의사가 해부하던 중이라 솔직히 비위가 상했다.

"알아낸 점은 있나?"

"오셨습니까, 루거 기사단장님. 위장에서 피를 빼앗긴 흔적이 발견됐습니다. 말라버린 내장을 물에 축여 복구하니까 겨우 피가 사라진 이유가 보이는군요. 피해자는 위장을 통해 혈액을 빼앗겼다고 봐도 될 겁니다."

"귀신이 곡할 노릇이군. 외부에서 찌른 흔적도 없는데……. 그렇다면 입으로 뭘 집어넣었나? 아니면 입으로 침투하는 마물이 있는 걸까? 피해자가 스스로 마물을 삼켰을 가능성은…… 없겠지. 애초에 인간 한 명의 피를 한곳에 모으면 꽤 부피가 커져. 거머리 같은 작은 마물도 피를 빠는 양에는 한계가 있고 말이야."

"하긴, 인간 한 명의 피를 빨아먹으면 그 정체 모를 존재도 상당히 부풀겠죠. 그런데도 시신에는 손상이 없다…… 인간의 소행은 아니니까 마물이라고 봐도 무방하겠지만, 무슨 요술을 부렸나 몰라~."

"……루거 기사단장님, 이분들은?"

"델사시스 공작님이 파견한 조사원이네. 이번 사건은 아직 이곳의 영주에게만 전해졌을 텐데 대체 어떻게 알았는지 궁금하군."

"잠깐만, 뭐라고? 그 사람은 뒤에서 정말 뭘 하고 다니는 거야?!"

새삼스럽게 델사시스 공작의 정보망이 얼마나 넓은지 알게 됐다.

봄바 요새는 솔리스테어 공작령 밖에 있어서 다른 영주가 관리한다.

국경을 지키는 기사들은 국가 직속이라도 무슨 일이 생기면 가장 먼저 영주에게 보고한다.

루거의 이야기에 따르면 아직 비밀리에 조사하는 단계이며, 국가에 보고하려면 시간이 걸린다. 게다가 옆 영지를 다스리는 델사시스 공작에게는 관련이 없는 이야기였다.

그런데 이미 정보를 얻은 점으로 미루어보아 이 요새 안에도 델사시스의 수하가 있을 가능성이 크며, 더 나아가 이곳 영주를 믿지 못한다는 뜻이기도 했다.

아무리 공작이라도 이건 엄연한 월권행위였다.

"그 영주는 델사시스 공작님을 거스르지 못하겠지. 전에 그분에게 악행을 폭로당하고 철저하게 패배했다는군. 목줄을 차고 마음대로 이용당해도 동정할 수 없어."

"……델사시스 공작님."

"그 양반이면 그럴 수 있지. 반대로 악덕 영주를 이용하려는 부분이 정말로 그분다워. 방해되면 처리하면 그만이니까."

제로스와 아도가 물리력이나 마법 공격력의 공포를 대표한다면 조직력의 공포를 대표하는 자가 델사시스라고 할 수 있겠다. 그는 심지어 악당까지 이용해 먹는다.

이런 행동을 긍정해도 될지 애매하고, 칭찬할 수법이 아닌 것도 분명하지만, 이런 권력자가 나라의 안녕을 위해 일한다면 백성으로서는 든든할 따름이다.

"정말로…… 왜 그 사람이 국왕이 아니지?"

"아도 군…… 수법을 생각해봐. 델사시스 공작님은 태평성세의

명군이라기보다는 목적을 위해서라면 수단을 가리지 않는 난세의 패왕이야. 그 재능은 세상이 어지러울수록 강하게 빛나겠지. 이런 시대에는 어울리지 않는다고 본인도 알고 있을 거야."

"아하…… 듣고 보니 그러네요. 그래도 이웃 종교 국가가 마수를 뻗고 있잖아요? 오히려 지금 필요한 인재 아니에요?"

"그렇기 때문이지. 자신의 재능을 잘 아니까 철저히 뒤에서만 움직여. 잘못하면 위험인물로 찍혀서 암살자를 보낼지도 모르잖아? 그러면 귀찮아져. 뭐, 그분이라면 그런 상황도 즐길 것 같지만……."

올바르기만 해서는 나라를 다스릴 수 없다.

평화로운 시대가 어울리지 않는 남자, 그것이 델사시스 공작이었다.

"단장님, 여기 계셨습니까?"

"왜 그러지?"

"또 도적의 시체가 나왔습니다. 장소는 저번 시체 발견 장소보다 더 북쪽, 그것도 열세 명이나 됩니다."

"……또 나왔나. 범죄자들이니까 딱히 상관없지만, 이번에는 수가 많군. 마치 의식적으로 북상하는 듯해."

부하 기사에게 보고받고 루거는 씁쓸하게 중얼거렸다.

하지만 제로스는 그의 말이 더 신경 쓰였다.

이 미라 같은 시신을 양산하는 정체 모를 존재는 북상하며 인간을 덮치는 모양이었다.

"루거 단장님, 지금 『의식적으로 북상한다』고 하셨나요? 그렇게 생각하는 근거는 뭐죠?"

"응? 지금까지 도적과 마물 시체가 나온 장소를 연결하면 정확히 직선이 되네. 마치 북쪽을 목표로 이동하는 것처럼. 정확히는 북서쪽에 가깝지만."

"그렇군요……. 혹시 그 방향에 마을은 없습니까?"

"꽤 멀리, 메티스 성법 신국에서 흘러든 사람들이 만든 마을이 있을 뿐이네. 국경 바로 옆에 있는 난민촌인데 그건 왜…… 설마!"

루거는 제로스가 하려는 말을 깨달았다.

지금은 도적이나 저급 마물을 덮칠 뿐이지만, 어쩌면 마을까지 덮칠지도 모른다.

자국민 보호에 초점을 두느라 난민이 공격당할 가능성을 미처 생각하지 못했다. 잘못하면 대형 참사가 벌어질 것이다.

"지금 보고한 시체가 어디서 발견됐는지 모르지만, 만약 이대로 북상하면 맞닥뜨릴 수 있나요? 우리는 이 근처 지리에 어두워서 조금이라도 정보가 있으면 좋겠군요."

"이번에 시체가 발견된 곳에서 올라가면…… 큭, 틀림없이 난민촌을 지나칩니다!"

"위험하군……. 우리는 백성을 지킬 의무가 있지만, 난민은 예외야. 군대를 움직이려면 영주님이나 국가의 허가가 필요하네. 공식적으로 그들은 불법 체류자니까……."

"그렇다면 우리가 가죠. 최악의 경우엔 국경을 넘어야겠지만, 메티스 성법 신국에 떠넘기는 것도 한 방법입니다. 전에 【그레이트 기브리온】을 이 나라로 보낸 전과도 있으니까요."

"뭐?! 그 녀석들 짓이었나……."

전에 국경 근처 성곽 도시가 최대 규모 스탬피드와 거대 바퀴벌레의 습격을 받았다.

농성전으로 간신히 막았지만, 앞쪽 평원에서 그레이트 기브리온의 허물이 발견됐고 주변은 거대한 크레이터로 교역에 차질을 빚었다.

아직 복구도 되지 않았다. 가상 적국인 메티스 성법 신국 방면 무역로를 애써 고칠 마음이 없었기 때문이었다.

평소 쌓아온 업보를 치른 셈이었다.

암약하던 이단 심문관들은 꼬꼬와 민중에게 피떡이 되도록 몰매를 맞고 정식으로 체포됐다. 원래 범죄자였던 이들이라서 고용주가 감싸주지도 않았다.

이건 나라 간 교섭에도 써먹을 수 있는 카드라서 진실이 공표되지는 않았다.

"현장을 본 적도 있는데, 어떻게 하면 그런 크레이터가 생기지?"

"글쎄요? 우리랑은 관계없는 일이라서……. 그런데 난민촌은 어디죠? 지도라도 있으면 좋겠는데."

"지금 바로 갈 텐가?"

"그게 우리 일이니까요. 헛수고로 끝나면 좋겠네요……."

"금방 지도를 준비하겠네. 가능하면 내게도 조사 내용을 보고해 줬으면 좋겠군."

"긍정적으로 생각해 볼게요."

이리하여 제로스와 아도는 다시 조사에 나섰다.

요새를 나온 두 사람은 성벽이 보이지 않는 곳까지 걸어와서 다시 경승합차에 몸을 실었다.

"이 길을 따라서 똑바로 가면 돼. 지도를 보면 저 앞 산길에서 좌회전이니까 놓치지 마."

"운전 학원 강사도 아니고……. 근데 또 내가 운전해요?"

"돌아갈 때는 내가 할게. 아니면 바이크에서 몸을 밀착하고 싶어?"

"……그건 싫네요. 내가 뭐가 아쉬워서 시키면 아재를 끌어안아요?"

"그나저나 아도 군, 면허는 어떻게 딴 거야? 이렇게 길치면서……."

"묻지 마요."

불길한 사건이 일어나고 있건만, 이 두 사람에게선 일말의 긴장감을 찾아볼 수 없었다.

태평한 사내자식 둘을 태운 자동차는 흙먼지를 일으키며 길을 질주했다.

"우냥…… 배 터지겠어……."

우르나는 다다미 위에 드러누워 행복하게 배를 쓰다듬었다.

"개, 개가…… 고양이 같아요."

"너무하네. 나는 개가 아니라 늑대야, 캐럴스티."

"뭐든 간에 여자애가 보일 모습은 아니네요. 경박해요."

여자끼리 온 첫 온천 여행이라서 어젯밤은 늦게까지 떠들고 놀았다. 그 탓에 늦은 아침을 먹은 일행은 방에서 저마다 편안한 시간을 보내고 있었다.

캐럴스티도 우아하게 홍차를 즐기는 중이었다.

"안즈 양은 아침 식사에서도 안 보이던데 어디 간 걸까요? 미스카, 알아요?"

"안즈 님은 여러분이 침대에서 배를 내놓고 주무시는 동안 아침을 먹고 진작부터 호위를 하고 있었습니다. 제가 여기 있으니까 좀 더 자유롭게 지내도 된다고 허가했는데 휴식 시간은 점심 전에 한 번이면 충분하다고 하더군요."

"일을 열심히 하는 아이네요. 에로무라 씨랑 다르게."

"그 나이에 벌써 프로예요. 그보다, 아가씨……."

미스카의 안경이 수상하게 빛났다.

"아가씨는 사람의 얼굴과 이름을 잘 기억하지 못하시는데 에로무라 씨 이름은 벌써 외우셨네요? 설마 그런 분이 취향이신가요?"

"그건 저도 궁금했어요. 디오 씨나 마카로프 씨 이름은 이상할 정도로 못 외우면서 그분 이름은 의외로 쉽게 기억했죠? 정말로 이상하다고 생각했어요."

"음…… 에로무라 씨는 비교적 만날 기회가 많았으니까요. 도서관에서도 호위해 주거나 높은 곳에 있는 책을 꺼내주기도 했어요. 의외로 친절한 분이라고 생각했는데, 두 분에게는 안 그런가요?"

캐럴스티와 미스카가 서로를 돌아봤다.

『어떻게 생각하시죠, 미스카 씨?』

『제게는 그냥 덜렁이로 보였는데 설마 호위를 하면서 점수를 땄을 줄은……. 이게 계산된 행동이라면 엄청난 다크호스의 출현이네요.』

『그래도 세레스티나 양인걸요? 다른 사람의 호감도 알아차리지 못했을 거예요. 가까운 곳에 그토록 호감을 보이는 분이 계신데도…….』

『디오 님은 그냥 숙맥이에요. 말을 걸 용기도 없는 겁쟁이니까 아가씨께 마음이 전해지려면 1억 년은 멀었어요.』

『그럼 지금은 에로무라 씨가 가장 앞서고 있나요?』

『그건 저도 잘……. 이 기회에 아가씨의 남자 취향을 들어보면 어떨까요?』

『좋은 생각이에요.』

이 두 사람, 사실 디오와 세레스티나의 관계에 지대한 관심을 가지고 있었다.

미스카에게 있어 세레스티나는 죽은 친구의 하나뿐인 자식이었다. 당연히 배우자 후보에게 바라는 조건도 까다로웠다. 행복하게 해주는 것은 기본이고, 목숨을 걸고 세레스티나를 지킬 실력과 의지가 없다면 믿고 맡길 수 없었다.

한편, 캐럴스티는 그저 재미있으면 그만인 구경꾼에 불과해서 노골적으로 『너를 사랑해애애애애애!』라는 분위기를 풍기는 디오의 사랑이 이루어질지 기대에 부풀어 있었다.

참고로 캐럴스티의 취향은 달달한 연애 소설과 일부의 야한 책이었다.

"아가씨, 소박한 의문이지만…… 아가씨는 어떤 남성을 좋아하시나요?"

"남성 취향……이요? 음…… 어른스럽고 포용력이 있고, 지적이면서 여성에 대한 이해심이 있는 사람……일까요?"

"……앗?!"

이 시점에서 에로무라와 디오는 탈락이었다.

세레스티나는 자기보다 연상, 혹은 어른스러운 생각을 가졌으며 자신에게도 이해심을 가져주는 인물을 이상적인 남성상으로 꼽았다.

그리고 거기 해당하는 인물은 한 명밖에 떠오르지 않았다.

바로 세상에 애인이 몇 명이나 있는지 알 수 없는 델사시스였다. 물론 그는 너무 많은 여성에게 이해심을 가져서 문제지만…….

『설마 파더콤이었을 줄이야……. 이거 위험하네요.』

『네?! 세레스티나 양은 델사시스 공작님 같은 분이 취향인가요?! 아니, 귀족이라면 충분히 생각할 수 있는 사태지만……. 그런 분이 세상에 둘이나 있다는 생각은 안 들어요.』

세레스티나는 공작가 내에서 완전히 고립된 입장이었다. 크레스톤에게 총애를 받지만, 아버지인 델사시스는 그녀를 그다지 만나려고 하지 않았다.

물론 거기에도 이유가 있었다.

델사시스는 세레스티나를 귀족으로 키울 생각이 없고, 언젠가 혼자서도 굳세게 살아가기를 바라기 때문이었다. 무엇보다 귀족의 굴레에 얽매이지 않기를 바라며 그 점은 미스카도 동의하고 있었다.

델사시스는 공작으로서 유력 귀족 여성과 혼인한 입장상, 표면적으로 세레스티나에게 애정을 보이면 질투심 강한 두 아내의 가문이 세레스티나를 시기하거나 괴롭힐 위험이 있어서 거리를 둘 수밖에 없었다.

그가 딸을 지금껏 방임한 이유도 세레스티나를 귀족 사회의 음습한 문화에서 떨어뜨려 놓기 위함이었다.

세레스티나를 지키기 위해서 미스카를 포함한 관계자가 최대한 안전한 방법을 택했으나, 설마 이상적인 남성상=이상적인 아버지상이 될 줄은 미스카도 미처 생각하지 못했다.

'우리 교육 방침에 이런 부작용이? 아니, 아직 단정 짓기는 일러……. 여기서 확실하게 짚고 가야 해.'

미스카는 속으로 식은땀을 흘리면서 심호흡으로 마음을 진정시켰다.

그리고 간신히 목소리를 떨지 않고 다음 말을 꺼냈다.

"그, 그럼 아가씨는 연상의 남성이 좋으신가요? 예를 들어 제로스 님 같은……."

"선생님이요……? 그러네요, 선생님은 의외로 어린아이 같은 면도 있으니까 결혼하면 웃음이 끊이지 않는 좋은 가정이 될 거 같아요. 그래도 선생님은 저를 어린애로만 보겠죠. 루세리스 씨를 대할 때와 태도가 다른걸요. 역시 제자를 다른 눈으로 보기는 힘든가봐요. 만약 정략결혼을 해도 선생님이라면 저를 신경 써주겠지만, 부부가 되려면 시간이 필요할 거예요."

결혼은 할 수 있지만, 제로스가 세레스티나를 여자로 보지 않는다.

만약 약혼을 하더라도 여자로 봐주려면 시간이 걸린다.

그런 사정은 세레스티나도 어렴풋이 알고 있었다.

그리고 반대로 생각하면 제로스에 대한 평가는 여타 동년배 남자보다 훨씬 높고, 충분히 결혼 상대로 고려할 만하다는 뜻이었다.

"저…… 그럼 디오 님은 어떻죠?"

"……? 그게, 누구죠?"

"츠베이트 님의 친구인 디오 씨예요. 도서관이나 훈련장에서도 보이는……."

"응? 그분은 디스트로이어 씨 아니었나요? 왠지 존재감이 없는 분이죠?"

"아가씨…… 그건 존재감 아닐까요?"

여러모로 너무하다. 그리고 잔인하다.

세레스티나에게 디오는 친구는커녕 그냥 없는 존재였다.

조금이라도 특징이 있으면 이름 정도는 외웠겠지만, 아쉽게도 디오는 에로무라만큼 개성이 강하지도 않았다.

아무리 호감을 가져도 상대의 인상에 남지 않으면 의미가 없었다.

왜냐하면, 없는 사람이니까…….

미스카와 캐럴스티는 디오가 불쌍하기 그지없어서 세레스티나에게서 등을 돌리고 조용히 눈물 흘렸다. 노력해도 보답받지 못하는 비애였다.

"그러는 두 분은 마음에 드는 사람이라도 있나요? 저만 말하는 건 불공평해요."

"저는…… 메이드니까요."

"저, 저는…… 약혼자가 있어서…… 훌쩍…….'"

"그, 그랬나요……?"

왠지 등을 돌리고 눈물을 훔치는 둘을 보며 세레스티나는 고개를 갸웃거렸다.

미스카는 이때 겨우 자신의 착각을 깨달았다.

'이럴 수가……. 그 애를 부추겨서 이성에 관심을 갖도록 할 속셈이었는데, 설마 아가씨 취향이 아저씨였을 줄은……. 애가 이렇게 큰 걸 알면 밀레나가 뭐라고 할지……. 미안, 저세상에서 너를 볼 면목이 없어.'

여담으로 미스카는 디오가 세레스티나에게 몹쓸 짓을 하려고 하면 당연히 남몰래 묻어버릴 생각이었다.

그러기 위해서 뒤에서 항상 감시했는데, 디오가 지나치게 숙맥이라서 아직 두 사람은 제대로 된 대화 한 번 나눈 적이 없었다. 보고 있으면 속이 터질 지경이었다.

'우리가 교육을 너무 우습게 봤나, 아니면 단순히 그 애가 도를 넘은 숙맥인가……. 아가씨는 연애에도 흥미가 없는 모양이니까 이성에 관심을 가지려면 아직 멀었겠어.'

방향성이 다른 연애에는 지대한 관심을 보이는데 말이다.

아무튼 집에 틀어박혀 외톨이로 지낸 시간이 너무 길었던 탓인지, 세레스티나는 현재를 즐기느라 주변의 관심에 둔감한 면이 있었다.

조사한 바로는 세레스티나를 노리는 소년들은 많았다.

그중 귀족 출신은 대부분 공작가와 인연을 맺고 싶다는 욕망으로 접근하는 야심가라서 평범한 행복을 바라는 델사시스와 미스카에게는 해충이나 다름없다.

하지만 세레스티나는 그런 악의조차 알아차리지 못하고 탐욕적으로 마법 연구에 몰두했다. 이 상황을 알면 어디 사는 노인이 남의 눈도 개의치 않고 날뛸 것이 불 보듯 뻔했다.

"그러면 식후 휴식을 끝내고 온천으로 갈까요? 큰 공중목욕탕이 있다고 해요."

"귀족, 평민 상관없이 들어가는 온천이죠? 많은 사람 앞에서 속살을 드러내기는 좀 꺼려지네요……."

"남탕, 여탕은 나뉘어 있는데 부끄러울 게 있나요? 어제 들어간 여관 온천과 똑같잖아요."

"세레스티나 양은 온천에 들어가고 싶어서 안달이네요. 살이 붙지는 않을까요?"

"아름다운 피부로 매력을 높이는 거예요! 최근엔 연구만 하느라 피부 관리에 소홀했으니까 여기서 한 번에 회복해야죠. 게다가 다양한 온천이 있어서 신기하기도 하고요."

'다행이야……. 적어도 미용에 관심은 있구나. 연애는 관심이 없어도 아름다워지고 싶은 건 여자의 본성. 그렇다면 경계를 한 단계 내려도 될까? 멍청한 남자들이 달라붙는 건 못마땅하지만, 교육을 위해서라면……. 그래도 호위 관련 지휘권은 손녀 바보인 큰 어르신 직할……. 어려운 문제야.'

미스카와 에로무라, 그리고 안즈는 델사시스 지휘하에 있는 호위병이지만, 그 외의 호위는 크레스톤의 관할이었다. 협력하는 관계는 맞지만, 이 문제에 관해서는 지휘권이 다른 사람끼리 골머리를 앓을 것 같았다.

델사시스는『교육을 위해서라면 경계를 풀어도 된다』라고 이해를 표하겠지만, 크레스톤은『남정네기 디가오게 하지 마나! 세레스티나는 나랑 평생 살 거야~!』라며 떼쓸 것이 뻔했다. 난감하게도 호위를 맡은 사람은 모두 프로였다.

설령 『정말로 이거 맞아? 장난치나, 이 영감이······』라는 말이 절로 나오는 명령이라도 그들은 군소리 없이 완벽하게 일할 것이다.

지휘 계통에 따라서 충돌할 가능성도 컸다.

"우후후····· 가슴은 미래를 기대하고 당장은 피부예요. 매끈매끈한 달걀 피부가 돼서 할아버지를 놀라게 해드릴 거예요."

"아가씨, 여기선 제로스 님이나 다른 남성의 이름이 나와야 하지 않나요······? 큰 어르신께 보여줘서 뭘 어쩌자는 겁니까······?"

"얼마간 못 뵈었으니까 가능하면 건강한 모습을 보여드리고 싶어서요. 뭔가 이상한가요?"

"······아뇨."

세레스티나는 미용에 열을 올렸다.

하지만 그 이유는 할아버지에게 걱정을 끼치지 않으려는 순수한 효심이었다.

이런 세레스티나가 제대로 연애를 할 수 있을지, 아직은 아무도 알 수 없었다.

 ## 제9화 에로무라는 선동하고 남자들은 폭주한다

온천, 그곳은 마음을 씻는 곳.

매번 하는 이야기지만, 이 세계에는 오락거리가 부족하다.

관광은 귀족이나 돈 많은 상인밖에 가지 못하고 외국 여행은 극소수 부유층만의 특권이다.

병사나 용병은 상인과 귀족을 호위하러 따라가고는 하지만, 느긋하게 외국 문화를 즐길 여유는 없다. 기껏해야 식당이나 국영 대중목욕탕을 이용하는 게 고작이다.

여담으로 여행 외의 오락이 있다면 콜로세움에서 열리는 검투사 경기나 비밀 술집이나 고급 여관에서 벌어지는 카지노 정도밖에 없다.

"후아아아아~."

리사구르의 거의 중앙에 위치한 대중목욕탕에서는 오전부터 많은 여성 손님이 온천을 즐기고 있었다.

크리스틴도 온천에 몸을 담그고 여행의 피로를 풀었다.

그녀의 집안은 일반가정에 비하면 유복하지만, 관광 목적의 여행을 쉽게 할 수 있는 입장은 아니었다.

그래서 이번 여행은 대단히 신선하고 놀라움의 연속이었다.

"온천…… 우리 영지에 안 나오려나~. 녹을 거 같아."

에르웰 자작가의 영지에서 온천이 나오려면 적어도 땅을 천 미터는 파야 할 것이다. 근처에 화산지대가 있는 리사구르와는 조건이 달랐다.

또한, 두꺼운 암반을 뚫을 기술이 없어서 그 작업에 어마어마한 시간이 걸린다. 예산까지 생각하면 사실상 불가능하다고 봐도 무방하다.

그 전에 지반 조사를 할 지식과 기술도 없지만.

기분 좋게 온천을 즐기는 크리스틴은 자신이 얼마나 가당찮은 말을 입에 담았는지도 모르고 몽상에 빠져 있었다.

그만큼 온천은 매력적이었다.

"후끈, 뜨끈, 매끈 온천……."

이자드와 사가스도 옆에 붙은 남탕에서 똑같이 온천욕을 즐기고 있을 것이다.

항상 미숙한 자신을 위해 고생하는 두 사람에게는 늘 미안한 마음이 있었다. 이 휴가에서만이라도 일에서 해방되어 피로를 풀었으면 했다.

"후아…… 시원하…… 응?"

크리스틴은 옆 수면에 관이 삐죽 나와 있는 걸 알아차렸다.

그 밑은 물이 뿌옇게 흐려져서 뭐가 있는지 알 수 없었다.

'……이게 뭐지? 공기가 드나드는 것 같은데…….'

별생각 없이 관에 손가락을 쑥 넣어봤다.

그러자 잠시 후 관이 부들부들 떨리더니, 곧 물에서 세찬 물보라가 솟구치며 웬 소녀가 튀어 올랐다.

크리스틴은 예상치 못한 상황에 얼이 빠져 버렸다.

"너…… 뭐 해?"

"……수행."

"……."

그대로 바라보기를 몇 분. 소녀는 『……응』이라고 말하며 엄지를 세워 보이고 다시 물속으로 사라졌다.

관을 물 위로 내민 채…….

"……뭐야, 저 애? 수행? 응?"

영문을 모르겠다.

왠지 시간을 헛되게 쓴 기분도 들었다.

"좋아~! 또 헤엄치자~!"

"우르나, 다른 손님한테 폐 끼치면 안 돼."

"우르나 양은 주의를 줘도 듣지를 않네요……."

"여기에는 사우나도 있어요. 뜨거운 건 못 참지만, 시도는 해보고 싶네요."

소녀가 사라진 자리를 멍하게 바라보던 크리스틴은 소란스러운 여자들의 목소리를 듣고 다시 정신을 차렸다. 보아하니 세 명은 비슷한 또래고 한 명은 조금 연상 같았다.

'친구끼리 여행인가? ……조금 부럽네.'

크리스틴은 친구가 없었다.

동갑 친구는커녕 동년배 지인도 그녀를 귀족으로만 보기 때문에 신망은 있어도 우정이 있는 사이라고 할 만한 사람은 없었다.

적어도 1년만 빨리 마법을 쓸 수 있었다면 그녀도 이스톨 마법 학교에 입학할 자격을 얻었을지도 모른다.

하지만 마법 재능이 없다고 판정받았고, 기사 가문이라서 당시에는 마법에 관심도 없었던지라 어차피 들어가지 않았으리라.

다른 귀족 가문에서 열리는 만찬회에도 출석하지만, 기사 자격을 얻으려는 크리스틴은 동년배 귀족 아가씨와 나눌 대화거리가 없었고 다른 귀족 도련님들은 냉소적인 눈길을 보내는 경우가 많았다.

그 이유는 옛날 같은 기사 가문의 자제에게 놀림받아 결투를 신청했고, 거기서 승리했기 때문이었다.

그 자제는 여자에게 져서 창피했는지 그 후로 기회만 있으면 크리스틴의 험담을 하고 다녔다.

그런 크리스틴을 칭찬한 사람은 딱 한 번 만난 적 있는 델사시스 공작뿐이었다.

그때 그가 한 말은 『여자의 몸으로 여러 남자를 꺾어? 훌륭하군. 그런 실력을 쌓으려고 많은 피땀을 흘렸겠지. 겁먹은 개처럼 짖는 패배자의 말 따위 무시해도 된다』였다.

그 후로 험담은 들리지 않게 됐지만, 델사시스 공작에게 칭찬받았다고 사람들이 멀리하면서 여전히 친구는 사귀지 못했다.

"……친구, 있으면 좋겠다."

소박한 바람을 혼잣말로 토로했다.

믿고 마음을 터놓을 동년배 친구가 없다는 사실이 못내 서글펐다.

토옹……. 바가지를 내려놓는 소리가 목욕탕에 울렸다.

츠베이트 일행은 관광과 복귀를 겸해 친구들과 함께 공중목욕탕에 와 있었다.

오랜만에 갖는 휴가로 흥분한 그들은 탕으로 돌격해 힘껏 뛰어들었다.

다른 손님에게는 눈살 찌푸려지는 민폐 행위였다.

"푸하~, 살 거 같다~."

"단장님은 사람을 너무 막 굴려. 우리는 아직 학생이라고."

"휴일 전날까지 훈련하는 건 너무했지. 아직 근육통이 안 나았어……. 걸을 때 온몸이 쑤신다, 쑤셔."

"기사단에 들어가면 그 훈련을 매일 받아야 해. 지금부터 체력 단련은 필수야."

츠베이트 일행을 따라온 위슬러파 학생 일동은 서로 돈을 모아서 큰 방을 빌려 단체 숙박을 하고 있었다.

훈련만 하느라 용돈을 거의 쓰지 않은 덕에 돌아갈 마차비를 포함해 아슬아슬하게 3박은 가능한 돈이 모였다.

사실 그들은 솔리스테어 공작령에 속한 귀족이라서 금전적으로 아쉬울 것이 없으나, 자기네 소지금만으로 여행을 즐기려는 성실하고 똑 부러진 소년들이었다.

"야, 츠베이트. 이 마을 명물이 와인이었지? 선물로 사고 싶은데 돈이 부족하네. 나중에 갚을 테니까 빌려줄 수 없냐?"

"나도 돈 없어. 우리 아버지는 용돈에도 깐깐해서 필요 최소한만 준다고. 필요한 게 있으면 스스로 벌어서 사라는 마인드야."

"우와…… 너도 힘들겠다."

목욕탕은 모든 것을 벗어 던진 교류의 장.

신분의 벽을 넘어서 같은 꿈과 이상을 공유하는 이들의 대화 장소로는 최적의 공간이었다.

물론 청소년의 풋풋한 고민도 이곳에서라면 허심탄회하게 상담할 수 있다.

"디오 그 녀석, 네 동생한테 푹 빠졌잖아? 가망은 있어?"

"아니…… 아직 이름도 제대로 몰라. 얼굴은 아는 모양인데 내

옆에 있는 들러리 정도로 보더라."

"귀엽게 생겼는데 잔인하네……. 뭐, 진짜 사귀게 되면 우리가 열 받겠지만."

"""""동감.""""""

"응원 좀 해줘! 친구잖아? 이게 우정이야?!"

디오를 보는 시각은 미적지근했다.

이상을 공유하는 동료는 좋지만, 여자 친구를 사귀고 자기들 눈앞에서 애정 행각을 벌이면 솔직히 배가 아프다.

그들 전부 애인이 없고 대부분은 차남이라서 부모가 정한 약혼자도 없었다.

경우에 따라서는 데릴사위가 될 사람도 있지만, 그 외에는 상대방을 스스로 찾아야만 했다.

그런 그들은 솔직하게 남의 사랑을 기뻐할 수 없고, 응원할 수도 없었다.

상담이라는 명목으로 정보를 모으고 기회가 생기면 좋아하는 여성을 가로채려는 하이에나인 셈이다. 그리고 그들 또한 디오처럼 세레스티나를 노리고 있었다.

눈물 나게 아름다운 우정이었다.

"오히려 츠베이트를 호위하는…… 뭐였지? 에로뭐라? 그쪽이 가능성 있지 않나? 얼마 전에 짐을 들고 같이 걸어가는 모습을 봤어."

"방과 후에 훈련장에서 근접 전투 훈련도 같이 하던데?"

"경박해 보여도 잘 도와주는군. 그러고 보니 네 동생이 상급생 누님들께 쫓기던데, 그건 무슨 소동이야? 에로무라가 몸으로 막고 있더라. 결국엔 밝혀졌지만……."

"……그 녀석이 상급생 여자들에게도 인기를 끄는 건 알았지만, 어쩌다 그렇게 된 거야? 안 좋은 예감이 드는데……."

"훗…… 예리하군. 사실 크로이사스가 만든 사랑의 비약 때문이라고 해. 우연히 복도를 지나던 걔가 피해자들 눈에 띄어서『포오오오오오오오[#5]!』상태에 들어갔대."

"포오오오오오오오오오오오오오오오오오오오오오오!"

디오가 질투에 몸부림쳤다.

그에게 에로무라는 마치 세레스티나의 기사 같았고, 그게 자신이 아니라는 사실에 분노한 모양이었다. 참으로 부당한 분노였다.

"……결심했어, 츠베이트. 나, 지금부터 고백하고 올게."

"어디에? 세레스티나는 옆 탕에 있어. 설마 여탕으로 돌격할 생각은 아니겠지?"

"……뭐?"

"카운터에서 계산할 때 우연히 뒤에서 들어오더라고. 지금 저기 여탕에 있어."

"그, 그 말은…… 지금 나는 세레스티나 양과 같은 탕에 들어왔다는 뜻…… 크악!"

"디오?!"

디오는 코피를 뿜고 요란한 물보라를 일으키며 온천에 빠졌다.

목욕탕은 남탕과 여탕으로 나뉘지만, 낭 아래 있는 수로로 이어

#5 **포오오오오오오** 특촬물『가면라이더 블레이드』의 캐릭터 야자와의 대사. 높은 톤으로 외치는 소리가 밈이 되었다.

져 있어서 같은 탕에 있다는 표현도 틀린 말은 아니었다.

　무슨 상상을 했는지 디오는 흡족한 표정으로 『그녀는 최고야#6……』라고 중얼대며 수면에 떠 있었다. 적어도 코피는 닦았으면 좋겠다.

　"디오 이 녀석, 요즘 보면 순진한 건지 변태인 건지 모르겠어……."

　"말하지 마……. 슬슬 위험하지 않냐고 다들 생각하는 중이니까."

　"변태란 건 틀림없지."

　"사랑은 사람을 이토록 바보로 만드나……."

　"그렇게 생각하면 너희도 디오를 말려줘. 솔직히 더는 혼자 감당하기 힘들어……."

　""""안 돼, 츠베이트! 우리는 지금 디오랑 연관되기 싫어. 다른 여자들이 애 친구라고 생각하면 우리랑 사귀겠냐고!""""

　그리고 속으로는 세레스티나도 호시탐탐 노리고 있지만, 그들은 귀중한 정보원인 츠베이트에게 그 사실은 밝히지 않았다. 눈물 나게 아름다운 우정이었다.

　어쨌거나 문제아 한 명은 나가떨어졌다.

　그렇게 되면 신경 쓰이는 건 **다른 한 명**. 그는 진지한 표정으로 여탕을 가린 벽을 바라보고 있었다. 말할 필요도 없겠지만, 에로무라였다.

　"야, 에로무라. 너 왜 벽을 뚫어지게 쳐다봐? 오늘은 거울 앞에서 포즈 안 잡아?"

　"동지, 너는 내가 변태인 줄 알아? 매일 포징하는 것처럼 말하지

#6 그녀는 **최고야** 애니메이션 「풀 메탈 패닉」에서 테레사가 코피를 쏟으며 외친 대사.

마."

"그럼 뭐 하는 건데?"

"아니, 이 벽 말인데…… 높이는 약 3미터에 환기를 위해서 위쪽이 뚫려 있잖아? 즉, 틈이 있다는 뜻이지……. 그래서 여탕을 엿볼 방법이 없는지 고민 중이었어."

"변태 맞잖아!"

바보였다.

"무슨 소리! 온천, 여탕, 넘어서는 안 되는 벽! 이 세 가지가 모였어. 엿보지 않는 게 오히려 매너 위반이잖아?"

"힘줘서 말하지 마! 그거, 범죄야!"

에로무라는 이상하게 남자답고 진중한 표정으로 다가와서 츠베이트의 두 어깨를 잡고 얼굴을 들이밀었다.

"……뭐, 뭐야?"

"……동지, 나는…… 가슴이 좋다."

"어쩌라고."

"작은 가슴이 좋다, 평균 가슴이 좋다! 큰 가슴이 아주 좋다! 엘프라면 밥 세 공기는 뚝딱 해치울 정도다! 종 모양 가슴이 좋나, 동그란 가슴이 좋다, 절벽 가슴이 좋다, 성숙한 여인의 농익은 가슴에는 무엇과도 바꿀 수 없는 아름다움마저 느낀다! 늙어서 처진 가슴에는 눈물이 멈추지 않아……. 잔인하게 흐르는 시간의 흔적에 통곡을 넘어 절망까지 느껴. 그건 도저히 눈 뜨고 볼 수 없는 비극이야……. 아름다운 모성의 상징을, 어린 시절 느꼈던 동심을 다시! 아아, 아름답고 풍만한 가슴, 나는 그게 보고 싶어! 더는 못

참아! 그만큼 가슴을 갈망하고 있어!"

'앗…… 이건, 글렀다.'

츠베이트는 확신했다. 무슨 말을 해도 소용없다고…….

동시에 에로무라에게서 지금까지 느낀 적 없는 기백이 터져 나와 주변 사람들을 집어삼켰다.

지금 분명히 무슨 일이 벌어졌고, 사태가 최악의 방향으로 빠졌다는 것을 츠베이트는 직감으로 느꼈다―.

"왜 남탕과 여탕을 나누지! 상식이란 무엇인가! 남녀란 자연에서 태어난 보편적 존재. 알몸으로 태어나 알몸으로 사랑하고 알몸으로 돌아간다. 그래, 남녀란 원래 알몸으로 마주하지 않았는가? 구별이라는 개념이 자연스러운 모습을 해치고, 윤리관이라는 강압적 개념이 남녀 사이에 벽을 만들어 버리지는 않았는가? 나는 오늘 그 벽을 허물겠다!"

"아니, 네가 허물려는 건 준법정신 같다만?"

"남자의 자존심을 세워라! 지금이 바로 모든 굴레를 벗어던질 때다! 온 은하가 올바른 모습을 되찾도록 함성을 질러라! 우리는 나체주의자라고 목소리 높여 소리치고, 자연으로 돌아갈 때가 되었노라고 천명하라!"

"""""""와아아아아아아아아아아아아아아아아!"""""""

남자들이 일어나서 울부짖었다.

노인, 상인, 불량배, 학생, 이곳에 있는 모든 남자들이 에로무라의 웅변에 동조했다.

딱히 에로무라가 지지받거나 카리스마가 있기 때문은 아니었다.

직업【브레이브 나이트】의 스킬,【고무 포효】에 의한 효과였다.

이 스킬은 동료의 의욕을 대폭 고취하고 공격력과 방어력을 1.5배로 높인다.

게다가 동조 효과도 있어서 에로무라의 멍청한 생각에 조금이라도 공감한 자들에게 영향을 끼치고 말았다. 무의식중에 써버렸지만, 이미 엎질러진 물이었다.

『이 녀석은 또 무슨 헛소리야?』라고 어이없게 생각한 츠베이트와 일부 사람을 제외하고 거의 모든 남자에게 효과가 발동한 것이다.

여담으로 에로무라에게 전혀 공감하지 않은 사람에게는 이 효과는 적용되지 않는다.

"전부 진군해! 저 거슬리는 벽을 쳐부숴!"

"마누라 따위 알바 아냐! 나는 젊은 여자의 가슴이 보고 싶어!"

"용서해주게, 할멈……. 나의 불타오르는 물건이 저 얄미운 벽을 부수라고 외치고 있소!"

"으히히히…… 여자…… 여즈아아아아아아아아아아아아아!"

"어린애…… 어린애…….."

사태가 최악으로, 그리고 저질스럽게 치달았다.

폭주한 남자들이 여탕과의 경계로 몰려갔다.

'응…… 여기서 나가자. 같은 취급 받기 싫으니까…….'

상태 이상에 걸리지 않은 츠베이트와 일부 사람들은 즉시 자리를 뜨기로 마음먹었다.

최선의 선택이었다.

◇ ◇ ◇ ◇ ◇ ◇ ◇

바보들의 포효는 당연히 여탕에서도 들렸다.

들리지 않는 쪽이 이상했다.

""""""와아아아아아아아아아아아아아아아아아!""""""

함성이 울려 퍼지자 탕에 있던 여성들이 뭔가 싶어 전부 남탕을 돌아봤다.

"뭐야, 저 함성⋯⋯."

"설마 당당히 여탕을 엿보려는 거야?!"

"미쳤나봐! 남자들 뭐 잘못 먹었어?!"

"꺄아아아아아아아아아아아아아아아아악?!"

당연히 여탕은 혼란에 빠졌다.

허둥대던 여성들은 탈의실로 도망치려고 입구로 몰려들지만, 문은 겨우 하나뿐이었고⋯⋯.

"빨리 나가! 뒤에 사람 안 보여?!"

"억지 부리지 마! 좁은 걸 어떡해!"

⋯⋯당연히 정체 현상이 발생했다.

혼란스러운 상황일수록 냉정해질 필요가 있지만, 모든 사람이 냉정할 수는 없었다.

여성들은 실오라기 하나 걸치지 않았고, 하물며 결혼도 안 한 처녀도 있었다.

이런 위험이 닥치면 당황할 법도 했다.

그런 와중에 한 남자가 벽을 기어올라 마침내 틈새로 몸을 내밀었다.

"헤헤헤…… 여자 알몸……."

"""""꺄아아아아아아아아아아아아아아악!""""""

남자는 이성을 잃은 상태였다.

성욕이라는 욕망에 사로잡혀 단 하나의 욕구를 충족하기 위해 움직이고 있었다.

격이 낮은 일반인이 【고무 포효】 효과를 너무 강하게 받은 모양이었다.

그 비이성적인 모습을 본 여성들은 마음에 위기감이 들불처럼 번졌다. 저것에게 붙잡히면 절대로 무사히 넘어가지 못한다.

"【워터 볼】!"

"푸학?!"

갑작스러운 마법 공격을 맞고 남자는 그대로 벽 너머로 떨어졌다. 『더러운 게 얼굴에!』, 『한 명 당했다, 위생병!』이라는 소리가 들렸다.

"후…… 사람에게 마법을 쓰는 건 처음이지만, 성공해서 다행이야."

마법을 쏜 사람은 크리스틴이었다.

마도사가 훈련에 자주 이용하는 하급 마법 【워터 볼】.

물 구슬을 만들어 쏠 뿐인 마법이며, 【파이어 볼】보다 살상력도 떨어져서 이렇게 폭도 진압에 거리낌 없이 사용할 수 있었다.

"여러분, 침착하세요! 허둥대면 오히려 피난이 늦어집니다. 낭장 나가지 못하는 분들은 주변에 있는 물건을 저 사람들한테 던지세요!"

"시간을 벌 목적이신가요?"

질문한 사람은 크리스틴과 비슷한 또래의 금발 소녀였다. 품위 있는 말투와 몸짓이 그녀의 매력을 돋보이게 해줬다.

"네. 다행히 천장과 벽 사이 틈새는 좁으니까 쉽게 넘어오지는 못할 거예요. 비눗물이라도 끼얹으면 엿보려는 사람도 줄어들겠죠."

"그럼 저는 마법으로 견제할게요. 세레스티나 양, 도와주세요."

"괜찮을까요? 그래도 이건 어떻게 봐도 범죄 행위고……."

"아가씨, 악당에게 자비는 필요 없습니다. 당당히 치한 행위를 하는 남자들은 차라리 병원으로 보내는 편이 세상에 이롭지요. 아니, 죽여도 상관없습니다! 몰살할 생각으로 던지셔야 합니다!"

""""""오오오오오오오오오오오오!""""""

"그렇다고 몰살까지는……."

무표정으로 살벌한 말을 하는 안경 쓴 여성을 보고 크리스틴이 식겁했다.

반면, 다른 여성들은 그 강경 발언에 동조했다.

바가지를 던지자고 제안하기는 했어도 어디까지나 대피할 시간을 버는 것이 목적이었다. 섬멸전을 주장하지는 않았다.

하지만 눈앞에 있는 여성들에게서 걷잡을 수 없는 살기가 들끓었다. 진짜로 저지를 셈이다.

이대로 가면 공중목욕탕이 피로 붉게 물들 것이다.

당황하는 크리스틴의 마음도 모르고 여성들이 살기등등하게 바가지며 비누, 어디서 꺼냈는지 모를 청소 솔을 들고 단결하고 말았다.

"저…… 나는 그렇게까지 말한 적 없는데요?"

"변태들에게 베풀 자비는 없다. 전원, 요격 준비!"

안경 쓴 여성의 지휘에 맞춰 훈련도 받은 적 없는 이들이 왠지 일사불란하게 바가지 투척 자세를 잡았다.

그리고―.

"쏴라!"

""""""죽어라, 변태들아아아아아아!""""""

여탕을 엿보려고 고개를 내민 남자들에게 일제히 바가지가 날아 갔다. 전부 명중하지는 않았지만, 직격하지 않은 자들은 마법 공 격에 격추됐다.

그리고 벽 너머로 사라졌다.

『젠장! 저쪽도 방어하잖아.』

『우리도 마법으로 막아!』

『가, 가슴이…… 엉덩이가…….』

『이제 됐어, 말하지 마! 큭, 녀석들의 피는 무슨 색이냐! 우리는 그저 여자 몸을 보고 싶었을 뿐인데…….』

『너희들, 멈추지 말라고오오오!』

누군가가 어느 단장[#7]처럼 남자들을 격려하려고 외쳤다.

한쪽은 엿보기를 강행하는 변태 침공군, 한쪽은 철수 시간을 버 는 여성 방위군.

이리하여 작은 산골 마을에서 성욕과 절개를 건 바보 같은 전쟁 이 시작됐다.

#7 어느 단장 애니메이션 『기동전사 건담 철혈의 오펀스』에 등장하는 올가 이츠카. 『그러니까, 멈추지 말 라고.』라는 대사가 유명하다.

파프란 대산림 지대 위로 작은 그림자가 날아갔다.

등이 파인 고스로리 의상을 입고 펼친 날개로 빠르게 하늘을 가로지르는 그것은 마치 흰 줄기 유성 같았다.

한때 사신으로, 봉인되고 다시 이 세계에 부활한 여신, 알피아 메이거스였다.

"흠…… 지맥 마력이 꽤나 정체됐어. 아카식 레코드로 정보는 알고 있었지만, 직접 보니 심각하군. 이러니까 생물이 이상하게 진화하지. 이 세계의 모든 마력이 종교 국가 수도【마하 루타트】를 중심으로 모이고 있어. 원상 복구 되려면 시간이 제법 걸리겠어……."

흔히 말하는 현지 조사였다.

파프란 대산림 지대는 많은 생물이 서식하는 땅이지만, 마력 농도가 너무 높아서 생태계에 이상이 생겼다.

비상식적인 힘을 가진 변이 생물이 약육강식의 법칙 속에서 강자를 잡아먹거나 잡아먹히며 살아가고, 한 마리만으로 나라 하나를 간단하게 멸망시킬 생물까지 존재한다.

지금도 눈앞에서 입으로 거대한 레이저를 쏘는 생물이 광대한 숲을 불태우고 있었다.

하지만 식물도 무시무시한 생명력을 가져 불탄 숲이 순식간에 녹색으로 뒤덮였다.

'마력이 고갈된 땅은 쉽게는 복구되지 않겠지. 용맥에서 강제로 흐름을 바꾼 탓에 지하 용도(龍道)는 이미 막혔고 새롭게 길을 뚫

으려면 수백 년은 걸려. 문제는…….'

용사 소환 마법진이 사라진 현재, 이 숲에 모였던 방대한 마력은 땅으로 흘러들게 됐다. 그러면 사람이 사는 땅도 숲으로 뒤덮이고 생물도 이상 진화를 할 것이다.

딱히 인간이 멸망해도 세계에는 아무런 영향도 없지만, 4신 때문에 인류가 멸망하는 것만은 간과할 수 없었다. 자연적인 멸망이 아니기 때문이었다.

인과도 뒤틀려서 죽은 자가 어떤 괴물로 변할지 알 수 없었다.

지금 당장에라도 삼라만상의 섭리를 정상화해야만 했다.

'하지만 나는 그 힘을 쓸 수 없어. 봉인이 하나라도 풀리면 편할 텐데…….'

힘은 있어도 쓸 수 없다.

【땅】에 속하는 힘의 봉인이 풀리면 이 영역을 원래대로 되돌릴 수 있지만, 이상 진화를 한 생태계를 복원하려면 모든 봉인이 풀려야만 한다.

'뭔가 뾰족한 수가 없나…… 응?'

미세한 힘의 파동을 감지했다.

그리운 힘이었다. 하지만 정겨운 느낌은 아니었다.

오히려 정반대. 분노를 일으키는 존재의 힘.

어린 소녀의 얼굴에서 순간적으로 표정이 사라지는가 싶더니 바로 싸늘한 웃음이 떠올랐다.

그것은 환희.

그것은 증오.

이날을 얼마나 학수고대했던가.

그녀의 이동 속도는 음속— 아니, 물리 법칙을 넘어섰다.

눈에 들어온 것은 한순간이지만, 기억에 새긴 그 모습을 어찌 잘못 볼 수 있겠는가.

알피아가 찾던 4신 중 하나를.

그녀는 일그러진 공간 속으로 우악스럽게 손을 뻗어 붙잡았다.

"잡았다……."

알피아의 오른손은 초록 머리 소녀의 가늘고 흰 목덜미를 잡고 있었다.

공간을 뒤틀고 갑자기 나타난 알피아를 본 소녀는 깜짝 놀란 표정이었다.

손으로 전해지는 고동으로 당혹감 같은 감정과 공포가 느껴졌다.

"찾았다…… 바람의 여신. 아니, 바람의 요정왕."

"……누, 누……구……?"

"나를 봉인한 뒤로도 소환을 계속하다니, 세계를 멸망시킬 생각이었나? 하지만 네놈들의 어리석은 작태가 나의 부활로 이어졌다. 참으로 아이러니로군."

소녀의 눈이 경악으로 커졌다.

4신 중 그 누구보다 빠르며, 대기를 관장하는 바람의 여신【윈디아】.

그 위대한 존재가 공포로 얼굴을 일그러뜨렸다.

"……설마, 정말로…… 사신?"

알피아는 아무 대답도 하지 않고 그저 냉혹한 웃음을 짓고 있었다.

몇 초 후, 윈디아는 뭔가 깨달은 것처럼 말을 이었다.

"……저, 전생자구나……. 놈들이, 너를……."

"알아봤자 의미가 없지. 우선 너에게서 관리 권한을 빼앗고, 다음은 【불】과 【물】을……. 기뻐해라, 네가 첫 희생자다. 봉인되는 고통을 친히 알려주마. 크크크……."

물질세계의 시간 흐름은 고차원 생명체에게는 지옥과도 같았다.

원래 시간이라는 개념에서 벗어난 알피아에게 시간에 속박되는 것은 오로지 고통일 따름이었다. 봉인된 동안 얼마나 4신을 저주했는지 모른다.

물론 일시적으로 시간 흐름 속에 몸을 맡기는 것은 나쁘지 않다. 하지만 그 시간이 천년 단위라면 상상을 초월하는 고통이 된다. 분신을 물질세계에 보내는 것과는 차원이 다른 문제다.

그래서 【소드 앤 소서리스】 세계를 이세계로 인식하지 못하고 감정에 따라서 행동했으나, 그것도 이제는 과거의 일.

"신기도 없는 네놈들이 나를 막을 방법은 없다."

"……그걸 어떻게?!"

"권한은 없어도 나는 이 세계의 관리자다. 지나간 시간을 보는 것쯤은 일도 아니야. 그럼 수다는 이쯤에서 끝내지. 관리 권한을 내놓아라."

오른손으로 윈디아를 속박한 채 왼손으로 손날을 세웠다.

윈디아는 공포에 질린 표정으로 저항하지만, 알피아는 신경 쓰는 척도 하지 않았다.

"크크크…… 꼴사납구나. 신을 참칭하면서 고작 이 정도라니……."

알피아가 무표정으로 윈디아의 배에 왼손을 찔러 넣었다.

그리고 자기 힘을 불어넣어 관리 권한 일부를 활성화했다.

"으아아아아아아아아아아아아아아아아아아아아아!"

"짖지 마라, 듣기 거슬린다. 그나저나 용케 이토록 소형화했군. 내 창조주도 능력 하나만큼은 일류인가……. 왜 이따위 것들에게 관리를 맡겼는지 도무지 이해할 수 없어."

영적인 구체 속에 방대한 정보를 담은 힘, 그게 관리 권한 정보 머테리얼이었다.

그 내용물을 해방해 자기 몸으로 흡수했다.

그 순간, 지금까지 쓰지 못했던 힘의 일부가 해방되며 세계를 관리하는 방법을 확실하게 알게 됐다. 그것도 4분의 1 정도에 불과하지만.

다른 능력에도 잠금이 걸려서 전부 모으지 않으면 완전한 관리자로서 힘을 사용할 수 없다. 현실을 조작할 수준의 힘도 아직 쓸 수 없는 듯했다.

'그래도 하나라도 해방한 게 어디야. 그럼 이제…….'

필요 없어진 윈디아를 무심하게 던져 버렸다.

이미 그녀는 신이 아닌 단순한 요정왕이었다. 힘도 감퇴했다.

"어둠 속에서 다른 녀석들이 오기를 기다려라. 영원히 말이야……."

"……그, 그만……."

"─영겁의 어둠으로 떨어져라!"

순식간에 마법진이 펼쳐지고 심연보다 어두운 암흑이 윈디아를 붙잡아 대지로 끌고 들어갔다.

남은 여신은 세 명. 신으로 부활하길 꿈꾸는 알피아에게는 아주 기분 좋은 출발이었다.

"끝났나⋯⋯. 그토록 기다리던 순간이었는데 막상 하고 보니까 의외로 싱겁구먼."

알피아가 감상에 젖어서 중얼거렸다.

냉혹하고 살벌하던 분위기는 자취를 감췄고 말투도 평소대로 돌아왔다.

"으음, 성역까지 전이할 권한이 생겨도 들어갈 수가 없구먼. 창조주는 나한테 무슨 원한이라도 있나? 이런 귀찮은 프로텍트나 걸어놓고 말이야."

다른 세 여신이 성역에 있는 한 내부에 들어갈 수 없는 게 문제였다.

이래서는 여신들이 제 발로 기어 나오기를 기다릴 수밖에 없었다.

그렇다면 남는 시간을 어떻게 활용할지가 고민이었다.

"음, 역시 괴롭혀줘야겠지. 문제는 방법인데. 뭔가 좋은 수가 없나⋯⋯."

알피아 메이거스. 그녀도 제법 성격이 뒤틀렸다.

그 절대적인 여신님은 『저녁 먹기 전까지는 돌아가야지. 루세리스한테 걱정 끼치면 안 되니까. 무엇보다 그자의 요리는 맛있어』라고 중얼거리고는 다시 하늘로 날아갔다.

상관없는 이야기지만, 오늘 저녁 반찬은 햄버그스테이크라고 한다.

알피아는 보기보다 식탐이 많았다…….

그것은 갑작스럽게 그녀 앞에 나타났다.

바람과 대기를 관장하는 여신 【윈디아】는 아무런 전조도 없이 목을 붙잡혔고 저항할 수 없는 가공할 힘에 제압당했다.

머리에 은백색 뿔이 자랐고, 등에 열두 개의 날개를 가진 존재에게…….

"잡았다……."

인간은 육안으로 관측할 수도 없는 속도로 날았는데 공간조차 비틀어 나타난 존재에게 손쉽게 제압당하자 윈디아는 경악한 나머지 머리가 제대로 돌아가지 않았다.

아는 것은 이 존재가 어마어마한 힘을 가졌다는 뿐이었다.

"찾았다…… 바람의 여신. 아니, 바람의 요정왕."

"……누, 누……구……?"

"나를 봉인한 뒤로도 소환을 계속하다니, 세계를 멸망시킬 생각이었나? 하지만 네놈들의 어리석은 작태가 나의 부활로 이어졌다. 참으로 아이러니로군."

이해할 수 없었다.

아니, 정확히는 이해해도 인정하고 싶지 않은 존재였다.

왜냐면 그 존재는 이미 이세계에서 소멸했을 테니까.

하지만 가공할 힘의 기류와 중압감이 그 존재의 정체를, 외면하고 싶은 현실을 들이밀었다.

"······설마, 정말로······ 사신?"

가능성은 생각했지만, 설마 현실이 될 줄은 몰랐다.

이 세계에 사는 자들에게는 사신을 되살릴 능력이 없으니까.

무엇보다 사신은 이세계를 건널 때 통과한 **신들의 모형 정원**에 버리고 왔다.

그때— 윈디아는 사신이 부활한 이유를 알아차렸다.

"······저, 전생자구나······. 놈들이, 너를······."

"알아봤자 의미가 없지. 우선 너에게서 관리 권한을 빼앗고, 다음은 【불】과 【물】을······. 기뻐해라, 네가 첫 희생자다. 봉인되는 고통을 친히 알려주마. 크크크······."

이 지경에 이르러 윈디아는 외부의 신들이 무엇을 노렸는지 깨달았다.

외부 신들의 목적은 자신들, 4신의 현재 지위를 박탈하고 사신을 부활시켜 이 세계의 관리를 맡기는 것이었다.

신들은 원칙적으로 다른 신이 관리하는 세계에 간섭할 수 없다.

하지만 사신은 본디 이 세계의 신이다. 전생자가 이 세계에서 사신을 부활시키고 사신이 스스로 활동하면 아무런 문제가 없다. 신들의 법에 저촉되지 않고 목적을 이룰 수 있다.

즉, 더는 4신을 관리자로 앉혀둘 필요가 없다는 뜻이다. 무자비하게 실행된 단죄에 윈디아는 공포를 느꼈다.

"신기도 없는 네놈들이 나를 막을 방법은 없다."

"······그걸 어떻게?!"

"권한은 없어도 나는 이 세계의 관리자다. 지나간 시간을 보는 것쯤은 일도 아니야. 그럼 수다는 이쯤에서 끝내지. 관리 권한을 내놓아라."

윈디아는 두려움에 떨며 필사적으로 저항했지만, 압도적인 힘으로 구속되어 벗어날 수 없었다.

사신은 그 저항을 비웃고, 모욕하고, 같잖게 바라보았다.

"크크크…… 꼴사납구나. 신을 참칭하면서 고작 이 정도라니……."

그 직후— 순식간에 벌어진 일이라서 무슨 짓을 당했는지 알지 못했다.

정신을 차리자 사신의 손이 윈디아의 배를 관통해 있었다.

"으아아아아아아아아아아아아아아아아아아아아아아!"

"짖지 마라, 듣기 거슬린다. 그나저나 용케 이토록 소형화했군. 내 창조주도 능력 하나만큼은 일류인가……. 왜 이따위 것들에게 관리를 맡겼는지 도무지 이해할 수 없어."

윈디아의 몸에서 급속하게 힘이 빠졌다. 정확히는 빼앗기고 있었다.

동시에 사신에게서 나오는 방대한 힘이 급속히 압박감을 키워갔다.

영적인 구체에 담긴 정보 머테리얼을 빼앗겨 윈디아는 신의 자리에서 밀려나 단순한 요정왕으로 영락했다. 원래대로 돌아왔다는 표현이 옳을지도 모르겠지만.

사신은 더는 관심이 없다는 듯 윈디아를 무심하게 던졌다.

피폐해진 상태로 몸을 보호하지도 못하고 내동댕이쳐졌다.

"어둠 속에서 다른 녀석들이 오기를 기다려라. 영원히 말이야……."

"……그, 그만…….”

"―영겁의 어둠으로 떨어져라!"

순식간에 마법진이 전개되어 심연보다 어두운 암흑이 윈디아를 끌어당겼다.

'죽기 싫어 죽기 싫어.'

필사적으로 발버둥 쳤으나, 신의 힘을 잃은 윈디아는 저항도 하지 못하고 절망을 끌어안은 채 어둠 속으로 떨어졌다.

자신을 높은 하늘에서 내려다보는 사신의 얼굴을 바라보며―.

 ## 제10화 아저씨는 조사하고
엿보기 현행범들은 불행해진다

혼과 재로 구성된 검은 안개는 숲속을 이동하고 있었다.

용사들의 혼은 당황하고, 반대로 어떤 인물의 혼은 희열을 만끽했다.

『왜 제어가…….』

『이 아줌마한테 몸을 빼앗겼어?! 왜?!』

『큭…… 어쩌다 이렇게 됐지?』

이상을 느낀 것은 마물을 덮쳐 정기와 혈액을 흡수하던 때였다.

갑자기 그들의 의지와는 무관하게 몸(?)이 움직이더니 숲에서 빠져나와 민가를 습격하기 시작했다.

그 원인이 어떤 인물의 혼 때문이라고 판명된 것은 마을 사람을 몰살한 뒤였다.

『우후후후…… 모르겠어? 힌트는 지금까지 죽인 도적들이야.』

『도적이라고?! 서, 설마…….』

『아하하하하하, 이제 알겠어? 민간인을 배려한답시고 도적을 덮친 게 패인이야. 그들이 나한테 협력해주고 있어!』

『『『……뭐라고?!』』』

용사들은 자신들의 의지와 상관없이 이 세계로 소환됐다.

초기에는 셀 수 없이 많은 이세계인이 소환됐고, 그 대부분이 상황도 알지 못한 채 갑작스러운 사신의 공격으로 소멸했다. 너무나도 부조리한 운명이었다.

그 후로도 용사는 계속해서 소환됐고, 정치적으로 이용당한 끝에 쥐도 새도 모르게 처분당했다.

그래서 그들은 메티스 성법 신국을 격렬하게 증오했다.

하지만 아무런 관계도 없는 민간인까지 죽일 마음은 없었다.

그 정도 도덕성은 유지하고 있었다.

한 명의 불순분자를 제외하면…….

『힘을 키운다면서 악당만 노려? 나한테는 고마울 따름이지. 덕분에 자유를 얻었으니까.』

『제길…… 이렇게 된 이상 분리해서…….』

『헤헤헤…… 소용없어, 형씨~. 이 몸과 너희 힘은 우리가 받아가겠어.』

『감히 우리를 죽였겠다……? 이번에는 너희가 이용당할 차례야.』

안개 마물은 기본적으로 영체가 핵심을 이루며, 여러 영체가 동조해서 물체를 만지거나 조종할 수 있었다.

여기서 주목해야 할 부분은 **동조**였다.

용사들의 혼은 기본적으로 선량하다. 물론 분노와 복수심을 품기도 하지만, 그들은 공통된 의지에 따라서 협력했다.

그렇다면 악당의 혼을 모아도 똑같이 동조할 수 있지 않을까?

자유를 얻기 위해서 기회를 엿보던 샤란라는 도적을 습격할 때마다 그들의 혼을 거두어 협력을 요청했다.

그리고 악령은 삿된 망집이 많을수록 힘이 강해진다. 용사들의 증오는 악령들에게 힘을 보태줬고, 그 결과, 용사들의 영체는 샤란라와 도적들에게 통제권을 빼앗기고 만 것이었다.

『당신들보다 도적의 혼이 많아졌을 뿐이야. 그런 얄팍한 계산으로 힘을 키우려던 게 잘못이지. 비참해서 어떡해, 아하하하하하하하하!』

『이 할망구가…….』

『낭패로군…….』

『위험해. 이대로 가다가는 애꿎은 희생자가 나올 거야…….』

『살인에 선악이 어디 있어? 누굴 죽이든 살인자는 살인자. 당신들도 우리랑 다를 거 없어. 이제 같은 몬스터니까 사이좋게 지내.』

『ᆩᆩ웃기지 마!ᆢᆢᆢ』

『그래? 뭐, 싫어도 우리 마음대로 하면 돼. 어머, 저쪽에서 맛있는 혼이 느껴지는걸? 근처에 마을이 있나봐. 가자.』

『ᆩᆩᆩ넵, 누님!ᆢᆢᆢᆢ』

　용사들은 아무 말도 할 수 없었다.

　목적을 위해서 타인의 목숨을 빼앗은 것은 사실이니까.

　하지만 이대로 가면 평범하게 삶을 영위하는 사람들이 이 악당들에게 잡아먹힌다.

　용사들은 이런 일을 바라지 않았다.

　악령이 된 레기온은 용사들이 얻었던 스킬을 이용해 빠른 이동력까지 갖췄다. 유일한 위안은 육체가 없어서 마력 소비가 심하다는 것.

　이 약점이 이동 시간을 대폭 늦췄지만, 이미 솔리스테어 마법 왕국을 벗어나 있었다.

『(누가 이 자들을 멈춰줘……. 이대로 가면…….)』

　안일한 생각임은 알고 있었다.

다른 사람에게 기댈 자격이 없다는 것도 잘 알고 있었다.

그래도 용사의 혼은 기도할 수밖에 없었다.

자신들보다도 사악한 존재를 막아달라고—.

경승합차로 숲을 달리다가 탁 트인 장소로 나왔다.

개척한 흔적이 뚜렷하게 남아 있고 벤 나무와 그루터기도 보였다.

"······여기서부터 걸어서 갈까?"

"상당히 무리해서 숲을 빠져나왔는데······. 차체가 전부 상했어요."

"안 늦었어야 할 텐데······."

"내 말은 들은 척도 안 하네······. 그 불법 이주자 마을은 어디쯤 이에요?"

"잠시만. 어디 보자······."

그곳에서 지도를 펼치고 나침반으로 방향을 확인했다.

정체불명의 마물은 인간을 덮쳐 체내에서 피를 뽑아 간다.

어떤 마물일지 대강 상상은 되지만, 아직까지 확증은 하나도 없었다. 섣부른 단정은 자칫 큰 위험으로 이어질 수 있다. 예측하지 못한 사태만은 주의하며 신중하게 행동할 필요가 있었다.

"조금 더 서쪽이야. 그나저나 메티스 성법 신국은 내정이 잘 안 풀리나? 난민이 나오는 시점에서 나라로서 끝장난 건데 말이야."

"이름뿐인 성직자와 뇌물수수가 횡행하는 나라예요. 민생 따위 안중에도 없이 세금만 올리는 거죠. 게다가 수인족과 전쟁을 하면서 계속 패배했잖아요? 유족에게 위문금도 줘야 해요."

"그렇구만……. 지금까지 제 세상인 양 설쳤는데 갑자기 강력한 펀치를 맞으니까 어질어질한가 보지? 브로스 군이 상대면 그럴 만도 해~."

"물가도 치솟았대요. 시골은 요정 피해도 장난 아니라고 하고."

요정이란 성격이 심술궂은 반영체 생물이다.

악질적인 장난으로 인간의 생활을 위협하기 때문에 어떻게 보면 해충이나 다를 바 없다.

그리고 말이 좋아 장난이지 인간을 죽일 정도의 패악질을 부리며, 사람이 괴로워하고 울부짖는 모습을 콩트라도 보는 것처럼 낄낄대며 비웃는다. 제로스도 이런 생물은 박멸하는 편이 낫다고 생각했다.

문제는 메티스 성법 신국이 이 요정을 옹호한다는 것이었다.

"시골 농민만 죽어나는구만. 가엾게도……."

"동감이에요. 그보다 빨리 가죠. 늦으면 어떡해요?"

"어떡하긴 뭘 어떡해? 난민은 불법 체류자고, 땅도 불법 점거야. 만약 몰살당해도 솔리스테어 마법 왕국은 무시할걸?"

"너무하네……."

"솔리스테어 마법 왕국으로 귀화하면 되겠지만, 메티스 성법 신국이 허가하지 않겠지. 잘못하면 외교 문제야."

"진짜 너무하네……"

이런저런 말을 나누며 30분 정도 숲을 걸었을 때, 드디어 민가 같은 것이 보였다.

폐자재를 긁어모아 만든 집인데 인기척이 전혀 나지 않았다.

"……제로스 씨."

"그래…… 아무래도 늦었나 보네. 일단 나뉘어서 민가를 조사해 보자. 경계는 풀지 말고……."

"알았어요."

이름도 없는 마을에는 참상이 펼쳐져 있었다.

남녀노소를 불문하고 모든 사람이 미라로 변했다. 이 중에 생존 자가 있다는 생각은 들지 않았다.

숲으로 도망치려던 사람도 있었나 보지만, 따라잡혀서 죽은 흔 적이 보였다. 현장 상황으로 보아 사건 발생 후 적어도 하루는 지 난 것으로 추정됐다.

"세상에……. 혹시 야습을 당했나? 도망치려고 한 피해자가 적 어요. 이렇게 습격당할 때까지 아무도 눈치를 못 챘다고? 어떻게 그럴 수 있지?"

집 대부분은 안쪽에서 문이 잠겨 있었고 누가 침입한 흔적은 없 었다.

하지만 대부분 사람은 집 안에서 살해됐다. 이해할 수 없는 부분 이었다.

'섀도 다이브? 아니야, 이 상황은……. 설마 실체가 없어? 그렇 게 생각하면 이 상황도 설명이 되는데.'

마물 중에도 【섀도 다이브】를 쓸 수 있는 종족은 있지만, 사냥감 을 덮치면 소란이 나기 마련이다.

판자촌 같은 마을이라도 소란이 발생하면 누군가는 눈치채고 도망갔을 것이다.

하지만 피해자 대부분은 습격당한 사실조차 깨닫지 못하고 침상에 누운 채로 미라가 됐다.

숲에서 죽은 사람들은 우연히 현장을 목격하고 허둥지둥 도망쳤던 것으로 추정됐다.

"역시 영체라고 생각하는 편이 좋겠어. 그걸 확인한 것만으로도 큰 수확이야. 피해자에게는 미안하지만……."

시신을 찾을 때마다 합장을 하며 명복을 빌었다.

종교는 달라도 죽은 사람에 대한 애도는 잊지 않는다. 아저씨는 일본인이니까.

"이런……. 생존자는 없어요……. 어린애까지 가차 없이 죽였어요."

"역시…… 정기를 빼앗는 게 목적인가. 피를 빼앗는 이유는 영체가 생물에 간섭하기 위한 매개체를 만들기 위해서?"

"정황으로 추리가 가능해서 다행이네요. 여기가 당했다면 메티스 성법 신국으로 갔으려나? 그럼 일단 보고하러 돌아갈래요?"

"글쎄…… 어떡할까."

이 마을 앞쪽은 메티스 성법 신국의 영토였다.

델사시스 공작의 의뢰라 하더라도 타국에 무단 침입하는 건 위험하다.

하지만 정체를 밝히지 못하면 의뢰는 실패로 끝난다.

"어쩔 수 없지. 이웃 나라에 침입할까? 민가를 습격했다면 또 가까운 마을을 습격할 가능성이 크니까."

"그러네요. 그럼 여기서부터는 어떻게 가죠? 내 차로 이 앞에 있는 숲은 못 달려요. 고친 에어 라이더라도 탈까요?"

"【경천동지 호】말이구만……. 그건 아직 못 써."

"왜요? 그보다도 왜 그런 이름을 붙였어요?"

"질문이 많아. 이름은 그냥 지었고, 바로 못 쓰는 이유는 아직 불완전해서야. 마력 탱크도 비었고 조정도 안 했어. 참고로 바이크도 마찬가지고."

"그럼 어떡해요?"

"뛰어가는 수밖에 더 있어? 젊으니까 몸을 움직여야지. 안 그러면 둔해질 뿐이야."

"숲속을 뛰어서 통과하자고요? 돌겠네……."

문명의 이기에 익숙해진 아도는 마물이 어슬렁거리는 세계의 트레일 러닝에 난색을 표했다.

비참한 사건 현장에서 실없는 소리를 하던 벌일까. 갑자기 주위 마력이 이상하게 강해졌다. 그리고 온도가 떨어져 갔다.

"아도 군!"

"이건 설마……."

둘은 전투에 대비했다.

그것을 확인한 것처럼 미라가 된 마을 사람이 일제히 움직이기 시작했다.

"……영화에서 본 패턴인데."

"B급이든 블록버스터든 시체가 움직이는 건 정석이지……."

시체가 움직이는 판타지 세계에는 익숙하지만, 실제로 목격하는 것은 아도도 처음이었다.

제로스는 이더 란테에서 스켈레톤을 봐서 썩 놀라는 눈치는 아니었다.

이런 종류의 마물은 으레 영적인 존재가 시체에 씌어 좀비가 되고, 산 자의 마력이나 영혼에 이끌려 정기를 빼앗으려는 성질이 있다.

숲에서는 이런 고스트와 비슷한 성질의 영체가 태어나기 쉬우며, 특히 혼의 찌꺼기가 남은 시신에는 반드시 모여들기 때문에 언데드가 될 조건이 쉽게 갖춰진다.

하지만 이렇게 일제히 발생한다는 이야기는 들은 적이 없었다.

"……기묘하구만. 그래도 복잡하게 따질 상황이 아닌가?"

"화장하는 편이 좋지 않아요? 몬스터가 돼서 이승을 떠도는 건 저 사람들도 원하지 않을 거예요."

"그건 그래. 빨리 태우고 다음 장소로 갈까?"

얼마 안 있어 국경 인근 숲에서 연기가 피어올랐다.

기사단이 그 이상을 깨닫고 확인하러 갔지만, 남은 것은 무인 가옥뿐이었다고 한다.

그들이 도착했을 무렵, 제로스와 아도는 이미 국경을 넘어 메티스 성법 신국으로 가고 있었다.

물론 두 발로 뛰어서—.

◇　◇　◇　◇　◇　◇　◇

시간을 조금 거슬러 올라, 리사구르 마을 공중목욕탕에서는 여전히 여탕을 엿보려는 남자들과 방어에 전념하는 여성들의 치열한 공방이 펼쳐지고 있었다.

『젠장, 빙결 마법은 비겁하잖아!』

『닥쳐! 남의 목욕하는 모습을 엿보려는 저열한 인간이 누굴 욕해!』

『로리…… 로리는 어디에 있나…….』

『숙녀…… 살짝 비만 체질인 포동포동한 미인이라면 더욱 좋다!』

『꺄아아아아아아악! 매니악한 사람이 있어?!』

『미소녀에게는 관심 없습니다. 노파를 내놓으세요!』

『뭐야, 저 사람……. 얼굴은 잘생겼으면서…….』

바가지와 비누와 마법이 날아다니고, 마법 장벽이 펼쳐지고, 온천은 얼어붙고, 냉풍이 격렬하게 불어 젖히고, 가끔 주먹이나 발차기가 난무했다.

벽은 절반가량 파괴되어 이미 남탕과 여탕을 나누는 역할을 상실했다.

그들은 이미 여탕을 엿보려는 변태가 아니라 여성에게 달려드는 치한이라고 해도 할 말이 없었다.

하지만 그들은 어디까지나 엿본다는 행위를 고집해 절대로 여성들에게 손을 대지 않았다. 어떤 면에서는 신사적이기도 했다.

그런 소동 속에서 남탕 사우나에 있던 이자드와 사가스는 문을 연 순간 굳어 버렸다.

"……사가스 님, 이건?"

"글쎄다?"

아무리 봐도 남자들이 벽을 부수고 여자를 덮치는 장면이었다. 이미 엿보기라고 변명할 수 있는 상황이 아니었다.

그리고 사가스는 이런 상황을 좌시하지 않았다.

"흠, 이런 경우는 남자가 잘못했다고 봐야 할까?"

"그렇죠? 여성들은 필사적으로 저항하는 듯 보이고요……."

"그 말인즉, 패도 된다는 거군?"

"……네?"

이자드가 사가스를 돌아봤을 때, 노마도사는 하늘 높이 올라가 있었다.

무지막지한 도약력이었다.

"으하하하하하하하하하! 받아라, 악당들아!"

낙하하는 기세를 담아 발차기를 날렸다.

허를 찔린 남자들은 비명을 지를 틈도 없이 날아갔고 무슨 일이 벌어졌는지도 모른 채 기절했다.

"뭐야, 이 근육 할아범은?!"

"하늘에서 떨어졌어?!"

"정체가 뭐야?!"

"그냥 마도사지. 보면 모르나?"

"""""""어떻게 알아!"""""""

사가스의 육체는 마도사라기 보다는 백전노장인 전사로밖에 보이지 않았다.

노구라고는 생각할 수 없는 꼿꼿한 허리와 훤칠한 키, 몸에 새겨진 무수한 흉터, 무엇보다 그 터질 듯한 근육은 전사도 울고 갈 정도였다.

갈라져 있었다.

쫙쫙 갈라져 있었다.

전투로 단련된 육체는 감탄이 절로 나올 만큼 아름다웠다. 그야말로 야생의 맹수!

마도사라고 믿는 쪽이 오히려 어려웠다.

"네놈들을 전부 처단하겠다. 신세지는 아가씨와 내 취미를 위해서."

"마지막이 뭔가 이상한데?!"

"취미가 뭐길래?!"

"당연하지 않나? 너희 같은 바보들을 피떡으로 만드는 거지. 무방비한 여자를 덮치는 멍청이를 합법적으로 팰 수 있어. 이런 즐거운 일이 또 있을까?"

그렇다. 이곳은 이미 맹수의 사냥터다. 눈에 띈 시점에서 이미 살아서 나갈 방법은 없다.

"도, 도망……."

"늦었어어어어어어어어어어어어!"

"""꾸웨에에에에에에에에에에에에엑!"""

굵고 긴 다리로 구사한 돌려차기는 여러 남자를 한꺼번에 벽으로 날려 버렸다.

심지어 충격파로 주변 남자들도 하늘을 날아 탕에 떨어졌고 간

헐천 같은 물기둥이 치솟았다.

"에잉, 허약한 것들. 내 근육을 더 기쁘게 해봐라."

"""""싫어어어어어어어어어어어어어어어어어어어!"""""

거기서부터 시작된 것은 유린.

자기부터 살겠다고 도망치는 파렴치한 범죄자들.

멍청이들에게 단죄의 철퇴가 내려진다.

『거기는 누르지 맛, 그건 경락비공이야아아아아아!』

『여체 만세에에에에!』

『애인…… 사귀고 싶었어…….』

어리석은 변태들이 마지막으로 본 것은 몸이 하늘을 날아 슬로
모션으로 낙하하는 광경이었다.

그 후의 기억은 전혀 없었다.

그들은 모두 기절한 채 체포되어 경비대에 연행됐다.

이런 사고를 치고도 경고만 듣고 끝난 것을 다행으로 여겨야 할
까? 어쨌거나 그들은 돌아갈 때까지 마을 주민에게 백안시됐다.
공중목욕탕을 박살냈으니까 응당한 대우였다.

여담으로 에로무라는 어느 멈추지 않는 단장의 마지막 포즈처럼
쓰러져 있었다고 한다.

"……응? 아무도 없어."

한편, 안즈는 이 어이없는 소란 속에서 쭉 물에 잠겨 수둔을 연
습하고 있었다.

욕탕 바닥에서 올라온 그녀는 아무도 없는 여탕을 보고 고개를
갸웃거렸다. 탈진하지 않는 게 신기하다.

◇　◇　◇　◇　◇　◇　◇

소동이 종식된 줄 모르는 츠베이트는 노점에서 미니 만쥬를 사서 음미하는 중이었다.

단맛을 썩 좋아하지는 않지만, 이 팥소라는 것은 마음에 들었다.

'이 풍미는 콩인가? 재료 특유의 단맛과 설탕…… 이 소박한 맛이 내 입맛에 맞아.'

만찬회 같은 사교장에 나오는 과자는 너무 달아서 별로 먹고 싶지 않았다.

하지만 만쥬의 소박한 맛은 달랐다. 꽤 많이 먹었는데도 질리지 않았다.

츠베이트는 부담 없이 만쥬를 입에 넣으며 걸었다.

귀족의 매너는 아니지만, 옛날부터 길에서 군것질을 했던 터라 이제 와서 신경 쓰지도 않았다.

"그 녀석들은 지금 뭘 하고…… 푸흡?!"

"비켜, 비켜!"

친구들이 지금쯤 뭘 하고 있을지 생각하던 츠베이트는 앞에서 경비병들이 들것으로 나르는 사람들을 보고 사레가 들었다.

실려 가는 것은 에로무라와 같은 위슬러파 친구들이었다.

공중목욕탕에서 무슨 일이 있었는지 이해되지 않아서 혼자 우두커니 서 있었다.

"무슨 사고를 친 거야, 저것들……."

이어서 모르는 남자들이 실려 가자 뭔가 큰일이 터졌다는 직감이 들었다.

하지만 바보짓을 시작한 사람은 그들이라서 『혼쭐이 났으면 된 것 아닌가?』라는 생각도 머리를 스쳤다. 죄를 지었으면 벌을 받는 건 상식이니까.

누가 뭐라고 하건 여탕 엿보기는 범죄다.

"뭐, 알아서들 하겠지……."

츠베이트는 큰 고민도 없이 친구와 호위병을 버렸다.

그리고 미니 만쥬를 입에 던져 넣고 외국 건축물을 신기한 눈으로 보면서 숙소로 걸음을 옮겼다.

한눈을 팔던 그는 앞쪽에서 다가오는 집단을 알아차리지 못했다.

공중목욕탕 난전을 마친 크리스틴 일행은 노점이 밀집한 거리를 걸으며 옥신각신하고 있었다.

"왜…… 그런 짓을 했어요!"

"응? 변태들이잖나? 그렇다면 처단해도 문제가 없을 텐데."

"정도가 지나쳐요! 선생님은 조금만 힘 조절을 하세요. 크게 다친 사람은 없지만, 죄다 환자로 만드셨잖아요. 내가 나중에 설명해야 한다고요."

"아가씨는 당사자니까 어쩔 수 없죠. 저도 동행힐 테니까 이따가 경비대에 가서 가급적 빨리 사정 설명을 끝냅시다."

"딱히 상관없지 않나? 목욕탕을 엿보는 비열한 자들이 죽는다고 누가 곤란한 것도 아니고."

"선생님?!"

노마도사는 제법 폭력적인 사람이었다.

원래 실전이 최고의 훈련이라고 생각하는 노인인지라 범죄자에게 기술을 시험하는 데 거리낌이 없었다.

도적이 있으면 오히려 잘됐다고 달려들며, 마물이 나타나면 무기를 쥐고 돌격하고, 몹쓸 인간이 있으면 그 자리에서 두들겨 팬다.

안 그래도 격투가 뺨치는 실력인데 거기에 마법이 더해지니까 날개 달린 호랑이였다.

"크리스틴, 강해지려면 실전밖에 없어. 단련된 육체와 경험에 바탕을 둔 전술. 어떻게 상대를 쓰러뜨릴 술식을 짜고, 어떤 타이밍에 마법을 사용하는가. 그게 내 연구야."

"마도사보다는 전술 교관 같네요."

"내가 학교 다닐 때는 마도사는 전술 교관이 될 수 없었어. 요즘은 세상이 바뀌어서 마도사도 육체를 단련한다고 하지⋯⋯. 미련이 남는구먼."

사가스는 옛날부터 마도사도 근접 전투를 익혀 기사와 함께 전선에 서야 한다고 생각했다.

하지만 당시는 마도사의 수도 적고 방어의 핵심이라는 인식이 있어서 전선에서 검을 휘두르며 마법을 쓰는 싸움법을 어리석게 여겼다.

마도사 중에 귀족 후계자가 많았던 것도 주된 원인이었다.

물론 그는 젊을 적에 학교 공부를 귀찮게 생각하여 토론을 빼먹고 전술론 리포트도 제출하지 않아 멍청이라는 별명이 붙었다.

그 불명예스러운 별명조차 고치려고 하지 않고 사람과 거리를 두며 육체 단련과 연구만 하다가 결국 그 별명은 완전히 굳어졌고, 평소 거친 태도도 문제시되어 국군에 들어갈 수 있는 추천서도 받지 못해 현재에 이르렀다.

그 이후 각지를 방랑하며 다양한 경험을 쌓았지만, 시대가 바뀌며 자신의 연구가 옳았다는 것이 증명되면서 지금은 많은 귀족이나 기사단에게 초청을 받고 있었다.

인정받은 것은 기쁘지만, 지금 돌이켜보면 더 요령 있게 살 수도 있었을 거라는 미련이 있었다.

"……세상 좋아졌어. 질투나서 나도 모르게 다 때려 부수고 싶을 정도로."

"정말로 하지는 마세요, 선생님!"

"아가씨, 앞을 보시고……."

"꺅?!"

"억?!"

크리스틴이 넘어질 뻔하지만, 강한 팔이 그녀의 허리를 잡아 막아줬다.

이때 겨우 사람과 부딪쳤다는 것을 알았다.

"미, 미안. 잠깐 한눈을 팔다가……."

"아, 아니에요…… 저야, 말, 루……."

안고 안긴 채 서로를 바라봤다.

이미 알겠지만, 부딪친 사람은 츠베이트였다.

두 사람은 찰나의 시간 속에서 머리에 벼락이 떨어진 느낌을 받았다.

'가, 가녀리다…….'

'앗, 늠름한 사람…….'

서로 얼굴에 열이 퍼지고 지금껏 느낀 적 없는 감정이 마음을 채워 나갔다. 심장이 경종처럼 빠르게 뛰었다.

두 사람 사이에 핑크색 공기가 흐르고 있었다.

"이보게…… 언제까지 안고 있을 셈인가?"

"아가씨께 허튼짓을 할 생각은 아니겠지? 만약 그렇다면 이 자리에서 베어버리겠다."

"으아악?!"

"아으……."

둘은 그 말을 듣고 바로 거리를 뒀다. 부끄러운 나머지 말이 나오지 않았다.

묘한 분위기 속에서 사가스는 혼자 츠베이트를 보며 고개를 갸우뚱거렸다.

왠지 낯이 익었다.

'……어디서 본 것 같은 그리운 얼굴이구먼. 흠…… 어디선가…… 아, 설마!'

옛 라이벌의 얼굴이 츠베이트와 겹치고 그와 닮았다고 깨달은 순간, 이 청년이 누구인지 이해했다.

"자, 자네…… 설마 크레스톤의 손자인가?"

"할아버지를 알아? 당신은……."

"사가스라고 하면 알겠나? 옛날에 그 녀석과 몇 번 주먹을 나눈 사이지."

"사가스? 사가스 세폰 선생?! 당신이 쓴 책은 나도 읽었어! 위슬러파 전술 기초 연구의 중요한 참고 자료로 항상 애용할 정도야! 이럴 수가, 이런 곳에서 만날 줄은……."

생각지도 못한 곳에서 존경하는 마도사를 만나 츠베이트도 흥분을 감추지 못했다.

위슬러파는 항상 새로운 전술을 탐구하며, 문헌이나 과거 전쟁에서 사용된 전술을 발굴해 시대에 맞게 개량하고 실전에 활용하는 것을 목적으로 활동한다.

주로 집단 전투에서 마법 전술이 얼마나 전투를 유리하게 이끄는지 연구하고, 대국적 상황부터 소규모 국지전까지 여러 상황을 가정해 유효한 수단을 모색한다.

물론 전장은 상황에 따라서 변화하게 마련인데, 그런 변수를 감안하여 모든 가능성을 계산하는 사가스의 연구서는 현재 중요한 자료로 재평가받고 있었다.

"크레스톤은 현실적인 내정까지 고려해 성곽 도시용 방어 전술을 연구했지. 반면, 내 연구는 조직 개혁을 하지 않으면 써먹지 못할 이론이었어. 정말로 시대가 변했구먼……."

"앗, 아직 인사도 안 했군! 나, 나는…… 아니, 저는 솔리스테어 공작가의 장남인 츠베이트 반 솔리스테어입니다! 만나 뵙게 되어 영광입니다."

"그 녀석 손자치고는 머리가 유연하구먼……. 좋은 후계자를 뒀어……."

"감사합니다."

웬일로 츠베이트가 긴장했다.

현재 위슬러파에 소속한 마도사는 심신을 단련하며 언제나 싸움에 대비하는데, 그때 참고하는 것이 사가스의 연구를 기록한 서적이었다.

특히 기초 능력을 높이는 훈련 방법이나 소규모 조직을 운영하는 전술은 학생에게 유용하여 라마흐 숲에서 실시된 실전 훈련에서 마물을 상대로 활용됐을 정도였다.

츠베이트는 제로스가 강제로 능력을 끌어올려 놨지만, 다른 학생들은 사가스의 책에 적힌 훈련법을 이용해 효율적으로 단련했다.

그래도 다짜고짜 강력한 마물이 서식하는 땅에서 서바이벌 훈련을 하는 것은 무모하다는 수준을 넘어섰다.

자칫 잘못하면 사망자가 나와도 이상하지 않아서 훈련으로서는 적절하지 못했다.

"크레스톤은 잘 지내나?"

"정정하십니다. 손녀를 업어 키우려고 할 만큼……."

"업어 키워? 고 녀석이 주책을 부리나? 항상 자기 자신을 통제하려던 고지식한 녀석이었는데……."

사람은 변하는 동물이다.

"사가스 선생님은 지금 어느 숙소에 머무시나요? 시간이 된다면 말씀을 나누고 싶습니다."

"지금은 휴가 중이고 거기 있는 크리스틴도 경호하고 있네. 그러니 머리 아픈 이야기는 다음에 했으면 좋겠구먼."

"그럼 지금 어디에 사시는지 여쭤도 될까요? 제 연구에 관해 의견을 여쭙고 싶습니다."

"학교 연구 리포트인가? 내가 젊었을 적에는 빼먹기 일쑤였는데 성실하구먼. 지금은 에르웰 자작가에서 가정교사를 하고 있네. 가르치는 건 당연히 마법이고."

"에르웰 자작가…… 가주가 도적을 소탕하다가 독화살에 맞았다는……. 아버지도 아까운 사람을 잃었다며 한탄하셨어. 우수한 기사였다고……. 앗, 미안. 괜한 이야기를 꺼냈군."

츠베이트는 무심코 돌아가신 부모를 언급하여 당황했지만, 크리스틴은 오히려 자랑스러워 보였다.

"아니에요. 아버지도 델사시스 공작님에게 인정받았다면 기뻐하실 거예요. 아쉽게도 나는 아버지만큼 재능은 없지만……."

"그 인간은 정말로 크레스톤의 아들인가? 나는 무시무시한 남자라는 인상을 받았는데……."

"아버지는 저도 잘 몰라요. 뒤에서 뭘 하는지도 모르겠고, 저 말고도 자식이 몇 명이나 더 있을지……."

"델사시스 공작 각하는 소문이 많은 분이시죠. 가족이라면 걱정하는 마음도 이해합니다."

이자드도 동정을 표했다.

이자드의 말은 불경죄가 될 수 있지만, 델사시스는 이 정도로 흔들리지 않는다. 오히려 웃어넘기는 여유를 보일 것이다.

능력이 뛰어난 점은 분명하지만, 비밀이 많은 남자라는 것도 사실이었다.

"아니, 나도 정말로 아버지가 어떤 사람인지 몰라……. 어떻게 영지의 내정과 장사, 심지어 범죄 조직과 전쟁까지 벌이는지 모르 겠어. 그럴 시간을 만드는 능력이 대단해……."

"고생이 많구먼."

사가스도 델사시스와 만난 적이 있는데, 정체 모를 위험한 분위 기를 풍겨 헤아릴 수 없는 공포를 느꼈다. 일종의 괴물이라는 생 각까지 했었다.

차기 공작인 츠베이트가 뛰어넘기에는 너무나도 높은 벽이라서 불쌍하다는 생각마저 들었다.

"그렇게 대단한 분인가요? 딱 한 번 뵌 적이 있는데, 도량이 넓 은 분이라는 인상밖에는……."

"그 도량이 문제라고 생각해. 밑바닥이 안 보이고 무섭도록 머 리가 잘 돌아가. 절대로 넘을 수 없는 벽을 느낄 정도야……."

"본인의 의지를 관철하는 편이 좋을 게야. 함부로 그자를 넘으 려고 하면 언젠가 마음이 망가질 테지. 넘어야 할 벽이라는 생각 은 버리게. 그건 괴물이니까."

"사가스 님이 이 정도로 평가하다니……."

사람의 모습을 한 천재지변이라고 생각하는 편이 무난할지도 모 른다.

하지만 하필 피가 이어진 관계라서 츠베이트에게는 무시할 수 없는 존재였다.

"그 뭐냐……. 여기서 만난 것도 인연이니까 어디서 천천히……."

"앗, 할아버지다."

"우르나 아니냐?! 네가 왜 여기……."

"동생 친구인데 사가스 선생님이랑 아는 사이이야? ……아니, 인가요?"

"내 양녀라네. 딸이라기에는 나이 차가 너무 나서 손녀로 키웠지. 그리고 일일이 존대할 필요도 없어."

인연이란 기이한 것이었다.

생각하지도 못한 접점이 있었다며 너나 할 것 없이 놀라움을 금치 못했다.

"우르나, 왜 갑자기 뛰어요…… 아, 오라버니?"

"어머, 거기 계신 분은 사가스 님 아닌가요?"

"응? 생제르맹 가문 딸내미 아니냐? 그리고 옛날에 크레스톤 옆에 있던 메이드로군. 여전히 미인일세."

"과찬입니다, 사가스 님……."

그리고 인연은 때때로 서로를 끌어당기기도 한다.

그 후, 그들은 함께 식사하고 이야기꽃을 피우며 하루를 보냈다.

여담이지만, 경비대에 연행된 에로무라와 변태들은 차가운 감옥 속에서 하룻밤을 보내야 했다.

"여기서 꺼내줘……."

"왜 나까지…… 츠베이트, 도와줘……."

【고무 포효】의 영향을 받은 바보들은 하룻밤 내내 울면서 도움을 요청했다.

스킬 효과로 인한 사고란 무서운 것이었다.

그리고 다른 공포도 맛보았다고 한다…….

리사구르에 도착한 쟈네와 이리스는 작은 여관에 머물고 있었다.

이리스는 마을을 산책하고 돌아와 여관방에서 쟈네와 차를 마시는 중이었다.

"쟈네 씨, 공중목욕탕에서 남자들이 집단으로 여탕을 엿봤대."

"그거 무섭네. 온천은 여관에 있는 걸 쓰자. 결혼도 안 한 몸을 생판 모르는 남자에게 보여줄 순 없지."

"쟈네 씨는 참 순수하네……. 그런데 만쥬 너무 많이 먹으면 살찐다?"

"네가 할 말은 아닌 것 같은데?"

이 두 사람만은 소란에 말려들지 않고 느긋한 시간을 보내고 있었다.

이곳만은 아주 평화로웠다.

제11화 아저씨, 다시 메티스 성법 신국의 땅을 밟다

집단 엿보기를 실행한 에로무라 및 위슬러파 학생 일행은 엄중 경고를 받고 하룻밤 구류된 후, 다음 날 아침 무사히 석방됐다.

"복역하느라 고생했어. 앞으로 착하게 살아라."

"""".................""""

츠베이트는 어이없다는 시선으로 그들을 맞아주다가 이내 뭔가 이상하다고 깨달았다. 다들 우울한 낯빛으로 메마른 웃음을 띠고 있었다.

집단 치한 행위에 기물 파손. 원래 몇 년은 금고형에 처할 죄인데 엄중 경고와 하룻밤 구류만으로 풀려났으니까 운이 좋다고 할 수 있었다.

하지만 그들의 눈에서는 어제의 생기를 찾아볼 수 없었다. 오히려 초췌해 보였다.

마치 지옥에서 본 광경을 필사적으로 잊으려는 것처럼, 그들은 하나같이 두 손으로 머리를 감싸고 웅크려 앉아 알아듣지 못할 말을 중얼댔다.

'이렇게 겁먹을 만큼 혼났나? 그런 대형 사고를 쳤으니까 이해는 한다만……'

이들이 왜 이러는지 이해되지 않았지만, 어쨌든 자업자득이니까 묻지 않기로 했다. 그러던 그때, 츠베이트는 우연히도 크리스틴 일행을 발견했다.

"크리스틴, 그리고 사가스 선생님. 산책 나오셨나요?"

"음? 뭐야, 츠베이트 아니냐. 여기서 뭘…… 아, 어제 변태들 중에 자네 일행도 있었나? 고생이 많구먼."

"자업자득이에요. 한 번 혼쭐이 나야 정신을 차리죠."

"허허허, 정직하구먼. 그런 점은 크레스톤과 빼닮았어. 그래도 어깨에 너무 힘을 주지는 말게. 자네는 마음을 조금 가볍게 먹는 편이 나아."

"그렇게 딱딱한가요? 저는 평범하게 있을 뿐인데…….."

"옛날 크레스톤보다는 나아. 그 녀석은 걸핏하면 나한테 잔소리를 했고 그럴 때마다 주먹다짐을 했지. 그립구먼."

사가스는 츠베이트를 보고 크레스톤의 젊은 시절이 생각나는지 즐겁게 이야기했다.

츠베이트도 그런 노마도사의 과거에 관심은 있었지만, 괜히 캐묻지 않으려고 자제했다.

"크리스틴, 조만간 사가스 선생님께 우리 연구를 보여드리러 찾아가겠다고 자작 부인께 전해줄 수 있을까?"

"네, 넷! 저도 기사를 목표로 하는 사람으로서 츠베이트 님의 이야기에 관심이 있어요. 어머니에게는 말해놓을 테니까 언제든 찾아와 주세요."

"어차피 학교가 휴가일 때밖에 못 가. 별로 재미있는 이야기도 아니고."

"어제 들은 전술 이야기는 재미있었는걸요? 지금 학생들이 무엇을 배우는지 참고도 되고, 사가스 선생님의 의견도 들을 수 있으니까 큰 공부가 돼요."

"그래? 그렇다면 다행이지만……. 앗. 잡아둬서 미안. 오늘은 선물을 살 예정이라고 했지?"

"이곳 와인이 맛있다고 해서 평소 신세진 분들께 드리려고요. 츠베이트 님도 함께 어떠신가요?"

"으음…… 내가 마실 거나 사갈까. 우리 어머니들은 비싼 것밖에 안 마시니까 갖다줘도 소용없을 테고……. 이런 말 하기는 그렇지만 속물들이라서."

"아무리 그래도 가족을 그런 식으로 말하면 안 돼요, 츠베이트 님. 그럼 우리는 이만 가볼게요."

츠베이트는 인파 속으로 사라지는 크리스틴 일행을 바라보았다.

그러던 중, 등 뒤에서 느껴지는 살기를 감지했다.

돌아보자 피눈물을 흘리며 질투로 타오르는 변태들이 있었다.

"……동지, 배신했구나! 우리가 철창에 있는 동안 여자랑 놀고 자빠졌어?!"

"츠베이트…… 나랑 세레스티나 양은 엮어주지 않으면서 너만 귀여운 여자애를 찾아다녔구나? 아주 선수네, 선수야. 누가 델사시스 공작님 친자식 아니랄까 봐."

"치사해~. 우리는 안 그래도 여자한테 인기가 없는데, 자기만……."

"했냐? 벌써 했냐?"

"……인싸, 죽어."

부당한 분노였다.

애당초 감옥에 들어간 것은 다 자기네들의 과실이었고, 츠베이트에게는 아무런 책임도 없었다. 적반하장도 유분수다.

그러나 한 사람만 행복(적어도 그들 눈에는 그렇게 보인다)한 모습을 보면 잘못된 줄 알면서도 마음속으로 흐르는 피눈물을 참을 수 없었다.

"아니, 감방에 갇힌 건 너희 잘못이지. 왜 나를 원망해?"

"……동지는 우리가 맛본 그 공포를 모르니까."

"그래…… 우리는 하마터면 소중한 것을 잃을 뻔했다고, 츠베이트……."

"놈은…… 실컷 혼나고 감옥의 차가운 돌바닥에 누웠을 때 나타났지……."

"그리고…… 그리고, 큭! 이 이상은 입에 담기도 무서워……."

"내가 대신 말할게. 놈은…… 갑자기 옷을 벗더니 감옥 안에 하나뿐인 침상에 앉아서……."

"""""""『너희, 내 물건을 봐줘. 어떻게 생각해?』라고 간드러진 목소리로 물었어어어어!"""""""

영혼마저 떨리는 무시무시한 공포를 맛본 자들의 비명이었다.

아마 그들 감옥에 뒤늦게 **진짜**가 들어온 모양이었다.

엿보기 현행범들은 위험에 노출됐던 공포와 그곳에서 해방된 안도감이 뒤섞인 눈물을 폭포처럼 쏟아냈다.

"잘은 모르겠지만, 그게 뭐가 무서워? 남자가 벗고 있었을 뿐이잖아? 패서 기절시키든가 마법으로 재우든가, 방법은 많았을 텐데? 왜 안 했어?"

"큭…… 동지에게는 전해지지 않나, 이 공포가!"

"놈의 웃음이 잊히지 않아……. 우리는 사냥감이었어. 거기 없었던 츠베이트는 알 리가 없지."

"뱀 앞에 놓인 개구리의 심정을 처음으로 일았어……."

"몸이 안 움직여……. 놈은 미소 지을 뿐이었지만, 그건 먹이를 노리는 사냥꾼의 눈이었어!"

"얼굴은 여자한테 인기 있을 것 같던데……."

무슨 소리를 하는지 잘 모르겠다.

츠베이트가 생각하기에는 나체의 남성을 두려워할 이유가 없었다.

심지어 수적으로 우세하니까 다 함께 달려들면 제압하기도 쉬웠을 것이다. 이토록 겁먹은 그들의 심정을 이해할 수 없었다.

"그런데 왜 그렇게 떨어? 훈련을 폼으로 받은 것도 아니고, 너희가 남자 한 명에게 당할 리 없잖아?"

""""""네가 무서운 나머지 『크, 크고…… 아름다워요』라고 말한 우리 기분을 알아?!""""""

"소박한 의문인데…… 그 녀석은 왜 감옥에 들어왔어?"

""""""일반인을 잡아먹었나 보지!""""""

역시 츠베이트는 이해하지 못했다.

수적 우세로 냉정하게 대처하면 얼마든지 대응할 수 있지 않은가?

엄격한 훈련을 받고 격투기를 배운 학생들과 이중에서 가장 레벨이 높은 에로무라가 질 리 없다.

더군다나 그 남자는 감옥에 갇힌 시점에서 무기를 소지하지 않았을 테니까.

다른 의미의 무기는 가졌겠지만…….

"그, 그래서…… 그 뒤에는 어떻게 되셨나요?"

"설마 그 사람이 여러분을 일방적으로 깔아뭉개고……."

"뒷이야기가 무척 듣고 싶네요, 아가씨."

"……어른의 계단, 올라갔어? 가버렸어?"

"만쥬, 맛있어~!"

어느샌가 세레스티나 일행이 옆에 와 있었다.

캐럴스티, 세레스티나, 미스카, 안즈의 기대에 찬 시선이 어리석고 가련한 남자들을 향해 있었다.

전혀 관심이 없는 사람은 우르나뿐이었다.

"그분은 공수 모두 가능하다고 봐야겠네요, 아가씨."

"가상 인물이 아닌 진짜…… 설마 이런 곳에 있을 줄이야…… 세상은 넓네요."

"그래서 여러분은 그…… 이미 그분께 엉망진창으로 당했나요? 저, 궁금해요!"

"안즈도 만쥬 먹을래?"

"됐어. 그보다 저쪽에서 파는 기름 범벅 라멘 같은 게 신경 쓰여……."

순진무구한 눈동자로 응시하는 여자들의 출현에 이 자리에 있는 모든 사람의 안색이 파래졌다. 여자가 들었다는 점이 문제였다.

무릇 여자란 소문을 좋아하는 법이다. 이 불상사가 학교에 퍼지기라도 하면 이야기에 점점 살이 붙을지도 몰랐다.

휴가로 먼저 돌아간 학생들은 리사구르에 온 멤버를 알고 있다. 소문을 듣고 『걔네 아니야?』라고 말하는 시점에서 그들의 인생은 끝이다.

그렇다. 그들에게 최악의 전개는 『여탕을 엿보려다가 실패하고 감방에 간 끝에 뚫린 자』라고 불리는 것이있다.

그 수식이 완성되자 그들의 감정은 무너져 내렸다.

""""""""으아아아아아아아아아아아아아아아아앙~!""""""""

그들은 울었다. 인생의 무상함에……

그들은 통곡했다. 연쇄되어 일어날 불행과 자신의 불운에……

그들은 절망했다. 앞으로 자신을 향할 의혹의 눈길에……

그들은 부정적인 방향으로 상상의 나래를 펼치고는 눈물을 흘리며 도망쳤다.

제일 충격을 받은 사람은 디오일 것이다.

"다들 왜 저러죠?"

"난들 알겠냐? 왜 나한테 물어?"

"오라버니 친구들 아닌가요?"

"……저것들이랑 진심으로 인연을 끊든가 해야지."

이날, 엿보기 현행범들은 숙소에서 한 발자국도 나오지 않았다.

그리고 다음 날, 그들은 상심한 채 산토르로 돌아갔다.

한편, 소란이 일어났던 골목 반대편에서는 쟈네와 이리스가 편안하게 관광을 즐기고 있었다.

"쟈네 씨, 이 라멘 같은 음식 맛있지?"

"기름이 덕지덕지 붙어서 부담스럽지만 먹을 만하네. 그런데 라멘이 뭐야? 이 요리 이름은 미칭이라고 하던데."

【미칭】이란 팽 보어의 등 지방을 향초와 함께 바짝 졸여서 후추 같은 향신료가 들어간 면에 뿌려 먹는 요리다. 비빔면을 상상하면 좋을 것이다.

유일하게 다른 점은 지방이 국물처럼 그릇을 채운다는 것이다.

지방 때문에 느끼할 것 같지만, 놀라울 만큼 깔끔한 맛으로 인기가 있으며, 해발고도가 높은 추운 지방에서 귀중한 단백질원이 되어주는 요리다.

물론 식으면 그냥 기름 덩어리로 변하지만.

"그래? 뭐든 어때, 맛있으면 됐지."

"생각보다 관심이 없구나…… 그나저나 이 기름, 자꾸 당기는 맛이야."

"콜라겐이 많아서 피부에 좋을지도 모르겠는걸? 기름 자체도 단맛이 있고 너무 진득하지 않아서 좋아."

"아~, 맛있어."

이다음 날, 두 사람은 아무런 소동에도 휘말리지 않고 만족스럽게 산토르로 돌아갔다고 한다.

온천 여행의 빛과 어둠이 함께 있었지만, 아무도 그것을 알아차리지 못했다…….

마침 츠베이트가 경비대에 구류됐던 에로무라와 친구들을 마중 갔을 무렵, 정체불명의 미라화 사건을 조사하던 제로스와 아도는 아침 이슬 맺힌 숲 속에서 식사를 준비하고 있었다.

작은 냄비에 채소와 약간의 육포를 넣고 끓인 수프, 그리고 딱딱한 빵이 그들의 아침 식사였다.

어제 도시에 도착하지 못해서 결국 야영했는데, 겨울 캠핑은 두 사람에게 조금 힘들었다.

"추워…… 산에서 내려오는 북풍이 살을 파고들어……."

"텐트가 있는 게 어디야? 침낭에서 자면 마물이 습격했을 때 대처하지 못하고, 경우에 따라서는 산적이 나올지도……."

"차에서 잤으면 안 돼요?"

"네 차 시트는 뒤로 못 젖히잖아. 이코노미 클래스 증후군은 네 생각보다 위험해. 게다가 차 안에 있으면 마물에게 둘러싸였을 때 맞서 싸우기 어려워."

"마법으로 응전하면 되잖아요."

동사하지는 않았지만, 대신 심각한 수면 부족이었다.

그 탓에 둘 다 기분이 별로였다.

"흠, 다 익었나? 이걸로 몸을 녹이고 이동하자. 미라를 만드는 원인을 찾아야지."

"에휴…… 어쩌자고 이런 의뢰를 받았나 몰라~."

"아도 군…… 너, 말이 떨어지기 무섭게 수락했지? 집 준다는 말에 낚여서……."

"그게 뭐 잘못됐어요?! 제로스 씨는 그런 커다란 집이 있잖아요~. 나도 유이랑 살 집을 갖고 싶다고요!"

"리사 양과 샤크티 양은 어쩌게? 같이 살 수는 없잖아……. 그랬다가는 둘 다 죽을걸? 유이 씨한테……."

"……앗."

아도는 유이와 살 신혼집이 필요했다.

하지만 리사와 샤크티에 관해서는 새까맣게 잊고 있었다.

지금은 크레스톤의 별장에서 메이드로 일하지만, 크레스톤이 그녀들을 계속 고용하리라는 보장은 없었다. 일단 아도와 그 둘은 이사라스 왕국에도 발을 걸친 입장이니까.

사실 이사라스 왕국도 아도가 돌아오기를 바라지만, 세 사람은 솔리스테어 공작가의 손님이라는 명목과 외교라는 이름의 방패에 숨어 자유롭게 행동하고 있었다.

아도도 자신이 생각보다 귀찮은 입장에 처했다고 재인식했다.

"그런데 제로스 씨……. 이 버섯, 어디서 났어요? 도시에서 파는 건 못 봤는데요?"

"생각하기를 포기했나……. 이 근처에 자라 있던데? 이런 추운 곳에서 자라다니, 이 세계 동식물은 얼마나 생명력이 강한 건지……."

"이거, 먹어도 돼요?"

"몰라. 양송이처럼 생겨서 맛있어 보이길래 그냥 넣어봤어."

"부흡?!"

상당히 즉흥적인 이유였다.

아저씨는 어지간한 상태 이상은 무효화하므로 독에도 걸리지 않는다.

제로스가 이 세계에 처음 와서 자기 몸을 실험대 삼아 검증한 사실이었다. 당시에는 흉악한 마물이 우글거리는 파프린 대산림 지대에서 서바이벌 생활을 하며 먹을 수 있어 보이는 건 닥치는 대로 먹어야 했기 때문이다.

그 결과로 이런 엽기 요리를 만드는 사람이 됐지만, 굳이 독이 든 재료를 요리에 넣는 건 문제가 있었다.

아저씨도 아도가 같은 상태 이상 무효화 스킬을 가진 것을 아니까 주저없이 넣었지만, 먹는 입장에서는 따지지 않고서 배길 수 없었다.

"이보세요! 독이 있으면 어쩌려고 그래!"

"걱정마, 아도 군……. 우리는 상태 이상에 안 걸려."

"그건 알죠! 그건 아는데! 굳이 이럴 때 도박할 필요는 없잖아요?! 말이라도 한마디 하고 넣든가!"

"사람은…… 언제 굶게 될지 알 수 없어. 그러니까 먹을 수 있는 음식은 외워 둬야지. 몸으로……."

"우리가 괜찮아도 다른 사람도 무사하다는 보장이 어디 있어요!"

"너, 정말로 먹을 게 없을 때도 그렇게 말할 수 있어? 그건 굶어 본 적 없는 사람이 하는 소리야, 아도 군……."

이때, 아도는 아저씨의 눈 깊은 곳에서 몹시 탁한 어둠을 본 기분이 들었다.

그리고 『굶어본 적 없는 사람이 하는 소리』라는 말로 제로스가 굶주림에 괴로워한 적이 있다고 깨달았다.

'이 사람…… 소드 앤 소서리스 때보다 위험해지지 않았나?'

그 후로는 말없이 아침을 먹었다.

출발하기 전까지 무거운 침묵이 이어졌다고 한다…….

【야사카 마나부】는 용사다.

메티스 성법 신국이 용사 소환으로 불러온 사람 중 한 명이며【이와타 사다미츠】,【히메지마 요시노】,【사사키 다이치】,【카와모토 타츠오미】와 함께 다섯 명이 성기사단의 오장(五將)이라고 불렸다.

하지만 【이와타 사다미츠】는 르다 이루루 평원에서 싸우다가 입은 부상이 악화되어 사망(당연히 진실은 용사들에게 밝히지 않았다.), 【히메지마 요시노】는 알톰 황국에서 파괴 공작 임무 후 다른 용사와 함께 연락이 두절됐으며, 【사사키 다이치】는 화승총을 양산하기 위해서 공방을 감독하고 있었다.

나머지 용사들은 각지에서 일어나는 문제를 해결하기 위해 파견됐다. 그중 【야사카 마나부】와 【카와모토 타츠오미】에게 배정된 임무는 도적 퇴치였다.

현재 마나부는 지명수배 중인 도적단을 쫓아 솔리스테어 마법 왕국에 가까운 국경 인근에 진을 치고 있었다. 텐트 안에서 탁상에 놓인 보고서를 보는 그의 표정은 상당히 우울해 보였다.

"하아…… 어쩌다 이렇게 됐지? 칸나기와 사카모토까지 없어졌어. 역시 죽었나……?"

솔직히 마나부는 용사라는 지위를 그다지 좋아하지 않았다. 【히메지마 요시노】처럼 정면에서 메티스 성법 신국을 부정하지 않았을 뿐, 마음속으로는 용사라는 지위를 떠미는 사제들을 회의적으로 보고 있었다.

기본적으로 【카자마 타쿠미】와 같은 사고방식이지만, 내면에 싹튼 의문을 풀려고 하지 않았고 국가 권력에 거스를 배짱도 없었다.

강한 힘에 순종하는 그는 오늘도 타성에 젖어 살고 있었다.

"마나부 님, 이것도 정의를 실현하기 위함입니다. 4신님께서는 지금도 보고 계십니다. 더 패기 있게 행동해 주시지 않으면 곤란해요. 이러면 기강이 서지 않습니다."

"리나리 씨, 나도 이렇게 암울해지기 싫어. 그래도 소환된 용사가 4분의 1로 줄었잖아? 싸움을 못 하는 사람까지 빼면 사실상 괴멸 상태야."

"보기 안 좋습니다. 타츠오미 님을 조금이라도 보고 배우세요."

"그 녀석은 성녀님한테 잘 보이고 싶을 뿐이잖아. 될지 안 될지 모를 이상론을 떠들어봤자 결과가 따라오지 않으면 의미가 없어."

"푸념하지 마시고 일을 하세요."

마나부가 이 세계에 소환됐을 때부터 시중을 드는 리나리 사제.

항상 담담한 말투로 이야기하는 그녀는 지금도 사무를 보좌하고 있었다.

이런 신관은 용사의 수만큼 있고 무척 믿음직한 측근이었다.

가까운 거리감 때문에 연인 관계로 발전하는 경우도 있었지만, 유일하게 【카자마 타쿠미】에게는 측근이 붙지 않았다. 이유는 그가 마도사이기 때문이었다.

마나부는 그런 타쿠미를 보고 『이야, 비참하네~. 마도사가 아니라서 다행이야』라며 남의 일처럼만 생각했다.

하지만 권력에 순종하는 마나부도 동급생들이 하나둘 사라지는 현 상황에 적잖은 불안감과 스트레스를 느꼈다.

메티스 성법 신국이 용사를 도구처럼 쓰고 버린다는 사실도 눈치채서 언제 버림받을지 모른다는 두려움과 불안감이 그의 입을 항상 가볍게 만들었다.

"앗, 히메지마도 혹시…… 배신한 거 아니야?"

"마나부 님, 생각은 해도 그런 말은 하시면 안 됩니다. 용사로 선택받으셨으니까 4신 신앙을 널리 퍼뜨려 신께 보답하셔야지요."

"글쎄~. 히메지마라면 망설이지 않고 배신할걸? 그보다 나는 전생자라는 녀석들이 뭐하러 이 세계에 왔는지 알고 싶어. 신들의 사정은 인간이 알 리 없으니까."

"사신들의 사정 따위 저는 알고 싶지도 않네요."

"혹시 허락 없이 이세계인을 소환해대는 바람에 주변 세계 신들이 화났나……. 그리고 4신 외에는 인정하지 않는 교회의 논리대로라면 이세계에서 태어난 나도 사교도가 되잖아? 용사를 동포로 보는 기준이 뭐야? 소환돼서?"

"……."

리나리 사제는 입을 다물었다.

대부분의 신관은 이런 질문에 대답할 수 없었다.

마나부가 말한 대로 신들의 사정을 인간이 알 리 없으며 4신도 답해 주지 않기 때문이었다.

"애당초 말이야, 이세계에서 소환이 가능하면 반대로 보내줄 수도 있지 않아? 또 4신이 가장 위대한 신이란 건 어떻게 판단해? 잘못하면 이계의 신들이 더 높은 존재일 수도 있어. 게다가 30년마다 소환한다고 했지? 빈도가 너무 잦지 않아? 만약 내 말이 맞다면 주변 세계 신들은 단단히 화가 났을 텐데 위험하지 않아?"

"제게 물으셔도 할 말은 없습니다."

"그러시겠지~. 그래도 세계를 건넌 당사자로서 말하자면 4신의 입장이 좋지는 않을 거야. 실제로 전생자를 이 세계에 받아줬잖아? 상식적으로 생각하면 수상한데 말이야. 그거, 거절할 수 없었기 때문 아닐까? 다른 애들이 전생자에게 완전히 깨졌다는 건 용사보다 강하다는 뜻이지? 나는 싫어. 그런 인간들이랑 싸우고 싶지 않아~!"

르다 이루루 전투는 메티스 성법 신국에서 수인족의 인식을 크게 바꿔 놓았다. 적은 육체로 싸운다는 긍지를 버리고 마도사의 힘을 빌렸을 뿐 아니라 함정으로 가득한 요새를 쌓아 올렸다.

수인들은 곧잘 신성 기사단에게 『네놈들에게는 전사의 긍지도 없느냐!』라며 비난했었다.

하지만 기사들은 『짐승에게도 예의를 차려야 하느냐?』라며, 정정당당하게 정면 승부를 펼치는 그들에게 태연하게 비열한 함정을 쓰거나 일 대 일 대결인 척하다가 기습을 감행했다.

그 결과, 그들은 신성 기사단을【마물】로 인식하고 똑같이 비열한 수단을 사용해 많은 요새를 함락해 나갔다.

노예에서 해방된 수인도 그 대열에 합류하며 지금은 감당할 수 없는 거대한 세력으로 성장했다.

"평화로운 세상을 이룩하려면 수인족을 더 이해해야 했어. 이제 와선 늦었지만."

"우리가 잘못됐다는 말인가요? 그들은 야생동물과 똑같아요."

"리나리 씨는 눈앞에서 자기 가족을 죽이는 걸 보고도 그런 말을 할 수 있어? 그들의 입장에서 생각한다면 메티스 성법 신국은 제멋대로 이유를 만들어서 평화로운 삶을 짓밟은 세력이야."

"야만적인 자들에게 문명의 위대함을 전하기 위함입니다. 그래서, 마나부 님은 어떻게 하실 생각이시죠?"

"내가 뭘 할 수 있겠어? 전생자랑 달리 혼자서 나라를 쳐부술 힘 따위 없어. 수인들과 화해하기 위해서…… 노예로 잡은 사람들을 해방해볼래?"

"……."

전생자는 위협적이었다.

전생자 한 명이 등장하면서 수인족에게 무시무시한 조직력이 생겼고, 거기에 새로운 마도사 전생자가 가세하자 르다 이루루 전선은 완전히 붕괴했다.

수인족 입장에서 보면 그야말로 구세주가 강림한 셈이었다.

무엇보다 수인족은 강자에게 경의를 표하는 종족이었다. 그런 전생자가 이끄는 수인족은 증오를 숨기려고 하지 않았고 수비 태세를 공격으로 전환했다.

메티스 성법 신국은 알톰 황국의 르페일족 말고도 강력한 적을 만들어 버렸다는 것을 이제야 겨우 깨달았다.

"외교는 중요해. 만약 대화로 이해하려는 태도로 접촉했으면 이 사달이 나지는 않았을 텐데. 거기다 대마법을 날리는 전생자까지…… 아, 하기 싫어~."

"평원에 거대한 구멍이 생겼다죠……."

"솔리스테어 마법 왕국과 동맹이라도 맺어. 이미 마도사니 신관이니 따질 상황이 아닐 텐데?"

"그쪽은 이미 신관의 신성 마법에 기댈 마음이 없나 봐요. 회복 마법이란 것을 개발해서 여러 나라가 동시에 팔기 시작했다니까요."

"주변국을 얼마나 화나게 한 거야?! 이러면 입장이 역전된다? 심지어 메티스 성법 신국은 내륙이라서 바다가 없잖아. 소금 수입이나 무역은 어떻게 해?"

"그걸 용사님들이 해결해주길 기대하는 겁니다만?"

"용사가 다 해준다고 생각하지 마. 우리가 정치를 어떻게 해! 외교는 해 본 적도 없는데~! 이건 망했어……. 다 끝이야~!"

용사라는 이유로 과도한 기대를 품어도 곤란하다.

애초에 소환됐을 때는 단순한 중학생이었다.

판타지 세계에 꿈을 품기도 했지만, 현실은 공상과 크게 달랐다.

게임과 달리 죽으면 끝. 신성 마법이라 해도 죽은 사람은 부활하지 않고, 마법 국가와 적대해서 이 나라에는 회복약도 없었다. 즉, 죽을 위험성이 상당히 높았다.

마나부는 안전한 곳에서 느긋하게 지내고 싶은데.

"애초에 말이야, 왜 나한테 내정 관련 서류를 대량으로 보내? 시킬 걸 시켜. 나한테 뭘 기대하는 거야?! 나는 전투원이라고!"

"조금이라도 참고가 되는 의견을 바라는 것 아닐까요? 이세계의 정치는 어땠는지, 미래를 위해서 용사님들의 지식을 빌리고 싶은 것이겠지요."

"그러니까 이미 끝났다니까! 방법이 없어! 이 나라는 사방이 전부 적이야! 이제 와서 우호적으로 대해도 믿어줄 리 없잖아. 지금까지 그 정도로 횡포를 부렸지? 윗대가리를 몇 명 처형하든 봐주지 않을 거야."

"국력으로는 우리나라가 아직 우위에 있습니다. 뭔가 방책이 있겠지요……."

"솔리스테어 마법 왕국에서 자동차를 만들고 있잖아! 기술 혁명
이 일어날 거야. 전쟁의 양상이 싹 바뀌고, 사사키의 화승총 따위
는 무의미해져! 장갑차가 생기면 콩알탄이 무슨 소용이야. 이건
내막에 무조건 전생자가 있다니까?!"

멈췄던 시대가 단번에 움직일 것 같은 예감에 마나부는 초조함
밖에 느끼지 않았다.

자동차— 정확히는 동력 기계는 기술과 산업을 크게 발전시킬
힘을 내포했다.

예를 들어 공작 기계나 선박에 이용하면 그것에서 발생하는 경
제 효과는 헤아릴 수 없다.

특히 공작 기계가 문제인데, 기술자가 수작업으로 만드는 메티스
성법 신국의 화승총도 기계 가공 기술로 대량 생산될지도 모른다.

더구나 마력이라는 친환경 에너지가 있다.

화약으로 쏘는 탄약을 마법으로 보충하게 되면 화약 재료를 모
을 필요가 줄어서 생산력에서도 상당히 우위에 선다. 그럴 마음이
있으면 레이저 병기나 전자 투사포도 만들 수 있을 것이다.

실제로 그것에 가까운 마법은 존재한다.

그리고 자동차라는 기계도 군사적으로 큰 혁명이 될 수 있다. 병
사 수송과 물자 보급이 용이해지고 적보다 빠르게 부대를 전개할
수 있기 때문이다.

기술 진보는 사람이 생각하는 이상으로 빠르다. 신앙심이나 정
신론으로는 극복할 수 없는 시대의 전환기가 왔음을 지구의 역사

에 비추어 충분히 예상할 수 있었다.

"왜 기술 대국을 적으로 돌렸어! 바보야?! 법황 할아버지 주변에는 바보뿐이야?! 전차라도 만들었다가는 정말로 나라가 멸망해!"

"전차란…… 채리엇 말인가요? 그건 시대에 뒤처졌다고 생각합니다만."

"그거 말고! 내가 있던 세계에서 쓰던 병기야! 적에게 효율적으로 막대한 피해를 주는 데 초점을 뒀으니까 기마대나 팔랑크스 전법 따위 무용지물이 돼. 중보병 기사단은 걸어다니는 표적이지. 화승총도 봤으니까 더 효율적인 무기로 개조하겠지. 솔리스테어 마법 왕국이라면 그게 가능해. 전쟁이라도 나면 쪽도 못 쓰고 패배할 거야. 망했다아아~!"

"그렇다면…… 그게 가능한 전생자가 있다는 말씀인가요?"

"없어도 시간문제겠지. 앞으로 어떻게 처신할지 생각하는 편이 건설적이야. 머지않은 미래에 이 나라는 전쟁터가 돼. 내가 아는 역사가 그렇게 말해주고 있어."

텐트 안이 싸늘한 정적에 휩싸였다.

이미 솔리스테어 마법 왕국은 이사라스 왕국과도 동맹을 맺었고 지하 가도를 이용해 광석 판매 루트도 확보했다. 게다가 솔리스테어 마법 왕국의 융자를 받아 이사라스 왕국에는 공장 건설이 빠른 속도로 추진되어 경제도 윤택해지기 시작했다.

메티스 성법 신국은 이사라스 왕국을 상대로 국력 차이를 이용한 협박 외교가 불가능해졌다.

지금부터 침공하고 싶어도 병력과 군사비가 부족했다.

이건 주변 소국을 우습게 보던 업보였다.

"후…… 이런 자료는 읽는 게 아니었어. 신성 마법만으로는 아무것도 못 해. 우울해…… 지금은 도적 퇴치에나 전념하자. 그게 본래 일이니까……. 이런 건 전부 윗선으로 떠넘겨."

"돌려보내다를 잘못 말씀하신 것 아닌지……? 그렇게 잘 알면서 아무것도 안 하시나요? 무책임하네요."

"방법이 없잖아! 마도사를 혐오하니까 이런 격차가 생긴 거야. 이걸 내 탓을 하네?"

용사라고 불려도 마나부는 평범하기 그지없는 소년이었다.

많은 사람의 목숨을 짊어질 각오도 없거니와 의협심으로 죽음을 불사하고 돌격할 마음도 없었다. 위험해지면 바로 내뺄 생각이었다.

"근처에 도시가 있었지? 오늘 도적을 못 찾으면 거점을 도시로 옮기자. 다들 지쳤을 테니까 푹 쉴 시간이 필요해."

"어쩔 수 없네요. 너무 해이해지지 않도록 주의도 해놓겠습니다."

"부탁할게……."

그 후, 도적을 찾지 못한 마나부의 부대는 병사들이 쉴 수 있게 가까운 도시로 철수했다.

제12화 아저씨, 메티스 성법 신국으로 ~멸마룡 대탄생~

숲을 빠져나온 제로스와 아도는 가도로 가기 위해 평원을 가로질렀다.

마법부를 사용해 사역마로 공중에서 도시를 찾고 걷기를 한나절.

솔직히, 따분했다.

그래서 두 사람은ㅡ.

"헷헷헷, 형씨, 이건 어떠신가? 이 녀석은 좋은 총이지~."

"64식 소총이라……. 외형은 중후해서 좋지만, 나는 M16이 취향이에요."

"미안해서 어쩌나, M16은 아직 안 만들었어. M4 카빈은 있는데 어떠셔?"

"그냥 평범하게 말하면 안 돼요? 그보다 왠지 하○먼 상사가 갈굴 것 같아……. 권총은 없어요?"

ㅡ바이어&청부업자 놀이를 하고 있었다.

하지만 그들 손에 있는 물건은 평범한 화약을 쓰는 총이 아니었다.

마법을 이용한 폭발력으로 총알을 쏘는, 【마도총】이라고 불릴 물건이었다.

평범한 중화기보다 구조는 간단하지만…… 문제는 위력이었다. 아저씨는 아직 시험 사격을 한 적이 없었다.

"있고말고~, 글록17이야. 그밖에도 발터 PPK와 토카레프도 있다구. 형씨도 좋아하지~?"

"수상한 척 그만해요. 그나저나 용케 이걸 다 만들었네……."

"나도 너무했다고는 생각해. 하지만 후회는 안 해. 모스버그는 시험작과 다소 개량한 버전이 있어. 한 정 줄까?"

"샷건까지……. 종류별로 다 손댔군. 너무 막 나가지는 마세요."

"음~, 만들기 시작했더니 너무 몰두해 버렸어. 그래도 【소드 앤 소서리스)에서 만든 마개조 무기보다 위력은 낮을 거야, 아마······."

아도도 제로스와 비슷한 취미가 있어서 그가 보여주는 총에는 관심이 있었다.

하지만 만약 이 중에 한 정이라도 다른 사람 손에 넘어가면 어떻게 될까. 그로 인해 발생할 사태는 상상만 해도 겁이 났다. 이 세계의 기술력이 삼총사의 시대를 건너뛰고 제1차 세계대전 수준으로 발전할지도 모른다.

기술력이 발전해도 사람의 정신이 함께 성숙하지 않으면 비참한 결과가 기다릴 것이다.

"그러고 보니 메티스 성법 신국의 화승총은 어때요? 제로스 씨는 실제로 봤죠?"

"아, 지금 가지고 있어. 이게 그거야."

인벤토리에서 메티스 성법 신국제 화승총을 꺼냈다.

전장식 총이라서 머릿수를 모으지 않으면 효과를 보기 어렵고 비에 약하다는 약점은 있어도 역사를 바꿔 놓기에는 충분한 물건이었다. 전쟁도 전쟁이지만, 이는 기술력이 크게 도약할 계기가 될 것이다.

"용사는 전쟁의 패러다임을 바꿀 생각인가?"

"그럴 생각이 있는지는 모르지만, 메티스 성법 신국에서 총기가 발달할 건 확실해. 편리할수록 쓰고 싶기 마련이고 개량도 할 테니까. 화약 지식은 용케 수용했네."

메티스 성법 신국은 기본적으로 마도사와 과학자를 거부하는 경향이 있다.

자연을 있는 그대로 받아들인다는 교의가 어중간하게 남은 탓에 심각한 부상으로 사람이 죽더라도 회복용 마법약을 제조하거나 사용하는 것을 엄하게 금지하고 있었다.

화약 생성은 마도사의 분야에 들어갈 텐데 그것을 받아들인 이유가 뭔지 궁금했다.

"마력을 쓰지 않으니까 『이것은 단순한 기술이다!』라고 우기는 거 아니에요? 마법을 사용하지 않으면 뭐든 상관없겠죠."

"억지 논리지만 충분히 그럴만해. 그러면 사실상 마도사의 존재를 긍정하는 꼴이지만……. 하긴, 말기에 들어선 종교 국가에 뭘 바라겠어."

아저씨는 호와 M1500을 들고 메티스 성법 신국을 폄훼했다.

참고로 아도는 M60 경기관총을 어깨에 걸치고 있었다.

"오, 전방에【불도도도】발견."

"아저씨의 호와가 불을 뿜는다~!"

주로 수렵용으로 사용되는 호와 M1500은 해외에도 수출되는 신뢰성 높은 메이드 인 재팬 볼트 액션 라이플이다. 일본 경찰들도 유해 조수 수렵용으로 구비해둔다.

그 형태를 모방한 마도총을 시험할 좋은 기회라며, 아저씨는 즉시 이 볼트 액션 라이플을 조준했다.

【불도도도】는 무식하게 머리가 큰 멧돼지 같은 초식 몬스터였다.

【소드 앤 소서리스】에서 초반의 귀중한 돈벌이 수단으로 자주 사냥하며, 레벨업에도 큰 도움이 됐다. 아저씨의 머리에 그리운 추억이 새록새록 떠올랐다.

"모든 마도총이 그렇지만, 위력은 사용자가 넣은 마력량에 비례해. 과연 어떤 부가 효과가 나오려나……."

"여기서 실험하게요? 마력을 극한까지 억눌러야 하지 않을까요? 우리 마력은 괴물 수준이니까."

"그렇지……. 일격에 가루로 만들고 싶지는 않아. 이웃집 고기 광신도한테 혼나."

"그 꼬맹이 말이구만……. 길에서 꼬치구이를 뜯긴 적 있어요."

"하하하, 아도 군도 피해자였어?"

태평하게 웃으면서도 스코프로 조준하고 최대한 마력을 줄여 호와 M1500으로 저격.

탕!

시끄러운 소리와 함께 총알이 발사되고, 불도도도의 머리가 깔끔하게 터져 버렸다.

"".…….""

상상 이상의 위력이었다. 두 사람은 말을 잃었다.

"……아저씨, 마력 억제했죠?"

"혹시 몰라서 최소한으로 차지했는데…… 우리가 쓰면 위험하겠어~. 생각 없이 쏘면 대폭발이 나지 않을까……?"

"쓸 곳이 없잖아요……. 이런 무기를 어디에 써요?"

"문제는 총알이 아니라고 생각하는데……."

이 마도총은 사용자가 마법을 부여하면 다양한 효과를 발휘하는데, 제로스와 아도의 레벨에서는 잉여 마력이 총알에 부여되어 비정상적인 위력을 발휘하는 모양이었다.

제로스와 아도가 가진 무식하게 많은 마력은 아주 조금만 불어넣어도 이 세계 사람과는 비교가 되지 않는 위력을 낳는다.

심지어 시험작 중 많은 총이 사용자의 마력을 자동으로 흡수한다. 마력 조절이 가능한 호와는 그나마 안전한 편이었다.

만약 그것들을 사용했다면 대체 어떤 결과가 나왔을까⋯⋯.

'이 위력은 너무 위험해!'

괜히 만들었다고 후회하지는 않지만, 죄책감은 느끼는 법이었다.

"혹시 마법 부여 기능이 의도치 않은 방향으로 작용했나? 평범하게 마력으로만 쏠 걸 그랬어."

"그런 기능이 있었어요? 아무튼 검증은 나중에 하죠. 빨리 불도도도를 해체하고 도시로 안 가면 해가 지겠어요."

"그러게⋯⋯. 조금만 서두를까."

두 사람은 불도도도를 빠르게 해체하고 도시를 찾아 헤맸다.

그 후, 다행히 사역마가 가도에 세워진 이정표석을 발견해 현재 위치가 메티스 성법 신국 국경이라는 것과 도시가 있는 방향이 판명됐다.

메티스 성법 신국의 가도를 따라 두 남자가 믿어지지 않는 속도로 달렸다.

그들은 맨몸으로 바람이 되었다. 자동차로 외국의 가도를 달리는 것도 눈에 띄지만, 지금 그들도 굉장히 이질적이었다.

그렇게 두 사람은 무사히 【루나 사크】라는 도시에 도착했다.

◇　◇　◇　◇　◇　◇　◇

루나 사크는 메티스 성법 신국의 최남단에 위치한 도시 중 하나로, 한때 교역 도시로 번영했었다.

왜 과거형이냐면…….

"낙후한 동네구만……. 큰길에 있는 가게가 대부분 빈집이야."

"솔리스테어 마법 왕국과 교역이 끊겼으니까요. 이사라스 왕국에서 광물 자원으로 장사하는 쪽이 훨씬 돈이 될 테니까 상인들이 이 나라에 올 이점이 없죠."

"이사라스 왕국은 당분간 물물교환으로 먹고살지 않을까? 마도식 모토르 캐리지 부품이 제조되면 상당한 경제 효과가 생기겠지만."

"알톰 황국에서도 장사는 할 수 있고 미래도 저쪽이 유망해요. 상인들도 불합리한 통행료를 낼 바에야 관세조차 걷지 않는 솔리스테어를 통과하는 편이 좋고요."

"이 나라는 백성을 착취하는구만. 살기 힘들겠어……."

전부 솔리스테어 마법 왕국과 알톰 황국을 잇는 지하 가도가 개통된 탓이었다. 더불어 국교 단절을 선언한 것이 자충수다.

알톰 황국과 전쟁을 하며 국비를 많이 소모했고, 무리해서 세금을 걷어 성기사단을 재편하니 이번에는 르다 이루루 평원에서 대패.

이 나라 수도인 성도 마하 루타트가 붕괴하면서 쐐기타가 박히고 말았다.

그리고 욕심 많은 성직자는 뇌물과 부패에 찌들어 내우외환 상태에 박차를 가했다. 그 영향은 현재 진행형으로 국경 부근 도시까지 미쳤다.

"우리가 상관할 바는 아니지만…… 묵을 수 있는 여관은 있으려나?"

"그런 말 하지 마요. 엄청 불안하잖아요……."

"변경에서도 높은 세금을 걷나? 이러면 무직자가 늘어서 평범하게 살기도 힘들겠어."

"조만간 폭동이 일어나는 거 아니에요?"

도시 곳곳에서 노숙자로 전락한 사람들이 보였다.

도시로 들어오고 주민의 짐을 빼앗는 강도도 세 명 정도 발견했는데, 마도사의 적진이라서 마법 사용은 자제해야 했기에 돌멩이로 맞춰서 전부 기절시켰다.

"치안이 나빠 보이네. 교역이 끊긴 도시라면 어쩔 수 없나."

"주민들은 비참하겠어요. 나라면 국적을 옮기라고 추천하겠어요."

"정말로 폭동이 일어나겠어. 우리가 떠날 때까지 일어나지 않으면 좋겠는데."

"뭐, 그래봤자 우리랑은 상관없죠."

어차피 남의 일이었다.

하지만 이 나라 주민에게 원한은 없어서 도시의 심각한 상황에 다소 동정심은 생겼다.

일단은 교역 상인도 보이지만, 산토르와 같은 활기는 없었다. 간당간당하게 숨만 붙어 있는 상황이었다.

"폐점한 가게 앞에 노점을 열었네. 저래도 돼요?"

"가게 주인이 따지지 않으면 되지 않을까? 어차피 우리는 이방인이야~. 하루 벌어 하루 먹고 사는 불쌍한 사람들에게 동정밖에

해줄 수 없는 위선자지."

두 사람은 거리를 걸어 중앙 광장에 도착했다.

그곳에는 경비병과는 달리 화려한 장비를 차려입은 기사들이 정렬해 있었다.

"제군, 오랜만에 얻는 휴가다. 오늘부터 3일간, 제군은 자유롭게 행동해도 좋다. 하지만 휴가를 즐길 때도 성기사단으로서 규율과 명예를 잊지 않고 품위를 유지하도록. 절대로 백성에게 폐를 끼치지 마라! 이상이다. 해산!"

"""""와아아아아아아아아!"""""

성기사단의 모습은 낙후한 도시와 어울리지 않았다.

제로스와 아도가 얻은 정보로는 성기사단은 메티스 성법 신국의 정예이며 이런 변경에 있을 리 없는 부대였다.

"왜 성기사단이 이런 변경에……?"

"글쎄~, 인력이 부족해서 동원된 거 아니야?"

"어쨌거나 숙소부터 찾죠. 지금은 성기사단과 엮일 필요가 없으니까."

"당당하게 있으면 괜찮아. 마도사만 로브를 입는 건 아니니까 들키지도 않겠지."

두 사람은 떠돌이 용병인 척 담소를 나누며 숙소를 찾았다.

그리고 얼마 안 가서 숙소를 발견했는데…….

"뭐야…… 이 격차는?"

길을 끼고 마주한 두 숙소를 보고 둘은 할 말을 잃었다.

한쪽은 호화로운 장식이 들어간 고급 숙소, 다른 한쪽은 불쌍할 정도로 허름한 싸구려 숙소였다.

극명한 대비를 이루는 두 숙소는 이 나라 빈부격차의 현실을 보여주는 듯했다.

"……고급 숙소는 안 되겠죠? 우리 복장으로는 문전박대당할 것 같아요."

"소거법으로 싸구려 숙소에 가야겠지만…… 당장에라도 쓰러질 것 같구만."

그 숙소는 너무 허름하고, 너무 더럽고, 그리고 손님이 근처에도 오지 않을 만큼 비상식적으로 낡았다.

나쁘게 말하면 흉가라고 해도 될 수준이지만, 숙소 안에서 먹음직한 냄새가 흘러나왔다.

일단 영업은 하는 모양이었다.

"적어도 식사는 기대해도 되겠어요……."

"반대로 말하면 그거 말고는 기대하면 안 되겠지. 뭐…… 고급 숙소에는 용사가 묵을 테니까 애초에 들어가지도 못하겠지만."

"용사…… 응?"

아도가 돌아보자 여러 기사와 한 여성 신관을 대동한 흑발 소년 기사가 고급 숙소 앞에 서 있었다.

"조금 전까지는 없었죠?"

"아니, 우리 뒤에 있었는데? 너무 쳐다보지 마. 의심 살 짓은 피하고 싶어."

"그러네요……. 그럼 들어가기 싫지만 여기로 할까요? 계속 보고만 있을 수는 없잖아요."

만약을 위해서 두 사람은 몸을 움츠리고 숙소로 들어갔다.

어디까지나 돈 없는 용병이라는 인상을 주기 위해서였다.

모르는 사람에게는 허름한 숙소에 실망한 듯 보이리라.

하지만 두 사람은 누가 뒤에서 쳐다보는 느낌을 받았다. 용사가 수상하게 여기지 않는지 조금 불안했다.

◇　◇　◇　◇　◇　◇　◇

숙소에 들어오자 허름한 외관과 달리 내부는 잘 손질되어 있었다.

술집과 식당을 겸한 1층은 차분한 분위기의 웨스턴 스타일이었다. 몇몇 남자가 식사하는 모습을 보면 의외로 아는 사람만 아는 맛집이라는 인상을 받았다.

"······이거, 제대로 골랐나?"

"그 외관은 뭐였지? 깨끗하게 하면 손님도 올 텐데······."

내장은 깨끗하지만, 외장은 엉망. 너무 큰 차이에 당혹스러울 지경이었다.

"어서 오세요. 숙박이신가요?"

"네. 남자 두 명인데 빈방 있나요?"

"그럼요. 있죠······ 있고말고요. 후후후후······."

숙소 주인 같은 남자는 애수가 감도는 웃음을 지으며 장부를 내밀었다.

기입하라는 뜻이겠지만, 그의 어두운 웃음이 마음에 걸렸다.

"숙박객이······ 적어?"

"아도 군, 예의 없는 질문이야."

"많이 줄었죠. 왜 솔리스테어 마법 왕국과 교역을 끊었을까요? 그 탓에 장사 망했어요. 숙소가 아니라 식당으로 전향할 판이에요…… 하하하."

"생각보다 신가하네. 떠돌이한테는 상관없는 이야기지만."

"용병인가요?"

"그래. 이렇게 상인 캐러밴이 적으면 우리도 일 구하기는 틀렸어."

정체를 들키지 않게 무난한 대화를 나누며 숙박 명부를 작성하고, 선금을 내고 열쇠를 받아 방으로 왔다.

여관방도 밖에서 보던 것과 달리 멀쩡했다.

"아깝네. 외관 말고는 정상적인 숙소네요."

"교역상을 상대하던 숙소인가 봐. 상인이 오지 않으면 자연스럽게 손님도 줄겠지. 대책 없는 정치의 영향은 심각하구만."

"어쨌거나 편히 쉴 수 있어서 좋네요. 내일부터 또 조사해야겠지만."

"오늘 밤은 일찍 잘까. 수면 시간은 길수록 좋잖아?"

"찬성. 밥 먹고 빨리 잘래요. 벌써 졸려요."

야영을 할 때는 주변을 경계해야 해서 자연스럽게 얕은 잠을 자게 된다. 게다가 추위로 수면을 방해받아 자고 나서도 피로가 풀리지 않는다.

"하루 이틀 밤새운다고 무슨 호들갑이야? 6일 연속 세 시간 수면보다는 낫잖아."

"뭐 하는 악덕 기업이에요? 내가 나폴레옹도 아니고, 그런 생활은 못 견뎌요."

"아, 서민의 혁명가[#8]?"

"소주 말고요! 상품 이름도 다르잖아요! 왜 코냑이 아니라 그쪽이야?!"

"그야, 일본인이니까☆"

두 사람은 시답잖은 농담을 나누며 방에서 쉬었다.

마침 그 아래에서 숙소 주인이 오랜만에 손님이 왔다며 춤을 추고 있었지만, 아저씨와 아도가 그것을 알 리 없었다.

◇　◇　◇　◇　◇　◇　◇

마수의 낙원이자 수라도의 땅, 파프란 대산림 지대.

그곳 한쪽에서, 검은 짐승은 난처해하고 있었다.

왜냐하면—.

「「「「「「왜 더 찐 거야아아아아아!」」」」」」

—다이어트에 실패했기 때문이었다.

아니, 정확하게 말하면 조금 사정이 달랐다.

이 짐승은 마물에 용사의 혼이 빙의해 다른 마물의 인자를 흡수하다가 비대해진 존재였다. 쉽게 말하면 흡수한 세포가 폭주한 것이었다.

많은 인자를 흡수한 결과, 서로 다른 세포가 폭주해 암세포처럼 증식하고 말았다.

게다가 생물이라는 범주에서 완전히 벗어나서 생체 구조가 일정하게 유지되지 않으므로 앞으로도 계속 불어날 것이다.

요약하자면 다이어트는 전부 무용지물이었다.

『누가 몰래 군것질했어!』

『기억이 동조됐잖아, 아무도 안 먹었어!』

『진짜 싫어~! 이런 꼴로 창피해서 어떻게 다녀어어어어어!』

『도와줘, 요시노오오오오오오오오!』

『결국 움직일 수 없는 지경에 이르렀군…….』

『공이 따로 없군. 머리에 포신[#9]이라도 달까?』

몸 곳곳에 붙은 얼굴이 저마다 한탄했다.

드래곤 같던 모습이 이제는 완전히 뒤룩뒤룩 살찐 고기 풍선이 되어 버렸다. 이러면 걷는 것보다 굴러다니는 편이 빠를 것이다.

간신히 구분되는 조그마한 팔을 허우적대지만, 그 외의 부분은 전혀 움직이지 않았다.

겉으로만 보면 상당히 우스꽝스러운 광경이었다.

"……뭐지? 참 불쌍한 녀석들이 다 있구먼."

『『『『『……?!』』』』』

불시에 들린 한심함과 연민 섞인 목소리에 용사들의 혼은 한순간 머리가 멈췄다. 동시에 여러 눈알로 그 존재를 인식했다.

달을 등지고 하늘에 떠 있는 한 명의 소녀.

#9 머리에 포신 애니메이션 「기동전사 건담」에 등장하는 작업용 모드 「볼」. 공처럼 둥글고 머리에 포신이 달렸다.

은백색 뿔과 금색 날개를 가진 그녀는 도저히 생물이 낼 수 없는 기운을 내뿜고 있었다. 거기서 느껴지는 것은 압도적인 두려움과 위압감.

거스르면 안 된다라고 본능이 경종을 울렸다.

"흠, 그대들은 4신이 소환한 항체…… 용사가 맞이한 말로인가? 그거참 희한한 모습이 되었구먼……."

『아니, 누구는 좋아서 이렇게 됐나…….』

『도와주세요. 움직이질 못하겠어요오오~!』

『그보다도…… 저건 고스로리 의상?!』

『이런 카리쮸마…… 아니, 카리스마가 있다니!』

『귀여워…….』

『집에 가져다 놓고 싶다…….』

『한 번만 핥아봤으면…….』

⊓⊓⊓경찰 아저씨이이이! 이 인간들이에요!⊔⊔⊔

사정을 이야기하려는 자와 필사적으로 도움을 청하는 자, 혹은 특수한 취향에 눈뜬 자가 저마다 한마디씩 했다.

개중에는 『복수』라느니 『사신을 죽인다』라느니 원한을 토해내는 자들도 많아서 알피아는 대략적인 사정을 파악했다.

이 우스꽝스러운 짐승은 자신과 같은 뜻을 품었다.

"대충 알았다. 그대들은 4신과 자신을 이용한 자들에게 복수하고 싶은 게로군? 허나 그런 꼴로는 움직이지도 못하겠지. 그래서 내게 도움을 청한 거고……."

『어떻게든 안 돼?!』

『부탁할게, 우리 몸을 고쳐줘!』

『복수하게 해줘! 그러지 않으면 억울해서 죽지도 못해!』

『벌써 죽었지만.』

『ᎦᎦᎦᎦᎦ이 원한을 우리 손으로 풀게 해줘!』ᒥᒥᒥᒥᒥ

증오 하나만큼은 확실히 일심동체였다.

알피아도 그들의 혼을 바로잡아야 하는 입장이었고, 개인적으로도 그들을 가엾게 생각했다. 하지만 현시점에서는 방법이 없었다.

그래도 어떤 관점에서 그들은 유용한 존재라고도 할 수 있었다.

"그럼 나와 거래를 할까?"

『ᎦᎦᎦᎦᎦ거래?』ᒥᒥᒥᒥᒥ

"그래. 나는 4신에게서 힘을 되찾아야 해. 한 마리는 봉인했지만, 남은 세 마리가 어디 숨었는지 모르는 상황이지. 내 힘이 너무 강해서 오히려 찾을 수가 없어."

『거래라면 우리에게도 뭔가 이득이 있는 건가?』

"이해력이 좋은 자가 있군. 그렇다. 4신에게서 힘을 되찾으면 나는 그대들을 원래 세계로 되돌려줄 수 있다. 원래 육체로 부활할지 새롭게 환생할지는 각 세계의 신들이 정하겠지만."

요컨대 4신을 끌어내기 위한 미끼였다.

그것들도 딴에는 신이라서 사신만큼은 아니지만 이 세계를 위협하는 불순물을 제거해야 한다는 본능을 가졌다.

인간이 감당할 수 없는 경우에 한해서 4신이 방어에 나서야 한다는 시스템을 역이용할 속셈이었다.

『물론 그것들은 세계 관리 기능이 고장났나 보지만.』

4신은 시스템적으로 문제가 있는지 세계를 관리하고 유지할 생각이 추호도 없어 보였다.

알피아가 아무리 세상을 위협해도. 4신은 봉인이 하나 풀려서 더욱 강해진 알피아 앞에 절대로 나타나지 않을 것이다.

이길 수 없는 상대와 싸우기보다【성역】으로 도망쳐 틀어박힐 가능성이 컸다. 그래서 남은 세 여신을 유인하려면 적당한 미끼를 던져야 했다.

그 점에서 이 용사들의 혼은 적절한 힘을 가졌으면서 4신교에 대한 원한도 있었다. 더군다나 그들은 알피아가 언젠가 거둬들여야 하는 존재이기도 했다.

서로의 이해관계가 일치했다.

"내가 그대들을 이용하는 것처럼, 그대들도 나를 이용해라. 기브 앤 테이크다."

『……정말로 우리를 구해줘?』

『녀석들은 우리를 실컷 이용해 먹고 죽였어! 당신은 다르다는 거야?』

『어떡하지? 나는 믿어도 된다고 생각해.』

『어차피 이대로는 방법이 없어. 큰맘 먹고 결단할 수밖에.』

"내가 완전체가 되면 이 세계에 소환된 자들의 혼을 모두 회수할 수 있어. 그 후에는 선별해서 원래 세계로 돌려보낼 뿐이지. 완전체가 되면 크게 어려운 일도 아니야."

알피아의 말은 사실이었다.

하지만 그것을 증명할 수단이 없었다. 결정은 용사들의 의지에

달렸다.

용사들은 잠시 생각하다가— 이윽고 결단했다.

『힘을 빌려줘. 우리는 원래 세계로 돌아가고 싶어.』

"좋다, 계약이 성립됐군. 이건 서약이자 맹약이기도 하다. 그대들의 혼에 힘을 나눠주지. 싸우기 좋은 모습을, 그대들이 상상하는 강자를 마음에 그려라."

거대한 고기 풍선에 손을 댄 알피아는 힘을 불어넣으며 생체에 간섭했다.

우득우득 징그러운 소리를 내며 골격이 변하고 근육이 본디의 모습으로 수축한다.

동시에—.

『끼야아아아아아아아아아아아아아아악!』

—용사들은 격통에 시달렸다.

기괴한 육체가 생물의 모습으로 바뀌고 무수한 혼이 정착되며 오감을 되찾은 결과였다.

몸이 뒤틀리는데 격통이 따르는 것이 당연했다.

머지않아 고기 풍선은 한 마리의 거대한 생물로 탈바꿈했다.

『크오오오오오오오오오오오오오오오오오!』

대산림 지대에 울려 퍼지는 우렁찬 포효.

그 모습은 드래곤에 가깝고 몸통은 뱀처럼 길었다. 팔은 크고 작은 것이 총 네 개에 뒷다리 또한 네 개. 그리고 온몸이 칠흑빛 비늘로 뒤덮였다.

악마 같은 짐승은 두 쌍의 날개를 퍼덕여 밤하늘로 힘차게 날아

올랐다.

"그대들은 복수의 마수, 신을 참칭하는 어리석은 자를 벌할 단죄의 짐승. 이게 세계의 의지다. 나 알피아 메이거스가 그대들의 복수를 긍정하마. 4신과 그를 따르는 자들에게 나의 뜻에 따라 심판을 내리도록 하라. 지금부터 그대들의 이름은【멸마룡 재버워크】다!"

다시 포효하는 멸마룡 재버워크.

힘차고 거대한 몸이 천공에 춤추고, 압도적인 위압감이 주변 일대의 마물을 두려움에 떨게 했다.

『힘이…… 솟아올라.』

『할 수 있어…… 죽일 수 있어!』

『복수의 시간이 왔다…….』

『몸에 익숙해지도록 강한 녀석과 붙어보자.』

『좋아. 이 힘이 어느 정도인지 알아야 해.』

『어디에 베헤모스나 드래곤 없나?』

비늘에 떠오른 인면이 앞으로 할 행동을 상담했다.

그리고 다시 태어난 몸의 능력을 알아보기 위해 용사들은 흉악한 마물을 찾아 나섰다.

"떠났나……. 흠, 우선 몸에 익숙해지려는 모양이군. 냉정한 판단이야. 믿음직하구먼. 좋아, 오늘 나는 좋은 일을 했어."

사신은 날아가는 마룡을 바라보며 무척 흡족하게 고개를 끄덕거렸다. 완전체가 될 날이 가까워졌다고 확신하고 마음에 여유가 생긴 듯했다.

그리고 그건 4신의 제삿날도 다가온다는 뜻인데—.

멀마롱 재버워크가 메티스 성법 신국을 습격한 것은 이날로부터 약 3개월 뒤였다.

 ## 제13화 아저씨, 경종 소리에 깨다

교역을 생업으로 삼은 상인은 몇 번이고 야영을 하며 다음 도시로 간다.

주로 상인 2~5그룹이 캐러밴을 짜고, 저마다 고용한 용병들을 호위로 붙여서 협력하며 위험한 여행을 계속한다.

이날도 세 상인 그룹이 캐러밴을 형성해 달빛 없는 밤하늘 아래에서 캠핑하고 있었다.

"……불길한 밤이군."

"뭐야? 겁먹었어?"

"아니…… 뭔가 묘한 느낌이 들어. 내 감은 틀린 적이 없어."

"아, 그러셔~? 그거 대단하네. 도박하면 퍽이나 잘 따겠군?"

"그런 게 아니야. 그냥 이 감이 발동했을 때는 꼭 위험한 일이 일어나. 경계해서 손해 볼 것 없어."

"그러니까 겁먹었다는 말이지?"

"아니야! 믿기 싫으면 안 믿어도 돼. 나는 여기서 도망치련다."

상인이 고용한 용병들은 협력해서 교대로 불침번을 선다. 그런데 그중 한 용병이 난데없이 몸속부터 끓어오르는 형용할 수 없는 불안을 느끼고 수선을 떨었다.

다른 상인을 호위하는 용병들은 그를 놀렸지만, 20년 넘게 이 감을 믿고 따른 남자는 개의치 않고 옆에서 자는 동료를 깨웠다.

"야, 일어나!"

"아얏?! 뭐, 뭐야? 교대야? 나 참…… 좀 살살 깨워."

"아니야, 다른 녀석들도 깨워! 이유는 말할 수 없어. 지금 당장 여기서 도망쳐야 해."

"응? 아…… 그 감이야?"

"그래…… 굉장히 안 좋아. 여기 있다간 죽는다는 생각을 떨칠 수 없어."

"알았어. 다른 애들을 깨울게. 계속 경계하고 있어."

오래 함께한 용병 동료는 바로 행동에 들어갔다.

그들의 행동은 신속했다. 의뢰인인 상인 가족을 깨우고 다른 파티 멤버와 함께 마차에 말을 연결하고 이곳에서 철수할 준비에 들어갔다.

자는 상인 말고는 모두 그의 감이 얼마나 잘 맞는지 알고 있었다.

오래 함께한 사람일수록 그 사실을 몸소 경험했다.

"웬 난리예요, 이런 한밤중에……."

"잔말 말고 이동할 준비해. 여긴 위험해!"

"다른 사람들은 가만히 있는데요?"

"다른 사람은 신경 쓰지 마, 살고 싶으면!"

그 험악한 반응 때문에 상인은 마지못해 승낙했다.

다른 용병에게도 말을 걸었지만, 그들은 코웃음 치며 충고를 무시했다.

그 판단이 생사를 가르리라고는 아무도 생각하지 못했고, 남자는 그들을 무시하고 철수 작업을 서둘렀다.

"준비됐어!"

"좋아, 지금 당장 이동한다!"

"그 감이구나……. 덕분에 여러 번 살아남았지만, 솔직히 밤샘은 피부에 안 좋은데."

"죽으면 미용이고 나발이고 소용없어."

"나도 알아."

이해심 있는 믿음직한 동료들이었다.

그들은 의뢰주인 상인을 데리고 두 마차를 끌며 그곳을 벗어났다.

그와 동시에 평원에서 꿈틀거리는 무언가를 발견했다.

"이, 이봐…… 저거…….."

"……좀비인가?"

말라 버린 몸. 하지만 눈은 이질적인 빛으로 빛났다.

평범한 좀비라면 비틀대는 걸음걸이로 몽유병 환자처럼 배회하지만, 이 좀비들은 이상하게 빨랐다.

그것들이 조금 전까지 있던 캠프장으로 몰려갔다.

"으아아아아아아아아아아아아아악!"

"오, 오지 마…… 끄아아아아아아아아아아아아!"

"사, 살려……."

남자의 충고를 듣지 않은 용병들은 습격받았고, 의뢰인 상인 가족도 좀비에게 붙잡혀 목숨을 잃었다.

아니, **그들은 좀비의 동료가 되었다.**

위기에 민감하지 못한 자는 오래 살지 못한다.

그들은 생존 가능성을 스스로 포기한 것이다.

"……대, 대체 몇 마리야?"

"세상에…… 저게 다 뭐야……?"

"감이 맞았군……. 이건 위험해……."

고삐를 잡은 마부 말고는 캠프장의 처참한 상황을 보고 할 말을 잃었다.

하지만 이것으로 끝이 아니다. 좀비 같은 언데드는 산 자의 생기를 감지해 공격한다.

즉, 다음 표적은 자신들이다.

"무거운 짐은 버리는 게 좋겠군."

"버, 버리다뇨? 이걸 못 팔면 우리 상회는……."

"일단은 살고 봐야지! 저것들이 사라지고 찾으러 오면 돼."

"큭…… 하지만 그러면 의뢰비도 못 드려요."

"어쩔 수 없지. 우리도 죽기는 싫으니까. 이 사실을 도시에 알리고 정보료를 받아야지."

물불 가릴 상황이 아니었다. 그들은 살아남기 위해서 짐을 버렸다.

그 덕분이었을까, 상인 가족과 용병들은 다음 날 무사히 도시에 도착했다.

루나 사크라는 도시에―.

◇　◇　◇　◇　◇　◇　◇

　시체에 빙의한 샤란라와 악령들은 커다란 문제에 직면했다.

　좀비에 빙의해 사람을 덮치고, 그 피해자로 옮겨 타서 도시에 침입할 생각이었는데 좀비들이 말을 듣지 않았다. 오히려 본능에 따라 닥치는 대로 생물을 덮칠 정도였다.

　하루 만에 마을 세 곳을 습격하고 생명이 많은 곳을 목표로 제멋대로 이동을 개시했다. 심지어 동료를 늘리면서. 진군 속도는 무섭도록 빨랐다.

　『누님…… 어떡하죠?』

　『감당이 안 돼. 다른 도시로 가자.』

　『저건 그냥 놔두고요?』

　『방법이 없는 걸 어떡해? 그보다 우리는 목적이 있잖아. 저런 좀비랑 같이 다니면 사냥감이 도망쳐!』

　『그건 그래요. 그럼 가도를 따라가서 다른 도시를 습격하죠.』

　샤란라와 악령들은 다른 도시를 찾아 떠나기로 마음먹었다.

　하지만 이들은 이때 미처 알아차리지 못했다.

　자신들도 인격에 이상이 생겨 마물로 변하기 시작했다는 사실을——.

　육체를 얻어 부활할 생각이었건만, 어느새 생물을 덮치는 것 자체가 목적으로 변하기 시작했다.

　그리고 또 하나의 문제가 발생했다.

　『헷. 미안하지만 여기까지야. 너희는 알아서 도망쳐. 우리는 우리 마음대로 할 거니까.』

『잠깐, 너희! 나를 배신하겠다는 거야?』

『왜 내가 여자 밑에 있어야 해? 나는 여자 위에 올라타는 걸 좋아해. 그리고 살아날 방법을 알았으니까 댁을 따를 이유도 없어!』

『잠깐만!』

예상 밖의 배신이었다.

일부 혼이 샤란라의 의지에 반항하며 분리되어 다른 좀비에게 빙의했다.

악령군은 어차피 혼의 집합체라서 두뇌인 혼에게 반발하면 드물게 이런 분리 현상이 일어났다.

결과적으로 힘은 절반 수준으로 떨어지고 말았다.

분리한 악령들은 쉬지 않고 달리는 좀비에게 들어가 어둠 속으로 사라져 갔다.

『선수를 쳤군. 재주도 좋아.』

『쳇, 어쩔 수 없군. 다음 기회를 노려야지.』

『빨리 어디 도시나 덮치자고.』

『너희…… 기억해두겠어!』

샤란라에게 인망은 없었다.

이른 아침.

숙소에서 자던 마나부를 루나 사크의 경비병이 급히 깨웠다.

졸린 눈을 비비며 1층으로 내려가자 수비대 단장으로 보이는 남

253

자가 공손하게 머리를 숙였다.

"무슨 일 생겼어요? 후아암~."

"네. 조금 전에 상인 마차가 이 도시로 도망쳐 왔습니다."

"마물한테 공격이라도 받았나?"

"……좀비 대군입니다."

"……응? 좀비?"

마나부가 아는 좀비는 그렇게 강한 몬스터가 아니었다.

던전에서도 잡졸 중의 잡졸이고, 머릿수를 모아 달려드는 지능도 없었다.

움직임도 느려서 경험치를 벌기 편한 몬스터라는 인식이었다.

하지만 그 지식은 옳지 않았다.

언데드도 변이체처럼 개체에 따라 능력 차이가 있었다.

"좀비라면 그렇게 강한 몬스터가 아니지 않나?"

"그게, 도망친 용병들의 말에 따르면 무섭도록 빠르다고 합니다. 마차를 쫓아올 속도였다고……."

"마차를?! 음…… 이런 패턴이면 육체의 리미터가 풀린 건가?"

"들은 이야기로는 상인 두 그룹과 그들을 호위하던 용병들이 공격받았고, 먼저 위험을 감지하고 도망친 그들도 쫓아왔다고 합니다."

"그거, 구울 아니야?"

"구울은 신체가 부패하지 바짝 마르지는 않습니다. 그리고……
좀비 중에는 심하게 육체가 손상된 개체가 있었다고 합니다."

"……설마 이미 다른 마을을 덮쳤나?"

좀비 같은 언데드는 시체에 악령이 빙의한 마물인데, 본래 동료를 늘리지는 않는다.

아니, 정확히는 할 수 없어야 한다.

영체가 시체에 빙의해서 변이한 마물이기 때문에 동료를 늘리려면 다른 영체가 필요하다. 그런데도 그것들이 늘어나는 이유는 언데드 특유의 독기가 주변 악령을 불러 모아 희생자의 혼을 오염시키기 때문이다.

대항하려면 신관이나 사제의 【정화】가 효과적이지만, 원래 마력이 없으면 시간이 지나면서 자멸하므로 사실상 크게 위협적이지 않은 마물이다.

"좀비는 뇌가 썩어서 별로 강하지 않지?"

"무리를 지어 이동한다면 던전에 나오는 좀비와는 명백히 다릅니다."

"꼭 영화에 나오는 좀비 같네……. 어떤 우산이라도 팔 것 같은 회사가 바이러스라도 뿌렸나? 바이오해저드를 일으켰다거나…….'

"네?"

던전이나 자연에서 발생한 좀비와는 명백히 거동이 달랐다.

마차로 도망치는 자를 달려서 쫓아오는 좀비. 마나부가 기억하는 한 적어도 그런 개체는 만난 적이 없었다.

"그 용병들이 도망쳐 온 방향을 집중 감시해. 그리고 반대 방향에 마을이 있다면 파발로 피난 권고를 보내야 할 거야."

"그렇군요……. 그럼 당장 실시하겠습니다."

"응, 피해가 나오기 전에 행동해줘. 이 도시에서 방어해도 다른 곳으로 흘러간 좀비가 다른 마을을 공격할지 몰라. 경우에 따라서는 농성전이 될 거야."

"알겠습니다. 그럼 농성전 준비를 하도록 전달하겠습니다. 우리는 지금부터 용사님 지시에 따르겠습니다."

"도시 영주에게도 전해줘. 부탁할게."

경비병은 숙소를 나가 바로 경비대로 달려갔다.

이곳에 용사가 있는 한, 모든 명령권은 영주보다 용사인 마나부가 우선된다.

이게 메티스 성법 신국의 규칙이었다.

'그나저나……'

달리는 마차를 쫓아올 만큼 빠른 좀비.

이야기가 사실이라면 영화에서 본 좀비에 가까웠고, 불길한 예감밖에 들지 않았다.

어떤 영화를 떠올린 마나부는 몸을 부르르 떨었다. 픽션에서도 충분히 무서웠는데 그런 사건이 현실에서 일어났다는 것을 듣자 공포감은 더욱 커졌다.

'설마 전생자의 소행은 아니겠지?'

목적을 알 수 없는 전생자는 분명히 수상하지만, 언데드를 만드는 사람이 있다고는 생각하고 싶지 않았다. 인격이 파탄난 인간이 아닌 한 좀비 따위 만들 리가 없다.

그리고 전생자가 원인이라는 증거도 없으니까 현시점에서는 그저 억측에 불과하다고 도중에 깨달았다.

'그렇다면 자연 발생형 좀비인가? 아, 왜 이렇게 귀찮은 일이 연달아 생기는 거야!'

성도 마하 루타트가 붕괴된 후로 인명 구조와 치안 유지 활동, 더 나아가 마물과 도적 퇴치까지. 요즘 용사들은 눈코 뜰 새 없이 바빴다.

거의 쉴 틈도 없이 동분서주하고, 이제는 내정 관련 서류까지 정리하라고 던져준다.

솔직히 이런 악덕 국가에서 당장 떠나고 싶었다.

이미 용사는 4분의 1밖에 남지 않았고 행방불명된 자들은 사실상 전사자 취급이었다. 타국을 조사하러 간 용사들도 이런저런 핑계를 대며 메티스 성법 신국으로 돌아오려고 하지 않았다.

솔직히 말해서 일손이 부족했다.

'타나베든 이치죠든 상관없으니까 누구라도 돌아와주면 안 되나…… 하아.'

마음이 약해져도, 푸념을 늘어놔도 상황은 바뀌지 않는다.

마나부는 세상의 부조리를 실감하며 방으로 돌아와 옷을 갈아입었다.

그 무렵, 모 아저씨는 맞은편 숙소에서 퍼질러 자고 있었다.

루나 사크는 도시 정문을 폐쇄하고 즉시 비상 경계 태세에 들어갔다.

경비대와 수비 기사대가 부산하게 뛰어다니며 방어전을 준비하고 있었다.

동시에 용병 길드에도 소식이 전달되어 마치 전쟁에 돌입한 것 같은 분위기였다.

"보충할 화살은 어디 있어!"

"보관된 게 전부입니다! 그게 마지막이에요."

"젠장, 예산 삭감이 이럴 때 발목을 잡는군! 높으신 분들한테 책임을 물을 거야."

마하 루타트 붕괴로 정치 상황이 불안정해지고 르다 이루루 패전의 영향이 아직 발목을 잡고 있었다.

어디나 인력이 부족하고 예산이 줄어든 상황에 가장 피해를 받은 곳은 군비였다.

또한, 마법약이 금기시되는 탓에 신관과 사제는 비상시 후방에 대기하는 경우가 많았다.

신성 마법을 쓸 수 있는 기사도 성기사단 소속이 되기 때문에 수비 기사들은 회복 수단이 없어 죽을 맛이었다.

좀비 무리의 수가 판명되지 않은 이상, 이쪽에서 치고 나갈 수도 없었다.

"그래도 상대가 좀비라서 다행이야. 기껏해야 움직이는 시체니까 별로 강하지는 않아."

"그러게요. 이 【화승총】도 조금 더 보급되면 편할 텐데 말이죠."

"화약 제조가 어렵다고 해. 이것만은 어쩔 수가 없어."

"좀비에게 통할까요?"

"몰라. 하지만 없는 거보단 낫지."

이때, 경비병과 수비 기사들은 어차피 좀비에 불과하다며 상황을 낙관하고 있었다.

그들에게도 좀비라는 마물은 약하다는 인식이 퍼져 있어서 수가 많아도 고전하지는 않으리라 생각했다. 그 인식은 틀리지 않았다.

적어도, 어제까지는.

"용병들은 준비됐어?"

"아침부터 소집했지만, 수가 적어요. 한 150명은 되려나."

"흠…… 어느 정도 청소는 되겠군. 한 명당 열 마리는 쉽게 잡을 테니까."

"농성전을 하는 의미가 있을까요?"

"용사님의 명령이라잖아. 우리가 뭘 어쩌겠어. 그래도 금방 끝나겠지."

문 앞에는 소집한 용병들이 대기하며 적이 오기를 손꼽아 기다리고 있었다.

이웃 국가에서 교역이 끊기면서 그들도 일거리를 많이 잃었다. 여기서 돈을 벌지 못하면 생활이 어려워진다.

상인 호위는 신용이 쌓인 사람밖에 받지 못해서 건달 예비군 같은 자들은 언제나 가난에 쪼들렸다. 오늘 마실 술값조차 없는 사람도 있었다.

"보인다! 동쪽에 제1군."

감시병이 첫 번째 좀비 무리를 확인했다.

그 보고는 바로 지휘관에게 전해졌다.

"왔나. 선봉의 수는 얼마인가?"

"약 20마리, 현재 보이는 좀비는 그리 많지 않습니다."

"흠……용병들을 먼저 보내서 상황을 볼까."

루나 사크 주변은 풀이 울창하게 자란 평원이었다.

숲도 몇 군데 있어서 별동대가 올 가능성을 배제할 수 없었다.

그리고 하나 더 문제가 있었다.

그것은—.

'고작 좀비 상대로 신중하기 짝이 없군. 용사라고 해봤자 어차피 꼬맹이야. 여기서 공적을 쌓으면 진급할 수 있을지도 몰라.'

—수비 기사대를 이끄는 대장이 출세욕이 있다는 것이었다.

본래 총지휘관인 용사 마나부에게 지시를 구해야 하는 입장이지만, 그는 출세욕이 앞서서 독단으로 결정을 내려 버렸다.

"용병들을 보내라! 초기에 적의 수를 줄이겠다."

"괜찮겠습니까? 일단 용사님의 지시를 기다려야 하는 게……."

"용사를 번거롭게 할 순 없다. 최근 도적 퇴치로 피곤하실 테니까 조금 쉬고 계시라고 하지."

"아, 알겠습니다……."

그리고 폐쇄한 문을 열고 용병들이 선발대로 출진했다.

그 모습을 지켜보던 감시병은 곧 놀라운 광경을 목격했다.

문으로 나간 용병들은 곧장 좀비에게 달려가고 있었다.

하지만 갑자기 풀숲에서 다른 좀비가 나타나 용병들에게 일제히 달려드는 것이었다.

"뭐야?!"

그 수가 천을 넘었다.

자세히 보니 동물형 좀비부터 고블린, 오크 좀비까지 보였다.

그것들은 순식간에 용병들에게 달려들어 풀숲을 피로 적셨다.

"으아아아아아아아아아아아아악!"

"사, 살려주…… 컥."

"헉?! 이것들은 뭐야?!"

"오지 마, 오지 마아!"

눈 깜짝할 새에 용병 선봉대는 전멸했다.

그리고 좀비 무리는 루나 사크를 향해 쇄도했다.

"이런! 당장 문 닫아!"

좀비의 속도가 이상하리만큼 빨랐다.

아슬아슬하게 문은 닫았지만, 이미 밖은 좀비로 뒤끓었다.

게다가 방금 죽은 용병의 시체도 일어나서 새로운 적이 되어 무리에 합류했다. 결국 적의 수만 불려준 꼴이었다.

"어떻게 된 거지……? 좀비화가 너무 빨라!"

"대체 뭐야, 이것들은……. 말이 안 되잖아?!"

그들이 아는 상식에서 벗어나 있었다.

이 세계에 사는 많은 사람은 알지 못했다.

그것은 좀비를 낳은 원흉 또한 마찬가지였다.

지금 습격하는 좀비는 희생자를 확실하게 좀비로 만들었다.

그것도 용병들이 대항할 수 없을 만큼 강하며, 개중에는 능숙한 검술을 구사하는 좀비까지 있었다.

이는 틀림없는 이상 사태였다.

"화, 화살을 쏴라! 불화살이다!"

"예!"

초조해진 경비병과 기사들이 좀비에게 효과적인 화공을 시도했다.

성벽 위에서 좀비에게 불화살이 발사됐다.

하지만—.

"왜 안 타……?"

"타죽기는커녕……."

"그래…… 불로 몸을 감싸잖아?! 이게 대체 뭐야?!"

전신에 불이 붙었는데도 좀비는 타죽지 않았다.

아니, 불타 사라지는 좀비도 있었지만, 반대로 불을 받아들여 자기 힘으로 사용하는 좀비가 많았다.

"아이고, 벌써 시작됐네. 왜 나한테 연락을 안 했어?"

"요, 용사다……."

"용사님이 오셨다!"

용사가 이끄는 성기사단.

메티스 성법 신국의 최강 부대이자 모두가 신성 마법을 사용하는 엘리트 집단이었다. 그들의 존재가 이곳에 있는 자들에게 희망을 안겨줬다.

"상황은…… 나빠 보이네. 약점인 불이 효과가 없군. 그럼 정화할 수밖에 없나……. 정화 준비해. 사정거리가 짧으니까 조준 잘하고."

""""""예!""""""

용사가 한발 늦게 좀비 방어전에 참전했다.

◇　◇　◇　◇　◇　◇　◇

―땡! 땡! 땡!

루나 사크에 경종 소리가 울려 퍼졌다.

"……무슨 일 있나?"

"뭐가 이리 시끄러워…… 잘 자고 있었는데."

"아도 군, 아침에 못 일어나는 편이야? 기분이 엄청 안 좋아 보인다?"

"야영하다가 겨우 침대에서 자는데 이런 식으로 깨봐요. 당연히 기분이 안 좋죠."

"겨우 이틀 야영한 거로 호들갑은."

숙소에서 자던 제로스와 아도가 단잠에서 깨어났다.

솔직히 더 자고 싶었지만, 이토록 시끄러우면 다시 잘 생각도 들지 않았다.

"무슨 사고라도 났나…… 응?"

커튼을 걷어 거리를 살피자 어제 본 용사가 완전 무장으로 숙소에서 뛰쳐나가는 모습이 눈에 들어왔다.

"음…… 어제 본 용사가 서둘러 나가는구만. 상당히 위험한 일이 터졌나 본데?"

"그 미라인지 좀비인지, 그거 **제조기**라도 나왔나?"

"제조기인지 뭔지 모르겠지만, 그럴지도 모르지. 이쩔래? 보러 갈까?"

"가기 싫지만, 가야겠죠? 이것도 일이니까……."

"그렇긴 해……."

의욕도 패기도 없는 아저씨들이었다.

하지만 이것도 일이었다.

공작가의 의뢰를 받고 일을 내팽개치자니 후환이 두려웠다.

무엇보다 델사시스 공작의 첩자가 어디에 숨어있을지 모를 일이었다.

영지 밖의 기밀 정보까지 입수하는 델사시스 공작이 두 사람의 태만을 모를 리 없다는 생각이 들었다.

그리고 감시가 없어도 어디선가 정보를 얻을 가능성은 충분히 있었다.

"그 사람이랑 적대하기는 싫어요. 귀찮아도 단서를 찾으러 가야죠."

"적으로 돌리기에는 너무 무서운 사람이니까. 포기하고 일이나 하자……."

"졸리지만 말이죠~."

"졸리지만 말이지……."

"".......""

따뜻하고 폭신하고 침대는 두 사람의 의욕을 송두리째 앗아갔다.

잠시 넋을 놓고 있었지만, 어쩔 수 없이 함께 옷을 갈아입었다.

그동안 두 사람은 잠기운 때문에 한마디도 하지 않았다.

"……앗, 그러고 보니 총 사용법을 알려줬던가?"

"엉? 마력을 불어넣어서 안전장치를 해제하고, 방아쇠를 당기면 알아서 총알이 나가는 거 아니에요?"

"생긴 건 총이지만, 구조가 좀 달라. 약실 내부의 마법식을 발동해서 총알을 쏘니까 기본적으로 탄피가 필요 없어. 그래서 총알 수도 많고. 샷건은 또 별개지만."

"음…… 사용자의 마력을 소비해서 쏜다는 얘기는 했었죠. 마력을 너무 넣어도 위험하다고 했던가?"

"그리고 마법을 총알에 부여할 수 있다고도 설명했지? 철과 납을 쓴 합금에 마석 가루를 섞었으니까 착탄하는 순간 마법이 발동할 거야."

"그거, 위험하지 않아요? 우리 마법이 부여됐다가는……."

마법 위력에 상관없이 총알 한 발당 마법 하나를 부여할 수 있었다. 게다가 단발 마법부터 광범위 마법까지 종류에 제한도 없었다.

지구의 총에 비해 위력이 상당히 위험한 물건이었다.

"마석이 들어간 총알은 많이 만들지 못해서 기본은 납탄이야. 그래도 위력은 마력에 따라서 높아지니까 아도 군도 사용할 때 충분히 주의를 기울여."

주절주절 이야기를 주고받으며 두 사람은 숙소 계단을 내려갔다.

그러자 영업시간인데도 숙소 주인이 허둥지둥 문을 닫고 있었다.

"손님, 큰일 났습니다!"

"무슨 일이죠?"

"도시에 비상경계령이 떨어졌어요. 주민은 집 밖으로 나오지 말라고 경비병이 주의하고 갔어요."

"비상경계? 전쟁이라도 터졌어?"

"자세한 상황은 모르지만 좀비 대군이 도시로 쳐들어왔답니다.

혹시 모르니까 모든 문을 걸어 잠그고 밖으로 나오지 말라네요. 이러면 오늘 장사도 종 쳤습니다."

""좀비보다 장사가 중요하구나…….""

긴급사태일 텐데 숙소 주인은 걱정하는 포인트가 조금 달랐다.

그보다도 『좀비 대군』이라는 말이 마음에 걸렸다. 그 말은 달리 생각하면 **무리를 이룰 만큼 사람을 덮쳤다**라는 뜻이었다.

"주인장, 이 도시 근처에 다른 도시나 마을이 있나요?"

"구리 광산에 도시와 마을이 아홉 군데 있는데…… 설마?!"

"거기는 아마 전멸했겠군……. 진로에 있는 마을을 공격해서 세력을 키웠겠지. 이거야 원, 무슨 바이오해저드야?"

"일주일에 한 번 오는 좀비 대축제인지도 모르지. 인구수에 따라서 다르겠지만, 규모가 얼마나 커졌을지 걱정이구만. 원인도 여전히 알 수 없고 말이야……."

제로스와 아도는 어제 좀비가 된 미라를 상대하며 그 기묘함을 이미 체험했다.

역시 그때 화장한 것과 같은 종류의 좀비가 몰려왔다고 봐야 할 것이다.

"……상황을 보러 갈까? 기사와 경비병이 지면 여기도 위험할 테니까."

"여기까지 와서 안 갈 수도 없잖아요."

두 사람 다 일은 확실히 하는 성격이었다.

"손님, 가시게요?"

"어차피 기사들이 지면 여기도 위험하니까 상황을 보고 올게요."

"조심하셔야 합니다? 식사도 준비해뒀으니까요."

"식전 운동이나 하고 올게."

아침을 먹기에는 너무 늦은 시각이었다.

앞으로 2시간만 더 있으면 점심시간이다.

"그럼 다녀와볼까."

로브를 걸치고 제로스와 아도는 숙소를 나갔다.

두 사람이 도시 정문 앞에 왔을 때, 이미 전투는 시작되어 있었다.

위에서 불화살을 쏘며 저항하지만, 보아하니 별 효과가 없는 듯했다.

아무래도 정문 주변에 좀비가 몰려든 모양이었다.

"······열심히 싸우네."

"생존이 걸렸으니까 누구나 필사적이겠지. 게다가 그게 저 사람들 일이니까."

"군대 임무보다 위험하지 않아요?"

"어떻게 보면 그렇지. 박봉인 건 똑같겠지만."

"여기 병사는 동쪽과 북쪽 국경만큼 사기가 높지 않아 보이는데, 제로스 씨가 보기에는 어때요?"

"남쪽은 국경에 섭했어도 일마긴 전쟁이 없었어. 훈련은 했겠지만, 위기감은 적을 거야. 장기전이 되면 도망칠지도 모르겠구만."

경비병은 월급이 적지만, 기사는 경비병 지휘관과 비슷한 수준으로 돈을 받는다.

여기서 왜 돈 이야기가 나오냐면, 봉급이 곧 사기와 직결된 문제이기 때문이다.

경비병은 백성 중에서 일반 모집하는 병력이며, 기사와 성기사는 신관 집안의 자제가 많다. 일반인이 기사가 되려면 그만한 공적을 세우거나 1년에 한 번 열리는 시험에 합격해야만 한다.

나라를 지킨다는 정의감으로 기사가 되려는 사람도 있지만, 대부분은 조금이라도 월급을 더 받으려는 사람들이었다. 그런 자들이 목숨 바쳐 도시를 지킬 거라는 생각은 들지 않았다.

그리고 루나 사크는 솔리스테어 마법 왕국와 국경을 맞대고 있으나, 소국이 대국을 침공할 리 없다고 자만하고 병력 차이로 인한 안심감 때문에 방심하고 있었다.

용사가 이끄는 성기사단이 주둔하여 그나마 낫지만, 적이 좀비이기도 해서 이 도시 경비병과 기사들은 사태의 심각성을 전혀 모르고 있었다.

"성벽 위에서 지휘하는 사람이 어제 본 용사인가? 보아하니 애를 먹는 모양이네."

"우리가 어제 싸운 좀비는 약했는데요?"

"삼류 공포 게임이나 영화에 나오는 좀비였지. 상대하기 귀찮으니까 빠르게 화장해버렸지만."

"용사가 이길 수 있다고 봐요? 저 녀석들 수준의 정화 마법은 안 통할 것 같은데."

메티스 성법 신국에 들어오기 전에 제로스와 아도는 미라가 된 불법 이주민 좀비와 싸웠다.

다만 두 사람이 너무 강해서 적수가 되지 못했을 뿐, 용사나 성기사와 싸우면 어떨지는 알 수 없었다.

심지어 지금 있는 곳은 둘에게 적진이나 다름없었다.

솔직히 눈에 띄는 행동은 가급적 피하고 싶었다.

"장비 바꾸고 나가는 편이 나을까요? 일단 최강 장비도 있는데."

"얼굴은 가면으로 가려. 그리고 온 김에 용사의 실력이나 보자. 우리가 갑자기 나서는 것도 재미가 없지."

"희생자가 나오지 않을까요?"

"그건 저 양반들 일이고, 우리는 우리 할 일을 하면 돼."

"실력 구경이라……. 그럼 좀비가 도시에 침입하면 그때부터 나서요?"

"그거면 충분해. 어디 한번 보여주실까, 메티스 성법 신국 용사의 실력이란 것을."

"그냥 그 대사를 하고 싶었던 거 아니죠? 그럴싸한 말로 나를 구워삶은 거 아니죠? 도시에 침입하면 이미 위험하다고 보는데……."

아도의 눈총이 따가웠다.

아무리 아저씨라도 만화 대사를 따라 하고 싶어서 사람을 희생시키지는 않는다.

그냥 우연이었다.

하지만 【소드 앤 소서리스】에서 전과가 있는 탓에 아도에게 붉심을 사는 모양이었다.

아저씨는 살짝 울적한 마음으로 담배에 불을 붙였다.

제14화 아저씨, 방어전을 구경하다

좀비 무리가 루나 사크의 성벽으로 쇄도하고 있었다.

몸은 미라처럼 말랐는데 힘이 굉장히 강해서 외벽을 기어오를 정도였다.

경비대와 기사들이 필사적으로 그것들을 떨어뜨리려고 화살을 퍼부었다.

하지만 이미 죽은 자인 좀비는 화살에 맞거나 말거나 신경 쓰지 않고 다시 사냥감을 향해 달려들었다.

"또 올라오잖아?!"

"성기사와 신관들은 신성 마법을 써!"

"거룩한 이름으로, 타락하여 섭리에서 벗어난 가련한 영혼에게 자비로운 치유와 영혼의 안식을 안겨주소서. 【정화】!"

정화의 빛에 휩싸인 좀비는 몸에서 검은 안개를 뿜으며 벽에서 떨어졌다.

하지만 바닥에 쓰러져 있던 좀비가 다시 일어나더니 손상된 몸을 무시하고 다시 외벽에 달라붙었다.

"또 실패야…… 왜 정화가 안 통하는 거야!"

"화살이 부족해!"

"화승총도 전혀 도움이 안 돼. 대체 어쩌라는 거야!"

이 좀비들은 맷집이 이상하게 강했다.

그들이 아는 한 좀비는 시체에 악령이 씐 존재이며, 신성 마법 【정화】로 충분히 대응할 수 있었다.

경비대도 과거에 좀비를 상대한 경험은 있지만, 이 이질적인 좀비는 대처할 방도가 없었다.

'정화가 안 통해…… 그 말은 악령에 씌지 않았다는 뜻인가? 시체가 저절로 움직이면서 인간을 공격해?'

마나부는 정신이 나갈 것 같았다.

그런 몬스터가 있다는 얘기는 지금까지 들은 적도 없었다.

던전의 좀비는 회복 마법으로도 충분히 해치울 수 있으며 이토록 애먹을 상대가 아니었다. 비슷한 존재인 구울도 신성 마법이 있으면 대처하기 쉬웠다.

'마법 내성이 강한가? 심지어 불을 질러도 효과가 없어……'

기름을 뿌리고 불화살을 쏴도 좀비는 쓰러지지 않았다.

몇 번을 해도 소용이 없었다.

다소 움직임이 느려지기는 해도 도무지 해치울 수 없었다.

이러다가는 언젠가 소모전에 밀리고 만다.

"으아아아아아아아아아아아아아아!"

한 성기사가 좀비에게 붙잡혀 성벽 밖으로 떨어졌다.

좀비가 그 성기사에게 일제히 달려들었다.

"사, 살려…… 크아아아아아아아아아아아아아! 아파, 아파아아아!"

좀비들은 성기사를 먹어 치웠다.

마치 굶주림을 달래는 것처럼 물어뜯고 살을 찢어 피를 빨았다.

너무나 잠혹한 광경에 기사와 경비대는 말을 잇지 못했다.

"서, 설마…… 저 좀비는 죽은 자가 아니야?! 언데드가 아니라 산 인간이라면 정화가 통할 리가 없어!"

"그럴 리가요! 그럼 저게 살아있는 인간이라는 말씀입니까?!"

"그렇게 생각하지 않으면 설명이 안돼! 정화는 언데드에 유효한 신성 마법이야. 그게 통하지 않는다면 필연적으로 죽지 않았다는 말이야!"

마나부가 도출한 답은 아쉽게도 정답이 아니었다.

사실 이 좀비들은 유기적 재료로 만든 로봇 같은 존재였다.

이런 존재가 탄생한 원인은 전 용사들의 혼이 샤란라의 재를 매개로 활동하며 도적들을 덮쳤기 때문이었다.

군령은 영체의 수가 늘어나면 능력과 힘이 늘어나고, 가끔 능력 자체가 변하기도 한다.

그리고 샤란라를 포함한 도적들의 혼이 군령의 주도권을 빼앗으며 완전히 다른 존재로 변화했다.

시체를 로봇처럼 바꾸는 능력을 얻은 것이다.

피해자에게서 피와 함께 마력을 흡수할 때 체내의 혈액에 섞여 시체를 장악하는데, 그때 군령의 찌꺼기가 남아서 시체를 로봇처럼 바꿔 놓았다.

이 로봇 같은 시체는 당연히 에너지가 없으면 움직일 수 없었다.

그 에너지란 다름 아닌 마력인데— 시체에 남은 군령의 찌꺼기는 움직이기 위한 에너지를 갈구해 기계적으로 생물을 찾아 움직였다.

더 난감한 점은 이 시체에 남은 찌꺼기에는 용사의 스킬이 미량 함유되어 있었다. 조악한 복제 스킬인 셈이다.

불화살과 정화가 통하지 않는 것도 다 용사의 내성 스킬 탓이었다.

더군다나 시체를 움직이는 의지인 군령 찌꺼기는 산 자에게서 마력을 빼앗지 않으면 소멸하는 결함이 있었다. 이를 자기 보존이라고 불러도 될지 모르겠으나, 군령 찌꺼기는 이러한 이유에서 필연적으로 산 자의 마력에 이끌려 폭주한다. 그게 지금 일어나는 좀비 대군의 도시 습격이었다.

하지만 긴급사태로 혼란스러운 현장에서 그것까지 추리해내기는 불가능했다.

마나부도 자신이 가진 지식과 경험에 짜맞춰 억측을 내놓을 수밖에 없었다.

"자, 자세히 보니…… 녀석들의 몸이 재생하는 것처럼 보입니다."

"겉보기와 달리 튼튼한데 재생 능력까지…… 아니, 저건 수복이라고 해야 하나? 거기다 성질도 흉포하다니…… 운이 지지리도 없네……."

"태평하게 무슨 말씀이십니까!"

마나부는 용사라서 다른 기사보다 훨씬 강했다.

하지만 무리 지은 좀비를 혼자 상대할 만큼 강하지는 않았다.

'애초에 저걸 좀비라고 불러도 되나? 아예 다르잖아! 왜 영화 같은 재난에 말려드는 거야, 난!'

솔직히 울고 싶었다.

이런 생물 테러용 괴물을 상대하려면 지구의 파괴력 있는 무기가 필요했다.

잡아먹힌 피해자도 좀비 대열에 합류하니까 일격에 원형을 남기지 않고 파괴하지 않으면 피해는 계속 늘어날 것이다.

"이딴 걸 무슨 수로 잡아⋯⋯."

마법 내성, 불 내성, 압도적 증식력에 육체 강화와 리미터 해제 상태.

거기에 강한 힘, 민첩함, 탐지 능력이라는 귀찮은 옵션까지 붙었다.

"또 성벽을 타고 올라왔어?!"

"반격해! 한 마리도 도시로 들이지 마!"

좀비 몇 마리가 다른 방향에서 성벽을 올라와 경비병들에게 달려들었다.

기어 올라오는 좀비를 떨어뜨리던 자들이 옆에서 습격당하며 성벽 위에서 난전이 펼쳐지기 시작했다.

"잠깐 나갔다 올게."

"지휘는 어떡하고요?!"

"올라오는 녀석들을 떨어뜨리고 있어. 금방 올게⋯⋯."

마나부는 달렸다.

그는 부대 중앙에서 지휘하느라 벽 위로 침입한 좀비와는 거리가 있었다.

자신이 도착할 때까지 희생자가 나올지도 모르지만, 그래도 인명을 우선해 전력으로 달렸다.

그것은 지구에서는 흉내 낼 수 없는, 평범한 인간이라면 낼 수 없는 속도였다.

'레벨이 오르면서 초인적인 체력이 됐지. 속도를 높이면 방향 전환이 어렵지만 긴급사태니까⋯⋯. 이 속도면 아슬아슬하게 도착하겠지?'

481레벨인 마나부는 이 세계에 오고 살아남는 데 전념했다.

메티스 성법 신국에 있는 던전―【시련의 미궁】에서 죽자 살자 레벨을 올리고 기사들과 함께 매일 검술 훈련을 받으며 4신교에 거스르지 않도록 처신했다.

다행인지 아닌지 모르겠지만, 기사와 오래 훈련을 쌓은 그는 기사들 사이에서 상당히 평판이 좋았다.

사선에서도 전열에 서는 마나부의 모습이 이상적인 용사로 비쳤기 때문이었다.

부하 중에는 신뢰관계를 쌓은 사람도 많아서 도저히 버릴 수 없었다. 지휘관으로서는 실격이었다.

나름대로 신중하게 행동했는데 비정해지지 못하는 성격 탓에 오늘까지 와 버렸다.

마나부는 부하에게 『죽으러 가라』라고는 말할 수 없었다.

'왜 이렇게 됐을까……. 내 소심함이 싫다.'

기묘한 좀비 앞에 서자 불길한 예감밖에 들지 않았다.

그리고 그 예감이 적중하는 것을 마나부는 목격하고 말았다.

"그어아아아아아아아아아아!"

성벽 위는 좁은 통로로 되어 있어 많은 인원이 공격하기 불리한 장소였다.

그리고 대부분의 경비병과 기사는 검과 창을 장비했고, 창은 상대의 접근을 막는 데 좋은 무기였다.

그러나 그건 적이 인간일 경우였다.

한 경비병이 좀비를 꿰뚫었지만, 좀비는 전진을 멈추지 않고 경비병의 목을 물어뜯어 그의 피를 빨았다.

동료 경비병도 좀비를 떨어뜨리려고 온갖 공격을 시도하지만, 좀비는 범상치 않은 힘으로 매달려 떨어지지 않았다.

결국 넘어진 경비병은 몸에서 피를 뽑혀 순식간에 말라비틀어졌다.

"젠장! 이 자식이!"

"으어어…… 그에…….""

경비병 한 명이 동료의 시신에서 떨어지려는 좀비의 다리를 절단했다.

그대로 마무리하려고 좀비에게 다가가지만, 갑자기 발을 잡혀 넘어지고 말았다.

그의 발을 잡은 것은 동료였던 경비병. 지금 막 좀비에게 죽은 남자였다.

"아으에에……."

"벌써…… 좀비로?!"

"떨어져!"

다른 경비병이 조금 전까지 동료였던 좀비를 연신 발로 찼다.

하지만 좀비는 차이면서도 다리에 매달려 갑옷을 깨물어 부수고 상처에서 나온 피를 빨았다. 혈액에 대한 무시무시한 집착이었다.

"제발 좀 죽어!"

마나부가 검을 뽑아 경비병이었던 좀비를 베었다.

머리가 돌바닥을 굴렀다.

하지만 머리를 잃어도 몸은 움직이며 느릿하게 일어나 산 자를 찾아 움직였다.

아니, 찾는 것은 혈액— 마력이었다.

"【광인참격(光刃斬擊)】."

마나부의 검격이 좀비의 몸에 무수한 궤적을 그렸다.

한때 인간이었던 자는 그 자리에서 조각조각 해체되어 무참하게 바닥에 흩어졌다.

부위 별로 절단된 인간의 신체는 검은 안개를 흘리면서 아직도 움직였다.

"……이래도 움직여? 얼마나 질긴 거야."

"용사님! 아직 놈들이……."

"나 참…… 뭘 어떻게 해야 죽는 거지? 이 괴물들……."

마나부는 조각난 좀비를 방치하고 다른 좀비에게 뛰어들었다.

"으음…… 용사도 열심히 싸우네."

"우리는 보고만 있어도 괜찮아요?"

제로스와 아도는 아무에게도 목격되지 않도록 마법으로 결계를 펼쳐서 성기사단을 포함한 방위군의 싸움을 관찰했다.

성벽 위에서는 용사가 파죽지세로 좀비를 해치워 방위군의 사기는 점점 올라가고 있었다.

하지만 제로스는 뭔가 묘한 느낌을 지울 수 없었다.

"제로스 씨…… 저 잘린 좀비에서 검은 안개 같은 거 나오지 않았어요?"

"나왔지. 좀비는 소드 앤 소서리스에도 있었지만, 저렇게까지 끈질기지는 않았어. 정화가 있으면 쉽게 해결됐어."

"효과 없어 보이는데요? 내성이 있다면, 돌연변이인가?"

"확증은 없지만, 아마 그럴 거야. 오히려 좀비가 아니라 검은 안개가 본체일지도 몰라."

"그렇다면 사령…… 레기온인가? 시체를 조종하는 녀석 있잖아요."

"글쎄. 어쩌면 미지의 바이러스일 수도……."

"그런 농담 하지 마요. 진짜 바이오해저드면 어떡하려고요?!"

"굳이 따지면 팬데믹 아닌가?"

사고로 유발된 감염병인가, 아니면 자연 발생한 감염병의 확산인가.

어느 쪽이든 지금은 원인을 알 수 없지만, 미라화와 더불어 좀비 발생의 실마리가 보인 것 같았다.

그나저나 이 둘은 너무 태평했다.

상황은 악화되고 용사와 방위군은 성벽 중앙으로 밀리고 있었다.

계단까지 밀리면 민간인에게도 피해가 발생할 것이다.

"저 검은 안개가 사령인지 바이러스인지는 차치하더라도, 저게 원인이란 건 의심할 여지가 없어 보여."

"노골적으로 수상하니까요. 그래서 이제 어떡해요? 우리도 참전할까요?"

"으음…… 조금만 더 지켜볼까?"

"아무리 그래도 너무하지 않아요?"

"아니, 우리는 정체를 드러내면 안 되는 입장이잖아? 풀 장비에 가면을 써도 절대로 안심할 수 없다니까?"

제로스의 장비는 섬멸자로서 유명해진 새카만 신관 스타일 복장이었다.

아도는 평소 장비로, 두 사람이 함께 있으면 실로 중2병을 자극하는 오글거리는 그림이 그려졌다.

게임에서는 어색하지 않았지만, 현실에서 보면 그냥 나잇값 못하는 어른들이었다.

"새삼스러운 의문이지만, 오히려 우리 복장이 더 눈에 띄지 않아요? 굉장히 이목이 집중될 것 같은데……."

"그래서 가면을 썼잖아? 마법으로 스텔스도 했고."

"왜 제로스 씨가 도깨비 모양 아이마스크고, 내가 극장에 불법 거주하는 유령 마스크예요? 여배우를 스토킹하라고요?"

"그때는 아도 군이 유이 씨의 칼에 맞겠지. 어쨌든 농담은 그만하고…… 가면이 이거밖에 없었어. 팬텀은 젊은 쪽이 어울리잖아?"

"나는 왜 이런 마스크를 가지고 다니는지가 궁금한데……. 어이쿠, 경비병이 이쪽으로 와요."

"부상자를 옮기나 보네."

결계를 쳐서 들키지는 않겠지만, 최대한 조심해서 목소리를 죽였다.

경비병은 다친 동료를 어깨로 부축하여 신관에게 데리고 가는 도중이었다.

"야, 어떻게 된 거야! 정신 차려, 조금만 너 가면 신관들이 있어!"

"윽…… 으으……."

겉으로 보면 정강이 쪽 갑옷이 부서졌고, 거기로 피가 흘렀다.

이 정도 상처라면 아직 싸울 수 있었다.

하지만 부축된 경비병은 중환자처럼 괴로워하며 이마로 비지땀을 흘렸다.

"뭔가 이상하지 않아요? 저 정도 상처라면 싸울 수 있을 텐데……."

"혹시 물렸나? 만약 저 검은 안개가 본체라면 이미 영향을 받았을 수도 있어."

"바이러스 같은 마물이라면 그렇겠죠. ……위험하다고 생각하는 건 나뿐이에요?"

"엄청 위험하지 않을까? 만약 좀비가 된다면……."

"크워어어어어어어어어어어!"

"야, 왜 그래?! 정신 똑바로 차려! 으앗?!"

두 사람의 예감이 맞았는지, 부상병은 돌연 괴성을 지르고 동료에게 달려들었다.

두 병사가 서로 뒤엉키며 쓰러졌다.

"뭐야, 너 대체 왜 이래?!"

"크르르르르르르르르르……."

"서, 설마…… 너……."

경비병은 동료가 좀비가 됐다는 것을 깨달았다.

물렸을 뿐인데도 사람이 마물로 변해 주변 사람을 공격한다.

어떻게든 해치우고 싶지만, 조금 전까지 동료였던 사람을 죽이자니 망설임이 생겼다.

'에휴, 어쩔 수 없나. 긴급 상황이니까…….'

아저씨는 인벤토리에서 즉시 윈체스터 M73을 꺼내서 겨누고 그

립에 있는 크리스털에 마력을 넣으며 가늠자와 가늠쇠를 맞춰 조준했다.

그렇게 목에 겨냥하고, 무심하게 방아쇠를 당겼다.

—타아아아아아아아앙!

총성이라고 해도 될지 모를 굉음이 도시에 울려 퍼졌다.

그 위력은 좀비로 변한 남자의 가슴 위쪽을 흔적도 없이 지워버리고 직선상에 있는 상점의 벽돌 벽을 요란하게도 박살냈다.

건물 잔해와 먼지가 대로에 날렸다.

"……."

"홋…… 죽어버렸군☆"

"『죽어버렸군☆』은 얼어죽을, 왜 갑자기 쏴요?! 들키면 위험하다면서요?!"

"음~, 긴급 상황인데 별수 없지 않아? 피해자가 나오면 기하급수적으로 좀비가 늘어나니까. 그늘에서 저격했으니까 얼굴은 못 봤겠지, 뭐."

"아니면 말고 식으로 넘어가네……. 그런데 어제 총보다 위력이 강한 것 같은데요?"

"진지하게 말하자면, 마도총은 도시에서 쓰면 큰일나겠어. 원체스터 M73으로 이 위력이면 샷건은 어떻게 되는 기지?"

"왜 여기서 그걸 쓸 생각을 했어요?!"

"그냥 시험 삼아……. 그럼 슬슬 무력 개입을 시작할까."

수상한 인물 두 명이 성벽을 향해 달려갔다.

다행히 마도총 윈체스터 M73으로 인한 희생자는 나오지 않았다.

무식한 위력에 피해자가 생기지 않은 것만큼은 천만다행이었다.

성벽 위에서는 난전이 펼쳐지고 있었다.

그 이유는 좀비를 완전히 해치울 수 없다는 것과 경비병과 기사가 좀비로 변하며 수가 늘어나는 탓이었다.

경비병과 신성 기사들은 신성 마법에 절대적인 믿음이 있었지만, 지금은 신성 마법【정화】가 전혀 소용없었다. 그 사이에도 여러 병사가 희생되고 새로운 적이 되어 앞을 막아섰다.

"왜…… 왜 이것들은 쓰러지질 않아?!"

"신성 마법이 안 통해……. 이것들, 정말로 좀비야?!"

"눈을 떠! 왜 우리를 공격해?!"

경비병, 기사, 성기사가 뒤섞인 난전.

이렇게 되면 믿을 건 용사뿐이지만, 좀비가 너무 많고 계속 불어나는 데다가 해치우기는 쉽지 않았다.

'상황이 너무 안 좋아……. 상처만 나도 좀비가 된다면 아무리 생각해도 바이러스야……. 감염 후 증식 속도도 너무 빨라!'

마나부는 초조했다.

이미 경비대의 3분의 1이 놈들에게 희생됐다. 일반 기사와 성기사는 범위 밖에서 방패와 창으로 소극적인 공격밖에 하지 못했고,

좀비는 그동안에도 성벽을 타고 올라왔다.

신성 마법이 통하지 않아서 방어력을 높이거나 무기와 방패를 강화해봤지만, 좀비는 아랑곳하지 않고 인해전술로 밀어붙였다.

성벽 위는 폭이 좁아 기사들이 넓게 전개할 수도 없었다.

몇 명만 전열에 서도 뒤쪽 기사들은 앞으로 나가지 못했다. 행동이 제한되어 공격 수단도 한정적이었다.

심지어 기사들은 앞뒤가 막힌 샌드위치 상태라서 마나부가 앞으로 나갈 수 없었다.

애초에 마나부는 방패가 없어서 물리지 않으려고 후방으로 물러났지만, 이번에는 앞으로 나갈 길이 막혔다.

"그래도…… 치고나가지 않은 건 잘한 판단이야. 만약 총력전으로 나갔으면 우리는 이미 놈들 동료가 됐을 거야……."

성벽 위라는 좁은 공간 덕분에 어떻게든 마지노선을 지키고 있지만, 이곳이 평원이었으면 포위되어 전멸했을 것이다. 그만큼 적은 강했다.

"계단으로 가지 못하게 막아! 도시로 내려가면 적은 걷잡을 수 없이 늘어나! 여기서 죽는 한이 있어도 막아!"

마나부는 동료를 고무시키며 정확하게 지시를 내렸다.

거기에 맞춰 경비병과 기사들도 과감하게 무기를 휘둘렀다.

팔다리를 하나씩 잃어도 달려드는 좀비를 벽 아래로 떨어뜨리고, 추락한 충격으로 팔다리뼈가 부러져 움직이지 못하게 된 좀비를 아래쪽 경비병이 망치 따위로 집중 공격해 참혹한 육편으로 만들었다.

상당히 잔인한 광경이지만, 긴급사태에서 그런 것을 신경 쓰는 자는 없었다.

무엇보다 뼈는 쉽게 재생되지 않는다.

부러진 곳을 정확히 맞추지 않으면 뼈는 어긋난 채로 붙는다.

생물에게 골격은 육체를 형성하는 기초이며, 조금만 틀어져도 움직임에 지장이 생긴다.

본능만으로 행동하는 좀비는 뼈를 바른 위치에 맞춘다는 생각조차 하지 않았다.

아니, 하지 못했다. 최소한 그것이 다행이었다.

"창으로 찔러도 달려들어……."

"게다가…… 이상하게 힘이 세……."

"놈들에게 물리면 끝이야! 각별히 주의해!"

'위험해……. 외벽을 올라오는 녀석은 떨어뜨리면 그만이지만, 문제는 정문이야. 이 정도 힘이면 언젠가 부서지는 것 아냐?'

이 좀비는 산 자가 가장 많이 모인 곳으로 향하는 성질이 있는지, 광범위하게 퍼지지 않았다. 그리고 당연히 기사들에게 모여들었다.

결정타를 줄 수 있다면 이 성질을 이용해 좀비들을 유도할 수 있을 것이다.

하지만 유도해도 지금의 마나부와 성기사단에게는 치명적인 타격을 줄 수단이 없있다. 【기지마 타쿠미】가 있으면 마법으로 한꺼번에 쓸어버릴 수 있을지 모르나, 마도사를 혐오하는 이 나라에서는 허용되지 않는 작전이었다.

'카자마는 이제 없어……. 【익스플로드】가 있으면 돌파구가 열릴지도 모르는데…….'

알톰 황국에 침공하고 패주하던 때.

【카자마 타쿠미】가 전장에게 쏜 범위 마법이 떠올랐다.

난발할 수 없지만, 이렇게 적이 밀집한 상황이라면 상당히 유용한 마법이었다. 마나부는 지금 그 마법이 간절했다.

부질없는 소원인 건 알지만, 그래도 기억 속의 【카자마 타쿠미】에게 기대고 싶었다.

"빨리 이쪽을 엄호해줘……! 괴력으로 밀어내고 있어!"

"그럴 여유 없어! 이쪽도 올라오는 녀석들을 막느라 죽겠는데……. 용사님, 일단 이곳으로 돌아와 주세요!"

"알았어! 윽, 야!"

"어? 으아아아아아아아아악!"

"또 떨어졌어, 젠장!"

벽을 올라오는 좀비는 많았다.

그 좀비를 아래로 떨어뜨리기 위해서는 성벽 밖으로 몸을 내밀고 긴 무기로 공격해야 했다.

하지만 그러면 중심이 앞으로 쏠려서 좀비가 창을 잡아당기면 쉽게 중심을 잃는다.

이미 여러 명이 떨어져서 좀비의 동료가 됐다.

"신이시여……. 저 녀석은 결혼을 약속한 애인이 있다고! 그런데 이런 식으로……!"

"나도 아픈 동생이 있어! 이런 데서 죽을 수는 없어!"

"약속은 못 지킬 것 같아, 메어리……."

"나, 이 싸움이 끝나면…… 여관을 이을 거야."

"헤헤헤…… 애 이름은 정해뒀어. 아들이면 조나단, 딸이면 엘리나. 그러니까 살아서 여기서 돌아가야해……."

'왜 이것들이 줄줄이 사망 플래그를 읊어대?! 하지 마, 다 죽는다고! 불길하니까 아무 말도 하지 마!'

기사들은 딱히 플래그를 세우는 것이 아니었다.

미지의 공포를 잊기 위해서 잠깐이나마 마음을 다른 곳으로 돌리고 싶었을 뿐이었다.

물론 마나부도 그 기분은 절실하게 이해하지만, 어디서 많이 듣던 대사를 연달아 말하니까 불길한 생각에 휩싸였다.

그리고 그 예감이 맞은 것처럼 아래에서 정문을 지키던 기사들의 고함이 들렸다.

"안돼, 문이 뚫린다!"

"이 도시는 왜 이중문이 아니야! 이대로 가면 침입당해!"

"방패 부대, 일제히 방패를 들어! 이쪽으로 한 마리도 들여보내지 마! 창병은 방패 사이로 놈들을 공격! 신관은 빛의 장벽과 마법 부여!"

"거룩한 신의 이름으로, 고난에 맞서는 용사들에게 보호의 장벽을 내리소서! 【홀리 실드】!"

'이게 현실이야……? 문을 돌파당하면 끝장이야!'

지금 당장 문이 파괴되려 하고 있었다.

좀비가 도시로 밀려들면 아래쪽의 기사들로는 막을 수 없었다.

도시 주민이 희생되면 그때부터는 정말로 속수무책이었다.

"어쩌지…… 어떡해……."

"안녕하신가, 용사. 곤란한 모양이야?"

"누, 누구야?!"

갑자기 뒤에서 목소리가 들려 돌아보자 김은 신관 같은 사내와 암적색에 검정색 장비를 착용한 사내가 서 있었다.

둘 다 신관 같은 복장이지만, 브레스트 플레이트와 건틀릿을 보면 진짜 신관 같지는 않았다.

흉악한 도깨비와 흰색 가면을 썼고, 무엇보다 놀라운 점은 두 사람이 가진 무기였다.

"초, 총?! 그것도…… 돌격소총."

"M4 카빈이야. 명기지. 가능하면 H&K G3가 좋았지만……."

"스펜서 카빈보다는 낫잖아. 불평하지 말았으면 좋겠는데? 모스버그 M500도 얹어줬구만."

"아저씨는 왠지 아직도 원체스터 M73이지만요……. 샷건은 뭘 쓸 생각이에요?"

"같은 모스버그야. 좀비는 봐줄 필요는 없으니까 다른 것도 시험해 봐야지."

긴장감은 눈곱만큼도 없이 두 남자가 담소를 나눴다. 마나부는 어안이 벙벙했으나 그사이에 끼어들려고 했다.

"잠깐, 내 이야기를 듣고……."

"이쪽 좀비를 청소해줘. 나는 반대쪽을 청소할게."

"넵."

"그러면 소탕해볼까. 시험 삼아 부여 마법도 써 봐? 통상탄도 요상한 효과가 붙으니까 조사해 보고 싶네. 그럼 바로……【플레어 버스트】부여."

"네, 네. 힘 조절이나 제대로 하세요.【플레어 버스트】부여."

""터져라!""

―타아아아아아아아아아아아아아아아앙!

M4와 윈체스터 M73의 총구에서 총알이 발사됐다.

양쪽에서 달려오는 좀비 몇 마리의 몸이 터진 순간, 마법진이 펼쳐졌다.

"버, 범위 마법?!"

마나부는 경악했다.

마법진 안에 발생한 열로 순식간에 좀비 십수 마리가 잿더미로 변하고, 그 뒤에 발현된 마법 본래의 폭발 효과 주변 좀비까지 무참하게 터졌다.

마법 저항이나 열 내성이 있어도 순간적으로 2천 도를 넘는 열은 막을 도리가 없었다. 마법 효과에서 벗어난 좀비도 연이은 총알로 상반신이 날아갔다.

"위력은 현저히 떨어지지만, 특수탄이 아니더라도 인챈트는 가능한가 보네. 통상탄도 연사는 매끄러워. 특수탄으로 교환하지 않아도 쓸만하군. 그걸 안 것만으로 감사해야 하나."

"실제로 써보니까…… 상상 이상으로 위험해요, 이거. 통상탄으로 이 정도 위력…… 마법 효과가 약 30퍼센트로 떨어지지만, 충분히 위협적이에요. 이거, 진짜 팔면 안 됩니다?"

"아무리 나라도 이건 안 팔지. 좋아. 실험은 여기까지만 할까. 지금은 인명이 우선이야."

"노는 건 아저씨뿐이거든요? 이미 희생자가 나왔다고요……."

"몇 번이나 말하지만, 그게 이 사람들 일이야. 그럼 가볼까."

"네, 네. 무신경하네. 후딱 끝내죠."

두 사람은 마나부를 무시하고 자기 할 말만 했다.

"이야기 좀 들어!"

"왜? 이래 보여도 바쁜 몸이라서 열 글자로 줄여주면 고맙겠는데."

"그럼 아무 말도 못 하잖아! 그보다 당신들…… 전생자야?"

"글쎄~? 우리가 누군지 정중하게 알려줄 필요는 없지 않나? 그럴 의무도 이유도, 그리고 시간도 없어."

"그쪽한테는 없어도 나한테는 있어!"

"이런 상황에 여유가 넘치시네~. 그래도 이 이야기는 평행선만 그릴 테니까 포기하는 걸 추천할게. 나는 너랑 할 이야기 없고, 시간이 없다고도 분명히 말했어."

"기다려!"

묻고 싶은 말이 산더미처럼 있었다.

하지만 이 기묘한 난입자 두 명은 마나부 앞에서 태연히 성벽에서 뛰어내렸다.

좀비 대군이 우글거리는 곳으로—.

아라포 현자의 이세계 생활 일기 12

초판 1쇄 발행 2023년 5월 10일

지은이_ Kotobuki Yasukiyo
일러스트_ JohnDee
옮긴이_ 김장준

발행인_ 신현호
편집장_ 김승신
편집진행_ 권세라 · 최혁수 · 김경민 · 최정민
편집디자인_ 양우연
관리 · 영업_ 김민원

펴낸곳_ (주)디앤씨미디어
등록_ 2002년 4월 25일 제20-260호
주소_ 서울시 구로구 디지털로 26길 111 JnK디지털타워 503호
전화_ 02-333-2513(대표)
팩시밀리_ 02-333-2514
이메일_ lnovellove@naver.com
L노벨 공식 카페_ http://cafe.naver.com/lnovel11

ARAFO KENJA NO ISEKAI SEIKATSU NIKKI Vol. 12
©Kotobuki Yasukiyo 2020
First published in Japan in 2020 by KADOKAWA CORPORATION, Tokyo.
Korean translation rights arranged with KADOKAWA CORPORATION, Tokyo.

ISBN 979-11-278-6856-7 04830
ISBN 979-11-278-4453-0 (세트)

값 11,000원